井冈山儿女

Jinggangshan Ernü

◎ 陈瑞生　舒康复／著

江西美术出版社
全国百佳出版单位

图书在版编目（CIP）数据

井冈山儿女/陈瑞生，舒康复著.—南昌：江西美术出版社，2021.5
ISBN 978-7-5480-8136-4

Ⅰ.①井… Ⅱ.①陈…②舒… Ⅲ.①长篇小说－中国－当代 Ⅳ.①I247.5

中国版本图书馆CIP数据核字(2021)第054958号

出版策划：刘　浩
出　品　人：周建森
责任编辑：方　姝　叶　启
绘画插图：方审理
责任印制：汪剑菁
封面设计：梅家强
版式设计：刘志兰

井冈山儿女

陈瑞生　舒康复　著

出　　　版：江西美术出版社
社　　　址：南昌市子安路66号　邮编：330025
电　　　话：0791-86566309
网　　　址：www.jxfinearts.com
经　　　销：新华书店
印　　　刷：湖北金港彩印有限公司
版　　　次：2021年5月第1版
印　　　次：2021年5月第1次印刷
开　　　本：710×1000 1/16
印　　　张：18
ISBN 978-7-5480-8136-4
定　　　价：68.00元

承蒙 34 集电视剧《井冈山儿女》制片人张勇先生的委托，由陈瑞生、舒康复执笔把电视剧改编成长篇小说，由江西美术出版社出版。

和电视剧同名的这部长篇小说《井冈山儿女》，讲述的是以红莲为代表的井冈山革命根据地的老百姓，和以钟亮为代表的红军游击队，为抚养和保护红军长征前夕留下的以苏小虎为代表的一批红军孩子和伤病员，不惜牺牲自己的亲生骨肉，冒着生命危险与地主恶霸和国民党反动派斗智斗勇的故事。

1934 年 10 月，红军某师师长苏志海接到上级命令：撤出阵地，48 小时之内到达指定的地点集合转移。凡是未满 13 岁的少年儿童和缺乏战斗力的伤病员就地安置。每一家贫苦百姓领养一个红军的孩子，可以得到三块大洋的抚养费，外加一包盐巴。苏志海和胡淑英的儿子苏小虎那年刚满 12 岁，按规定他不能随父母转移，因此，只好留在了苏区贫苦老百姓家抚养。红莲和钟大柱夫妇认领了苏志海的儿子苏小虎。同时，红莲还鼓励乡亲们尽可能地领养红军留下的孩子。

在那缺吃少穿、艰难困苦的生存环境下，穷苦的老百姓不仅不顾生活的艰苦和外部恶劣的政治环境，顶着巨大压力，像对待自己亲生的孩子一样抚养和保护红军留下的孩子，同时还肩负着保护和照顾隐蔽在大山上的红军伤病员的重任。

红石村的恶霸地主王继业为了得到国民党的奖赏，大肆搜捕红军崽，并设下圈套，逼迫红莲在亲外甥阿牛和红军的孩子虎子之间作出选择。红莲为了保护更多的红军孩子的生命，选择第一时间救回虎子，而亲外甥阿牛则经历千难才救回。

上级党组织派来的秘密联络人钟亮，也是红石村人。他和恶霸地主的儿子王家骏是军校的同窗，也是虎子的父亲苏志海的同窗。他潜伏隐蔽在红石村，同敌人斗智斗勇。他表面上站在王继业一边，实则勇敢机智地开展了对敌斗争，保护了虎子等一批红军留下的孩子和伤病员。但是，他的父亲钟阿公和许多老乡们以及虎子等一批红军崽不理解他，以为他站在敌人的一边，产生了许多的误解。他的父亲钟阿公视他为孽子，拒他于家门之外；虎子等几个红军留下的孩子把他当成敌人，用布包石袭击他。但钟亮并没有介意，他忍辱负重，经受了个人得失与党的事业之间抉择的严酷考验，彰显了一个共产党员在党性面前的优秀品质。他在每一个关键时刻，都英勇机智地保护了虎子这些红军留下的孩子和红军伤病员。当真相大白后，钟亮得到了父亲和虎子的理解。钟阿公视他为"真正的孝子"，虎子们称他为"可亲可爱的钟亮叔叔"。

虎子在红莲的抚养和呵护下，经钟亮培养教导后，逐渐成熟长大，成为像他爸爸妈妈一样勇敢坚强的红军小战士。"西安事变"后，国共两党实现了第二次合作，高举抗日的旗帜，共同抵抗日本帝国主义的侵略。

钟亮接到上级的指示，去延安接受新的任务。虎子跟着钟亮叔叔一起奔赴延安。在延河岸边的宝塔山下，他和亲生父母重逢，喜悦的泪花泉涌而出。苏志海、胡淑英紧紧地拥抱了阔别多年的虎子。苏志海叮嘱儿子说：

"虎子啊，你长高了，长大了，已经成为八路军的小战士了！你一定不要忘记苏区父老乡亲们对你的养育之恩，也不要忘记钟亮叔叔对你的培养、教育。继续革命，咱们一起打鬼子！"

在把电视剧《井冈山儿女》改编成小说的过程中，我们一直坚持着一个原则：贴近剧本，扬长避短，充分地发挥再创造的能力。我们力求把改编的小说写得更好，使小说《井冈山儿女》成为电视剧《井冈山儿女》的姐妹篇。我们认为，无论是电视剧还是小说，都是编剧和作者创作的文艺作品。无论任何艺术作品的人物，都是源于生活、高于生活的艺术形象，而不是单指现实生活中的某个具体的人。敬请观众和读者，切勿对号入座。

陈瑞生　舒康复

2021 年 4 月

题记

　　每当我听到歌曲《红军阿哥你慢慢走》的旋律，眼前就会像放电影一样，闪现当年红石村的老表们送别红军的画面。多少年来，每当我想把在红石村的那段经历写出来，与后人分享，却总因为诸多杂事，迟迟没能动笔。如今，我已耄耋之年，再不写出来，这段历史说不定会永远地被淹没。出版社的同志数次登门，盛情难却。说是为了配合"不忘初心"主题教育活动，希望我把红军撤离中央苏区、离开红石村，红军的孩子和伤病员留在红石村，在红莲阿妈等老表们的支持和帮助下与国民党反动派作斗争的历史写出来。这段历史对当下的年轻人来说，不啻为传承红色基因的又一个活教材。他们给我配备了一位助手，我俩便开始了一场马拉松式的关于红石村故事的写作。

陈瑞生

作者简介

　　陈瑞生，男，1933 年 10 月生于江西省瑞金市，祖籍江西省遂川县。中共党员，中共中央党校原进修部副主任、教授，首都精神文明建设奖章获得者，享受国务院特殊津贴。主要著作有：《美学纲要》（合著）、《通俗哲学》（合著）、《党性教育和党性锻炼概论》（主编）、《当代中国政坛女杰》（主编）、《女性领导干部成长论》（主编）、《井冈山的红杜鹃——我的母亲彭儒》（传记文学）、《难忘的非常岁月》（文革回忆录）、《风雨少年》（长篇小说）等，并在期刊上发表过 60 多篇论文。

　　舒康复，男，1956 年出生，江西南昌人，祖籍江西省上饶市。一级编剧、《影剧新作》原主编。主要成果有：创作的戏剧剧本曾获"田汉戏剧奖"剧本一等奖、"玉茗花"戏剧奖、入选江西省艺术基金项目；任多部电视剧的责任编辑；电视剧创意《北京，你早》获 2020 年江西省文联、江西省影视家协会一等奖。

目录 contents

1

第一章 广昌失守急转移

1934 年秋的一天，我的父亲苏志海当时已经是师长，可是他和红军战士们一道在战场上与国民党军正在战场激战时，我这个儿童团团长也带领我的团员阿牛、细妹、小广东悄悄地跟在红莲姨的单架队后面溜上了战场。正当我们像没头苍蝇似的跟着担架队，在阵地上救护伤员时，突然，一个红军叔叔喊道："虎子你们怎么上来了？"

还没等他说完下面的话，我只听到地动山摇似的爆炸声。

他还在喊："快，快趴下！飞机来了！"

我本能地就地趴了下来。忽然一个巨大的气浪向我冲来。只觉得有一个力量，把我紧紧地闷在地上。等我回过神来，才发现是耿营长压在我身上。我站起身，自己近乎成了一个泥人，浑身被泥土沾着。要是穿了件红军的衣服，那肯定是一个标配的小红军战士。正当我暗暗佩服自己，终于有胆量与红军叔叔一道并肩杀敌时，突然耳边传来一声近乎呐喊的命令："苏小虎，带你的儿童团，立即撤出战场！服从命令！"

我一看，糟了，是我的父亲苏志海在命令我。看他那架势，恨不得一口把我吞了。别说是我这个儿童团团长，即便是红军团长也得服从他的命令。

后来我才知道，我父亲刚刚接到上级的命令：撤出战斗，48 小时以后，率部队到指定的地点集结，迅速转移。

48 小时是什么意思我不懂。但是，那天晚上，我睡得迷迷糊糊，听父亲和母亲胡淑英在说话。

两天以后，红军要离开红石村，到了集结地点，部队往哪儿转移，命令上也没说，父亲也不知道。他只是觉得这次转移的命令来得很突然，说走就走，可见根据地的形势非常严峻。父亲和红军战士早就有说法了，说这仗没法打下去，刚积攒的一份家底，就跟国民党拼得差不多了。再这么拼下去，后果不堪设想。真是崽卖爷田不心痛。

往哪儿转移上级没有明说，只通知了集结地点。但是命令明确规定，像我这样未成年的孩子和红石村的伤病员不能随部队转移。说到这里，我听见母亲在轻声地抽泣，她希望父亲向组织上争取，带我跟部队一块转移。

父亲耐心地安慰她："我们都是党的人，是红军的人，孩子也是中国革命的未来和希望。为了保存革命的未来和实力，中央的决策，我们必须服从。再说了，孩子也不是我们私有的财产，他一出生，就注定了是红军的一员。"

大人的话我听不太明白，但这句话我懂了。怪不得叔叔们都叫我"小红军"，原来我一生下来就是小红军，那我肯定是红军生的。而阿牛他们就不是红军生的，所以没人叫他们小红军。那他们能不能成为红军呢？他们似乎很羡慕我这个小红军。我假装睡着了，闭着眼睛听父亲和母亲说话。

紧接着，父母在商量将我托付给谁。托付给钟阿公的女儿草儿姐，草儿姐年轻，还没有出嫁，她还要照顾钟阿公，说我是草儿的孩子显然忽悠不过去。听说草儿姐有个哥哥叫钟亮，说是钟亮的孩子吧，钟亮早年离家考军校，一去几年跟家里没有联系，也不靠谱。如果把我托付给红莲姨，红莲姨已经有两个孩子，一个是她的外甥阿牛，一个是他的亲生女儿细妹，加上我，红莲姨和大柱叔叔要抚养三个孩子，生活压力太大。如果国民党来搜查，我和阿牛一般大，有点扎眼。

红军来红石村之前，恶霸地主王继业就以收地租、征收军粮等各种名目的税费为由，把老表们家吃的东西都榨干了。红军进村时，老表们都没有吃的了，是父亲带领红军战士打土豪分田地，老表们才有了一口食。地里今年刚刚收获的一些粮食，得支援红军。我如果去了红莲姨家，无疑又给她家添了张吃饭的嘴……我真想从床上跳起来说，不，我要跟随爸爸妈妈一块转移。好在父母还在商量我的安置，看来我还是有希望

跟爸爸妈妈转移的，因为我是红军的孩子、红军的人。听着听着，我不知不觉睡着了。

父亲母亲为了我的安置，煞费苦心。身为师长的父亲，他不只是要安置我，还得先等其他红军的孩子安置落定之后，才可能考虑我的问题。况且还有红军伤病员叔叔，他们也不能随大部队转移，得留在红石村隐蔽起来养伤。一是为井冈山革命根据地留下革命的种子，二是部队要行军打仗，他们不但得不到正常的休养，反而给部队增加负担。至于哪些红军的孩子像我一样留在红石村，留在井冈山革命根据地，我是不知道的。为了不暴露红军孩子的身份，这件事只有我爸爸心里有数。所以，我还在等着父亲的安置。等待安置的时间虽然很短，却也令我坐立不安。这关系到我到底是跟随父母转移，天天和父母在一块，还是留在红石村，跟父母分开。我心里有点儿惶惑。

第二天，我像往常一样找阿牛哥去练布包石。阿牛哥甩布包石，可以指哪打哪，石头在他手里像长了眼睛似的。我看了都有点嫉妒。我练了好长时间，都没有达到理想的效果，看来还是不得要领。虽然阿牛哥教了我无数遍，可能是我求成心切，那石头在我手里就是不听指挥，仿佛有意跟我作对。布包石是当地穷人的孩子必须掌握的一门绝活，尤其是男孩子。他们上山放牛，牛吃着草，不知不觉地就离人远了，为了防止牛走到地主老财的田里去，放牛娃就得用布包石去打牛，用掷石子的手段驱使牛听人的指挥，改变方向。说来也很奇怪，当牛被投掷的石头击中以后，它会明白人的指向，及时调整和改变方向。

这虽然是孩子们调教牛的一个手段，但是，这石头一旦击中了人的要害部位那也是会致命的哦。它通常比弹弓的杀伤力强多了。这技巧在后来的日子里，还真起了作用。你听我慢慢地告诉你它的威力所在。

阿牛哥、小广东、细妹也悄悄地问我："你是跟红军一道转移，还是留在红石村？"

我回答他们只有四个字："等待命令。"

我得用红军叔叔的口吻跟他们说话。要不然我怎么是红军师长的孩子，是儿童团团长呢？再说了，我也有自己的小九九。是走是留，现阶段还是"军事秘密"。

我和小伙伴们玩得不是很开心。心里一直暗暗地惦记着，要跟小伙伴们告别了，但表面上却装作很开心的样子，因为我在他们眼里就是小红军。而且我带领他们上过战场，这是多么令人满足和骄傲的一件事。在红军叔叔的眼里，上战场是家常便饭，而在当时我们的同龄人看来，上战场也是很酷的呦！

后来我才慢慢知道，红军这次临时紧急转移，是一个叫博古的人从苏联回国，到了中央苏区，解除了毛委员对红军的指挥权。他想跟国民党"白狗子"打阵地战，拼消耗。蒋介石调集了50万军队，对中央苏区实行步步紧逼的碉堡战术，压缩红军的生存空间。在中华苏维埃共和国的大北方广昌失守以后，中央红军不得不撤出中央苏区。

父亲率领的这支红军部队也不得不离开生活了两年多的红石村。

父亲率领红军从井冈山下来，进驻红石村之前，与国民党的部队在东固一带打了一仗，全歼了国民党的这个师，而且活捉了他们的师长张辉瓒。部队正要向红石村挺进，开辟新的革命根据地，父亲却收到了他在军校时的同学钟亮的信，约他去吉安城，与国民党军的团长王家骏见面，商谈释放敌军师长张辉瓒的事。当时很多人担心，父亲一个人去很

危险，母亲也担心父亲的安全，认为王家骏设的是鸿门宴。"白狗子"会不会以商谈张辉瓒之事为由，把父亲扣下来作为人质换张辉瓒呢？

父亲听了直乐："两军交战，不斩来使，这是中国自古以来的兵家之策。难道他蒋介石连这点常识都没有、信用都不讲，那他这个校长岂不是白当了？再说喽，来信相约的钟亮又是军校同学，我与王家骏也是同窗好友，离开军校后三个人各有其主，那也是正常的。如今于公于私都值得赴约。"

临行前，父亲问了肖政委，了解张辉瓒的情况。

肖政委告诉他："张辉瓒在吉安对老百姓的危害极大。被抓以后，当地的老百姓强烈要求将他押去开审判会。"

父亲当时想说什么，又把话噎了回去。

父亲跟钟亮、王家骏三个人自军校毕业以后，选择了不同的救国之路。钟亮参加北伐以后，看到国民革命军夺取革命果实以后与旧军阀没有本质区别，依然派系林立，各占山头，尔虞我诈，便离开了国民革命军，开始了他的教育报国的漫漫长路。这次他回到阔别多年的庐陵老家，名义上是兴办教育，以教育救国，实则负有秘密使命。

他一进吉安城就遇上了旧军阀在敲诈过路的富人之车。虽然钟亮远离军旅多年，但他骨子里的军人血性，路见不平一声吼的年轻人的本性，在危难时刻是不会消失的。他挺身而出，为受辱者向兵痞讨要说法，却意外地发现受辱者是同窗王家骏的父亲、红石村的恶霸地主王继业。王继业一改往日在红石村的嚣张气焰，对钟亮一口一个贤侄。钟亮亮出了王继业儿子王家骏的身份后，兵痞们一个个求饶，作鸟兽散。

恰在此时，奉江西省政府主席鲁涤平之命驻防吉安的国民党军团长王家骏进入吉安城，正巧遇见分别多年的同窗钟亮和他父亲在一起，便邀钟亮到他府上一叙。

身处南京的蒋介石获悉师长张辉瓒被活捉，成了红军的俘虏，这是党国的奇耻大辱。他急令江西省政府主席鲁涤平，要不惜一切代价把张辉瓒救出来，活要见人，死要见尸。一来，蒋介石没有料到红军发展得这么迅速。从朱、毛上井冈山，到如今短短两年多的时间，红军竟然有实力全歼他的一个团。这件事更坚定了他要全面"围剿"江西红军的计划，否则，他委员长怎么能安稳坐得了天下？其次，如果不救出张辉瓒，他如何给即将发动"围剿"的军队将士们打气、安抚，以解他们的后顾之忧？他密令鲁涤平，只要能换回张辉瓒，红军提出的条件不是太过分，都可以答应，以免影响他对红军更大的"围剿"计划。

鲁涤平吸取了前任"剿匪"不力被撤职的教训，派学弟王家骏驻防吉安，一来堵住红军越过赣江往南昌方向行动，二来王家骏是庐陵人。王家骏回吉安人熟地熟，不会水土不服，况且他与吉安红军的师长我的父亲苏志海是军校的同学。同学见同学，总有三分热。最低限度不会像张辉瓒那样的下场。为了确保如意算盘不会失控，鲁涤平还特地从赣南派了一位政府督查员前往吉安，督察王家骏在吉安的行动。

也许军人只适合在战场上以枪炮相见，要他们坐下来谈判，也容易争得面红耳赤。尽管这种谈判有酒相佐，也不一定能成为谈判桌上有效的润滑剂。王家骏、钟亮和我父亲三个人，三巡酒还没喝完，我父亲就与王家骏杠上了。一个是开口必先讲总理的三民主义，一个是张口必讲共产党为全人类而奋斗的纲领。

从字面上来看这两种理论没有很大的差异，甚至有殊途同归的根基，但是三民主义到了委员长时代就变味了。他挂羊头卖狗肉，经营他蒋氏的三民主义，却硬扯上先总理；而我父亲苏志海的共产主义却是实实在在为中国的普通老百姓翻身求解放谋福祉。他俩各自代表着自己的政党、主义，谁也说服不了谁。钟亮只好以兄长的身份，在这两个人面前周旋，

把话题转移到释放张辉瓒的中心话题上来。谁知，钟亮刚开了个头，王家骏却接到了南京的急电，说张辉瓒在审判时被愤怒的老百姓处决了。王家骏看了上峰的电文，竟然指责我父亲忽悠他，跟他玩游戏。坐在一旁的钟亮听了也大吃一惊。这个插曲过后，谈判结果可想而知。

张辉瓒被处决，不仅惊动了委员长和国民党的高层，让委员长加快了"围剿"红军的步伐，而且连红石村不明真相的老表们也谈红色变。王继业的民团团长赖德安在红石村的老表们面前趁机添油加醋、诋毁红军的形象，使得红石村的老表们在钟阿公的带动下，恐慌地逃往后山躲红军。一袋烟的工夫，红石村成了一个空壳村。唯有红莲姨没去山上躲红军。她将阿牛、细妹委托给了草儿姐姐带往后山。红莲姨的丈夫大柱叔叔在抵抗王继业的过头税时被民团枪伤着，不能动弹，红莲姨在村里陪着他。这是后话。

为了给后续红军的行动储备必须的生活物质，以防国民党可能发动更大规模的"围剿"，父亲和肖政委率领一支红军队伍在红石村一呆就是两年。我也在红石村生活了两年。

当初进村时，我正在往祠堂门柱上贴标语，刚从山上回村的阿牛阻止我，说祠堂是不能乱贴东西的。我批评他，小小年纪就满脑子封建思想，缺少革命理想。一来二去，我俩就杠上了，而且还打起来了。这正应了那句俗语：不打不相识。虽说后来我俩成了好哥们，但当时我父亲极为严厉地批评了我，并且亲自带着我到红莲姨家向阿牛哥赔礼道歉。

我们跟红石村的老表们这种过命的交情，没亲身经历的人可能没法理解。如今，两年过去了，上级一个命令下来，也只能说走就走。

我父亲带领红军要全部转移。我的去留，还没有说法，弄得我也挺闹心的。要我想象和我的父母分开，离开父母是一种什么滋味，没有父母在身边的孩子，是什么样的日子，我当时还真想不出来。父母每天忙着工作，白天我根本见不着面，只有到了晚上，我睡得迷迷糊糊的时候，他们才回来。我也只好假装在床上睡着了，听他们商量转移的事情。

我母亲还在做我父亲的工作，她说："能不能向组织上申请，让虎子也随部队一道转移？"

父亲很奇怪，说怎么又提到这个话题。跟着毛委员、朱军长闹革命，哪有价钱可讲？想当年，南昌起义失利后，父亲随朱军长辗转赣粤，部队也有人曾经怀疑，红军到底能打多久？1928年，朱、毛红军在井冈山会师了，正如毛委员说的，"星星之火，可以燎原"。自开创井冈山根据地，到召开中华苏维埃第一次代表大会，成立中华苏维埃共和国临时中央人民政府，这才几年时间，就证明了毛委员的高瞻远瞩。国民党的前三次"围剿"，都被毛委员和朱军长领导的红军粉碎了。第四次反"围剿"，虽然毛委员被夺了军事指挥权，但毛委员的军事思想，仍然在军队中起了重要的作用，所以第四次反"围剿"仍然取得了胜利。这次，都怪那些留洋回来的学院派，把国外学的那一套搬到了苏区，非要跟国民党打阵地战，把苏区红军这几年积攒的家底全掏出来，暴露在国民党面前，与他们硬拼。要不然红军也不会有这么大的伤亡啊！我们的红军也不会撤出中央革命根据地这块红色的土地啊！听说第五次反"围剿"失败，是在剥夺了毛委员红军指挥权的情况下，那帮学院派瞎指挥才造成的。

我不知道父亲说的"学院派"是什么人，他说话的声音很低。但有一句话，我听见了。他告诉我母亲："听说毛委员的儿子——毛毛也留在了中央苏区。我们的孩子还有什么理由，非得跟着部队走，增加部队的负担呢？难道你不相信哺育了我们几年，与我们情同手足的红石村的老表们吗？"

我母亲向父亲解释，她不是不相信红石村的老表，也不是不放心红莲，她是担心我不像其他的孩子那样守规矩，像牛那样听到一声吆喝，会止住脚步，四下看看遇到了什么情况。说我就像我的名字"虎子"一样，

总有那么一股虎劲，有那么一点不服输的偏犟，这也有点像我父亲。

当初红军刚进红石村，我父亲好不容易将老表们从山上劝回了村，老表们也还是戴着有色眼镜对红军观望着，我却为了贴标语的事跟红莲的外甥阿牛干了一架。刚平息不久，民团的团丁又化装成红军把阿牛给打了，却栽赃是我和红军合伙报复阿牛。若不是父亲果敢及时处置，差点酿成了群体事件。红莲姨感动地挂在嘴边，逢人就说红军师长带孩子两次向她家人赔礼道歉的事。天底下哪有这样的军爷？红莲姨常把红军称为"军爷"。可见国民党兵在老表们眼里个个都是惹不起的爷。在红石村两年多了，红莲和村里的老表们跟红军就像自己的亲兄弟姐妹一样。

那天，我母亲去红莲姨家找我，还没等她开口，红莲姨就先开了口。她对我母亲说："听说红军的孩子不能跟红军一块转移，如果苏师长和淑英嫂子信得过，就把虎子托付给我。阿牛、细妹吃什么，虎子就吃什么，保证像自己的亲生儿女一样养，虎子愿意待多久就待多久。我会用全家的生命为虎子担保。等革命成功了，你们随时来接虎子。我们没任何意见。而且会全力照顾好留在红石村的伤病员。"

我母亲当时就感动得留下了眼泪。

父亲劝我母亲："红石村的老表们有这个态度，你还有什么放不下心的？"

我父亲只要是在家，他就光着头，出门时才从裤兜里掏出那顶缝着五角星的帽子戴上。这就是他要出门的标识。而且他会习惯性地整理自己的着装。这不单单是他自己的习惯，即便是我出门，或者从外面玩了回屋，父亲见到我的第一个动作就是帮我整理衣着。尽管当时我的衣料很粗糙，衣裤上还有几个补丁，但是他还是要严格整理一番。虽然我认为这是多此一举，可还是得等他按他的标准来打量我。

我的母亲就像电影里那个年代的女红军一样，齐耳的短发，走起路来脚会生风似的，灵敏轻巧。她仿佛每天都有忙不完的事情，不是去红军的营房，就是在农会跟钟义哥和红莲姨商量着什么。有的时候还在地里跟老表们一块干活。

我曾经问母亲："当地人都说，女人不能下地干活，否则会被雷劈的。你和常队长下地跟老表们干活不怕吗？"

母亲说："我们红军给老表种地，是历朝历代的兵不曾有过的，为老表们种地，不仅感动了老表，而且也感动了上天，雷公怎么会劈我们呢？再说了，老表们种的粮食也会支援红军，如果我们不帮他们，他们会很辛苦的。我们不能像地主老财那样剥削老百姓。"

我听了母亲讲关于红军和土地的关系，关于土地和粮食的关系，我似乎明白了，我们吃的粮食也有老表们的一份血汗。帮他们其实也是帮我们自己。而如果我在红莲姨家吃一顿饭，就等于是多吃了红莲姨家的粮食，就相当于是在阿牛哥和细妹碗里刨食。看来我以后再也不能在红莲姨家吃饭了。

03

为了照顾伤病员和三岁的女儿秀秀，组织上决定，卫生队的队长常阿姨也留在红石村。

常阿姨出生在上海的富裕家庭。从护士学校毕业以后，听说共产党领导的苏维埃红色瑞金是另外一个世界，她和姐妹们就投奔到红色苏区来了。而后她们被安排到我父亲的部队任卫生员。在随红军辗转革命根据地的日子里，她认识了心目中的男子汉耿营长。当部队在红石村住下来以后，经组织批准，常阿姨跟耿营长结了婚。听说他俩的新式婚礼令

草儿姐姐羡慕不已。看了常队长的婚礼，草儿姐姐说自己的终身大事也要自己作主，要嫁给自己心爱的人，要跟自己心爱的人生活一辈子，决不能像父辈和当时的年轻人那样，靠媒婆来抉择自己的终身大事。很遗憾，当秀秀来到这个世界上时，耿营长只听到了女儿的一声哭啼就离开了。他是为了掩护红莲姨而牺牲的。红莲姨一直自责，说她欠红军一条命。

红军要转移了，希望老表们自愿认养留在红石村的红军的孩子。红莲姨在农会动员三叔、三婶家领养一个红军崽。他俩只有一个独生子钟阿山，一家三口人都是劳动力，有抚养能力。可是三婶说阿山马上要娶媳妇了，家里没有富余的粮养红军的孩子。农会也没有勉强。可是红军走了以后，阿山也悄悄地跟着红军一起走了，没给三叔、三婶打招呼，因为草儿允诺，只要阿山参加了红军，就嫁给他。这样，三叔三婶又主动提出领养一个红军的孩子。山里的伤病员断粮了，秀秀的确是饿得受不了了，常阿姨才同意红莲姨将秀秀带回村子给三叔、三婶抚养。

我母亲听说常阿姨也留在红石村，心里似乎得了某种宽慰。我父亲为了安慰我，特意给我制作了一把木制手枪，等我睡熟了，悄悄地把它放在我的枕头边。他离开以后，我摸了摸，还热乎着。我把它放在枕头边，等我醒了，我要带着我的"手枪"执行我精心筹划的任务。

我醒来的时候，父亲和母亲都不见了。他们在为转移作最后的准备工作。好像上级规定出发的时间快到了，我也像一个小红军战士，带着晚上父亲给我的木制手枪，整了整我的行头出发了。我要先行一步，赶到红军进驻红石村的来路上去守大部队。等他们到了，我就可以跟在红军的队伍里随他们一道转移。这个秘密，我连最亲密的战友阿牛都没有说。万一他知道了我的秘密，我的计划就泡汤了。

路过阿牛家时，一股诱人的香味飘来，馋得我不进去看都不行。我来红石村两年多了，在我的记忆中这种香味只有过年的时候才有。我想起来了，是炒米花，炒了米花再做米花糖。过年，家家户户都会尽可能的做一点，以满足孩子的需求。米花糖是客家人常见的小吃。我忍不住进了屋，只见红莲姨和大柱叔一个推着磨，一个在往石磨的洞眼里填米花，阿牛也在一旁帮大柱叔推磨呢。红莲姨把家里的米都拿出来，磨好炒米粉，给红军战士带在路上吃。她舀了一小勺送到我的嘴边，我却摇摇头没有张开口。我发现细妹和阿牛哥都用渴望的眼神看着我，可见他们也很希望能吃上一口。但红莲姨却没有给他们吃。

红莲姨问我："虎子，你是留在红石村，还是随大部队转移？"

我模仿大人的口吻说："正在等待命令。"心里却暗暗地想，我是来向你们道别的。

红莲姨怔怔地看着我，眼里仿佛闪着泪光。

后来，红莲姨和我说，我离开她家不久，我父母亲就找来了。听说我不见了，她叫上草儿姐、阿牛哥、细妹在村子里四下寻找，都没找到我。他们谁也没有料到，我去了我想象中部队会经过的地方，等父亲母亲。

部队出发的时间到了，可是父亲母亲却找不见我人影。他们只好将为我缝制的衣服、三块银元和一包盐巴交给红莲姨。红莲姨不肯收，我父母亲要她一定收下，那三块银元是上级发给每一个留守红军儿童在老表家的抚养费。

我后来曾问阿牛哥："红军离开时你看到了我阿妈吗？"

他说："看到了，看到你阿妈流着眼泪，走了很远很远，还回过头向我们招手呢。"

是啊，现在回想起来，当父母与未成年的儿女分别时，竟然没有见上一面，而此一别，以后还能不能相见，还很难说。这种掏心掏肺的痛啊，却是我任性造成的。

我自作聪明地埋伏在路边等候红军大部队的到来。等啊等啊，不知

道大部队什么时候离开了红石村，也不知道等了多久。我依稀记得红军进驻红石村走的就是这条路。不知等了多长时间。直到天渐渐地暗下来，也没有看到红军过来。我靠在树下，慢慢地睡着了。

突然，我听见了红军脚下生风的步伐，由远而近地飘来，我赶紧爬起来，爬到树上去看从我面前经过的红军队伍。可是看呀看呀，既没有看到熟悉的红军叔叔的面孔，也没有看见我的父亲母亲。等红军叔叔的队伍全都过完了，也没看到一个熟悉的人。我从树上窜下来，着急地跟在队伍后面，跑啊跑啊，一边跑一边喊着爸爸妈妈。突然，我被石头绊了一脚，重重地摔在了地上。

这一摔，把我摔醒了。原来我是在做梦呢！睁眼一看，四周黑漆漆的，远处仿佛有野兽的声音。顿时，我也有点害怕。站起来想跑，却不知道往哪儿跑。忽然，我看见树林里有闪闪的火光，紧接着，有人在喊我的名子：

"虎子，虎子，你在哪儿？"

"虎子，虎子，我是阿牛。"

我一听是红莲姨和阿牛哥的声音，赶紧回答："我在这呢！"

红莲姨举着松油火把向我靠近。

不一会儿红莲姨和阿牛哥出现在我面前。红莲姨流着泪，紧紧地把我搂在怀里，连声说："你把阿妈急坏了，找了你半天，万一找不着你我怎么向你阿爸阿妈交待呀？以后再也不许跑了。"

我从红莲姨的怀里挣脱了出来："你不是我阿妈！我阿妈是红军！你是我的红莲姨。"

红莲姨说："好好好，我不是你阿妈。只要找到你，我这颗心就踏实了。我们赶快回家，常队长还在家等着你呢！"

我一听常队长还在等我，心想那红军肯定还在。我随着红莲姨和阿牛哥快步朝村里走去。

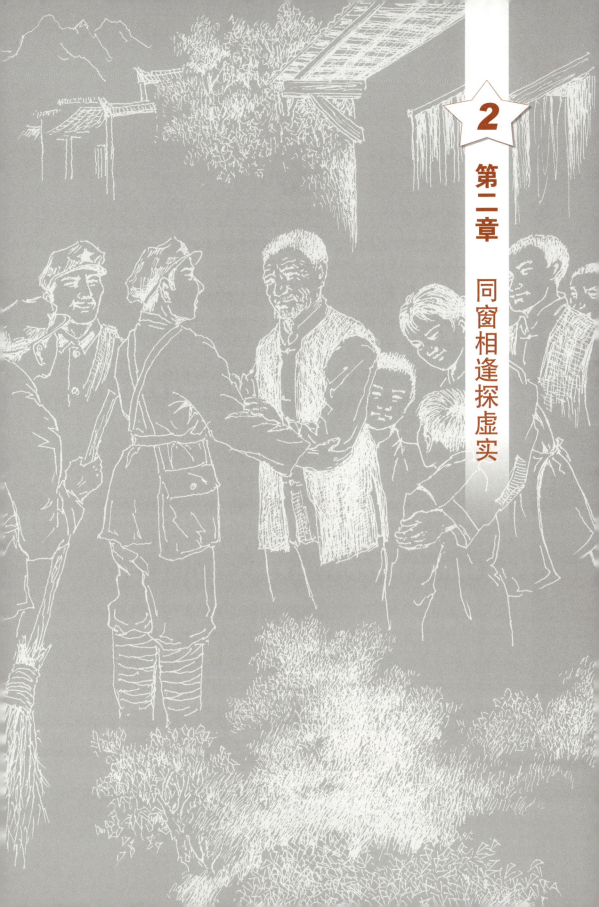

第二章 同窗相逢探虚实

红石村的老表们对红军的认识，说来现在很多的年轻人未必会相信。

"打个吆喝能听见，见个面来要走半天。"这在上世纪 30 年代的农村，尤其是江西井冈山山区，是江西老表们生存的真实写照。虽然朱、毛红军 1928 年就在井冈山会师了，东固革命根据地在 1929 年也有了红军，但是在离东固不足百里的红石村，老表们从零星的传说中依然认为红军是绿林莽汉。加之国民党反动派和地方武装势力，为了将红军和老表们隔离开来，更是将红军妖魔化成了青面獠牙、红头发的一帮乌合之众，是"共产共妻"的绿林莽汉。尤其是张辉瓒被愤怒的群众处决后，其人头在赣江上漂的传说，加之民团的头目赖德安在红石村的老表面前大肆渲染，使得老表们对红军有一种莫名的恐惧和抵触情绪。村里的呆子钟水根在民团团长赖德安的唆使下，有意在老表们中间散布红军的坏话。钟水根在红石村里疯狂地叫嚷"'红毛贼'来了！'红毛贼'杀了张辉瓒，还把他的头放在赣江上漂着！赶紧躲到后山去！"

你说钟水根痴呆疯癫吧，他又有几分明白。他知道，只要在红莲院外嚷嚷，红莲立马会去找钟阿公拿主意。他之所以首先要让红莲得到这个消息，那是因为他心里清楚，红莲虽然是个女人家，但在村里敢说话，她又是钟阿公的外甥侄女。只要红莲乱了阵脚，就必然会搅乱钟阿公的心。还有一个更重要的原因，他和红莲的男人钟大柱，还有钟亮都是发小。钟亮出去闯世界了，他钟水根也想娶红莲为妻。谁知他是一个孤儿，父母手上没有给他留下遗产，加上他好吃懒做，一个人吃饱了，全家不饿。大柱就比他有福气，爷爷手上就给他积攒了一份家业。媒人到红莲家一提亲，红莲虽然看不上大柱，但红莲的阿爸阿妈心里却念叨着大柱家的那个院落，女儿嫁过去不至于挨饿受冻。

自从红莲嫁给了钟大柱，一直暗恋着红莲的水根，就像变了一个人，半疯半颠的，不知饱饿冷暖，居无定所。老表们见他一个人怪可怜，任何一户人家只要到了饭点，都会给他一口。赖德安也正是把住了水根的软肋，时不时给水根灌两口酒，就能拿他这张嘴当枪使。

别看水根表面上疯疯癫癫，可是心里明白着呢！平日里，只要红莲一出门，他就会悄悄地像个尾巴似的盯住红莲，看红莲去了谁家，呆了多久，大概是什么事，他都心里有个数。关键时刻，他凭这半真半假的情报，可以在赖德安面前混点王继业家的残羹剩酒充饥。所以无论是有事没事，好事坏事，大多数时间，他第一个先让红莲知道。再借红莲之口传递给钟阿公，或其他村里能说得上话的人。

红莲在屋里伺候腿受了伤、不能动弹的大柱。听屋外闹哄哄的，她出了院子，与正在院子外面瞎叫唤的水根撞了个正着。

红莲喝道："你叫什么叫，有事说事，嚷的人心烦！"

水根的嗓门低了几度："'红毛贼'要进村了。"

红莲追问："红军就是红军，什么'红毛贼'，你听谁说的？"

水根回答道："刚，刚才听赖……赖德安说的，他看到国军师长张辉瓒的头，被'红毛贼'割了抛在赣江上漂着。"

红莲问道："他赖德安看到了？"

水根答道："他刚从吉安回来，路上的老表都这么说。"

红莲对水根的话半信半疑，尤其是水根说他是听赖德安说的，不免有几分犹豫。她正想去找钟阿公讨个主意，却见草儿挽着钟阿公来了，身后还跟着三叔三婶一帮人。

老表们凑在一块等钟阿公拿主意。

钟阿公年长，又是族长，事关全村老表生死攸关的大事，只有他发话，

其他人谁也作不了主。

钟阿公思忖了片刻，说："还是叫老表们带上吃的和衣服上后山去躲一躲。万一'红毛贼'来了，伤了人是大事。"

草儿纠正道："阿爸，是红军不是'红毛贼'。"

钟阿公坚持说："管他是红军还是'红毛贼'，你我都没见过，只是听说，万一伤了村里的人，谁家的人都是一条命！我们惹不起，躲总可以躲一阵子吧？"

红莲吩咐草儿、三婶、水根等人召唤大家往后山上去。

钟大柱上次抗租时，腿被团丁的枪伤了，走不动路。他催红莲带上阿牛和细妹赶紧走，自己在家里等着"红毛贼"来了跟他们拼了。

红莲说什么也舍不得将大柱一个人留在家里："要拼咱俩一块拼，凭你一个瘸子，怎么跟他们拼？"

草儿收拾好了东西，来招呼红莲。

红莲将阿牛、细妹托草儿带上山去，自己留在家里陪大柱。

他俩正说着话，只见王继业的民团团长赖德安也背着粮袋子来了。嘴上没说，心里却打着鼓：看来红军果真来者不善，要不然平日里一脸松树皮似的赖德安，怎么今日也变得有几分笑意了呢？

赖德安满脸堆笑地问："红莲弟妹，你们还没走啊？"

草儿抢过话："赖团长你们这是……"

赖德安压低声音无奈地说："跟老表们一起上山，躲'红毛贼'。"还一边讨好地说："你看我还给老表带了王家的粮。"

　　红莲没好气地说："王家的粮还不都是红石村老表们的血汗。"

　　赖德安狡辩道："那是那是，虽然我们前后村不同姓，但是大难来了我们有难同当嘛！"

　　说着话，赖德安赶紧跟着老表往山里去。

　　红莲看着赖德安的背影，像是自言自语："看来红军进村，不会有假，要不然他赖德安今天怎么也跟病猫似的。"

　　她提醒草儿："你们到了山上要多长个心眼，看他是不是跟咱们呆在一块。"

　　草儿应了声："知道了。"

　　红莲问草儿："怎么没见到钟义？"

　　草儿说："钟义陪我阿爸先上山了，看看在哪过夜合适。他常在山上打猎，知道在哪儿歇脚安稳。"

　　红莲这才放心让草儿带着阿牛、细妹出了院子。

　　谁知细妹没走两步就哭得像个泪人似的，她喊着要留在村里，不愿离开她阿妈一步。那情景宛如母女的生离死别似的。

　　红莲安慰细妹："你们先上山躲两天，如果村里平安无事，我就上山来接你们。"

　　听到这，细妹的嘶吼声才渐渐地平息了下来。

　　赖德安一路上跟钟阿公套近乎。

　　上山的路对老表们来说如履平地，进山砍柴、捡拾山货那是家常便饭。但是赖德安和他的几个小兄弟，却没吃过这份苦，受过这份罪。没走多远，

他带的两个帮手就喘不过气，只得眼睁睁地看着老表们，一个个超过他们快步往山里去。

赖德安关心地问钟阿公："阿公，要不要歇一口气？"

钟阿公说："就你们这帮看门的……都被王继业那老贼养娇了。"看门狗的狗字到了嘴边又收回去了，毕竟当着这么多人的面，为赖德安留个面子。人要脸，树要皮，这是人之常情。

赖德安连忙解释："弟兄们又是挑箩又是背袋，着实没受过这份累。"

钟义接过话："你们准备在山上过年啦，还是在我们老表面前显摆？"

赖德安急忙解释："阿公，我可是想好了，王继业没在家，我特意多准备了些粮食。到了山上，请阿公给老表们分一口。"

钟阿公看着赖德安说："我看你在王家呆了十几年，也就今天，也就这一句话是人话！"

赖德安自嘲地说："阿公，我可天天说的是人话。"

钟义不留情面了："赖团长，你还狡辩。当着王继业的面，你那狗尾巴摆得最欢。你若说人话，大柱哥的腿会被你们的枪顶着？"

团丁甲听了，也有点不服气："谁要他那么冲，硬朝我枪管上冲，我还以为他要抢我的枪……"

赖德安急忙用眼神止住团丁甲。

团丁甲不吱声了。

赖德安注意到了钟阿公威严的眼神，赶紧堆着笑脸："阿公，兄弟们背着这些粮食，实在是累了。要不你也歇会儿，抽袋烟？"

钟阿公说："你们歇吧，在山上抽烟可要小心。我是没你那福气，饭都吃不饱，哪有铜钱吸烟？"

说着话，钟阿公可能是年纪大了，也停住脚，手扶着身边的树喘息。

赖德安赶紧示意团丁乙将两只箩筐靠拢，上面放着扁担，让钟阿公坐下歇口气。

钟阿公也不客气，一屁股坐在扁担上面。

赖德安凑近钟阿公说："阿公，等到了安顿的地方，我多带的粮食，由你来分给老表。"

钟阿公试探地问："你赖德安会相信我？"

赖德安讨好地说："信，信，红石村我就佩服你钟阿公。"

钟阿公进一步逗对方："你就不怕别人把你的狗链子搜紧喽？"

赖德安企求说："阿公，如果'红毛贼'到了山上，你千万帮我们说句公道话。"

钟阿公若有所思："'红毛贼'会听我的？"

赖德安不打自招地说："'红毛贼'肯定听你的！"

钟阿公似乎明白了："你怎么知道他们会信我的话？"

赖德安没辙了，只好瞎扯说："你的话在红石村好使，在他们面前肯定也管用！"

钟阿公镇定地说："这话是你说的。你一路上不是说'红毛贼'如何如何不好惹，这一下怎么说'红毛贼'会听我的话？看来'红毛贼'还是说人话，办人事的人，不像你们……"

钟阿公心想，你赖德安还有自己的小九九。说"红毛贼"坏是你怕"红毛贼"，是吓唬我们的。"红毛贼"能听进我的话，那就说明"红毛贼"是跟乡亲们一条道上的。但他赖德安怕"红毛贼"，肯定是有怕的道理，不然他怎么也跟着我们躲到山上来，那王继业老贼又躲到吉安城去了呢？

想到这，钟阿公起身佯装小解，钟义跟了过去。

钟阿公叮嘱钟义：随时看着赖德安他们几个，防止他们使什么歪招。

那天父亲离开王家骏的团部，出了吉安城，一路快马加鞭，回到部队。母亲和肖政委见他安然回来了，终于松了一口气。我当时站在他们身边都觉得挺奇怪的。

肖政委和我母亲像检查什么似的，前前后后，左左右右，上上下下打量着我父亲。

我父亲被他们看蒙圈了，心想：如果自己真受点伤害，能换回红军急需的医疗物资那也值得。可是……

肖政委宽慰道："老苏同志，世上没有后悔药。张辉瓒的事，我们只能吸取教训，再也不能有第二次了。"

虽然处置张辉瓒与父亲的部队没有丝毫关系，但他依然觉得公审张辉瓒这招棋太大意了。

肖政委和我父亲商量，尽快遵照上级的部署确定往红石村一带挺进的方案。张辉瓒的事一出，说不定国民党方面会加紧对江西红军的一举一动进行跟踪、报复。

肖政委的话果真应验了。红军队伍刚出发不久，国民党的飞机就出现在天上，对红军的队伍进行跟踪侦查。部队隐蔽起来，飞机就在头顶上方盘旋、寻找，一旦行动了，飞机又跟着。有的红军战士还开玩笑说，红军行军，委员长还派飞机给我们警卫呢！可是玩笑归玩笑，只要飞机一发现我们的行动，就会来轰炸扫射，逼得部队走走停停。有几个红军叔叔来不及隐蔽，受了伤。

我们原计划当天能赶到红石村过夜的，却在路上走了整整两天。也许国民党知道我们要转移到红石村，当部队快接近红石村时，敌人的飞机轰炸得更猛烈。好在我们是依山而行，敌人的炸弹不好瞄准，胡乱丢。

当红军进到红石村时，村里有几处居民的房屋被炸弹击中了，正在燃烧。村里却看不到有人扑火。我父亲和肖政委一面通知部队注意隐蔽，保护好自己，一边赶紧扑火。

突然，在烧着的屋子外面，看到有个女人在扑火，战士赶忙过去帮助她。只见她试图往火里冲，原来着火的屋里有猪叫的声音。我父亲冲上去把那女人推开，自己当即往烧着的屋里冲去。不一会儿，真的有两头猪从火里面窜了出来，众人吓了一跳。一个战士赶忙往猪身上浇了一盆水。可能是痛吧，猪嚎嚎地叫着满地乱跑。火被扑灭了，女人从家里拎着茶壶给战士们倒水喝。

我父亲问她："老表，你叫什么名字？"

那女人回答道："我叫红莲。"

我父亲："这个名字挺好听，也容易记。村子里面怎么就你一个人呢？"

红莲说："老表们都躲到山上去了。"

我父亲不解："老表们为何要躲到山上去，那你怎么没上山去？"

红莲告诉站在她面前的陌生人："我男人腿受了枪伤，走不动。呆在家里，我在家里陪着呢。"

我父亲等人赶紧进屋，看到躺在竹床上的大柱。钟大柱一见这么多陌生却又看起来面善的人，惊恐地看看红莲，又看看这些陌生人。

父亲安慰道："老表，别害怕，我们是红军，是井冈山朱、毛领导的红军。"

红莲惊奇地问："你们是红军？"

肖政委紧接着回答："我们红军是穷苦人自己的队伍。队伍里的兵也都跟你们一样，是穷苦人出身。"

钟大柱机警地说："你们不是红军。"

父亲反问道："我们不是红军，那我们是……"

钟大柱有点胆怯地说："我听人说红军是红头发的怪兽，会吃人的。"

红莲一听，赶紧打圆场："军爷，别听我男人瞎说，那些话是村里的'癞皮狗'诓人的。"

父亲好奇地问道："'癞皮狗'是什么来路？"

红莲倒也干脆地回道："'癞皮狗'名叫赖德安，是恶霸地主王继业民团队的队长，专门帮助王家欺负我们。"

肖政委追问道："他人呢？"

红莲告诉肖政委："他也跟着村里的老表们，上后山躲红军了。"

肖政委还是有点儿不解地问道："他们为什么要躲我们？"

钟大柱有点愤懑地说："就是那个'癞皮狗'，说红军……"

肖政委和我父亲都会意地笑了……

肖政委又问道："那你们俩怎么没去？"

红莲解释说："我男人的腿被王继业团丁的枪打伤了，不能走路。"

我父亲立即叫通讯员把卫生队的常队长请来。

通讯员应声而去。

红莲急了："别别，军爷，我们不看病。"

肖政委问道："人有病，怎么可以不看医生？"

红莲吞吞吐吐："看病……那要花很多钱，我们家饭都没得吃。"

父亲安慰道："老表，你放心，红军给你们看病不收一个铜板。"

红莲和大柱惊悚地看着眼前这几个人，内心充满了疑惑。

肖政委自责地说："在井冈山的方圆百里，还有对红军有偏见的人，看来我们的工作做得还很不到位啊！"

父亲也深有感触，接着说："所以，毛委员在中国革命各阶级的分析中说得很清楚，中国革命的首要问题是分清敌友。"

他们正说着话，常队长进了屋。

常队长察看了钟大柱的伤口，建议立刻送到卫生队做手术，否则会影响整条腿。

众人在常队长的指挥下把大柱抬到了卫生队。

说是卫生队的住院部，实际上是一个废弃了多年、无人居住的老屋子，差不多是四壁通风。红军用芭茅草编的帘子将屋子围了一圈，屋子里又用满是弹孔的白布，分隔了几个空间，作为伤员居住和处置间。

为了慎重起见，常队长等人又仔细检查了大柱的伤口，发现伤口已经腐烂，必须马上手术。

红莲一听马上手术，吓了一跳，她要大柱跟她回家。

常队长不解，红莲宁可让大柱的腿废了也不治。

红莲向常队长哭诉："家里连饭都吃不上，哪有银子治病？"

常队长明白了红莲的忧虑，细心地向红莲解释："红军医疗队给老百姓看病是不要钱的，老表们看病是和红军一样的对待。"

这时，许护士报告常队长，手术需要用的麻醉药只剩一支了，刚抬来的伤病员也需要手术用。

我父亲肯定地说："先给这位老表用上。"

许护士为难地看着担架架上的伤病员。

我父亲俯下身子给伤病员说着什么。

伤病员明白了，他用牙咬着毛巾，手握成拳头示意自己能忍受："这一支止痛药给老表用。"

红莲听了，心想：天底下哪有这么好的红军，伤病员省下来的药给老表用，为老表治病又不收一分钱。眼前的红军怎么跟赖德安说的红军不是一拨人呢？要不，怎么跟传说的红军也大不一样呢？

红莲忍不住了，问常队长："你们真的是从井冈山下来的朱、毛红军？"

常队长坚定地回答："是啊，你对我们有怀疑？"

红莲连忙说："没没没。传说中的红军怎么跟看到的红军是两种红军？"

我父亲告诉红莲："全中国只有共产党领导的为天下的老百姓谋幸福的红军。那些念红军歪经的人，是要把老百姓与红军疏远、隔离开来，为了达到他们控制、欺诈老百姓的目的。"

红莲听得似懂非懂。她心想，怪不得赖德安要把红军说成不像人的怪物，原来就是要我们远离红军，躲红军呢，让老表们见不到红军。他们是怕红军为老表们撑腰，怕老表们向红军告他们的状。就像大柱的腿，是王继业的民团打伤的，是红军给他治的。看来王继业的好日子到头了。要不然王继业听说红军要来了，慌慌张张躲到吉安城去了呢！

往常王继业去吉安城找相好的也是小住几日就回来。这次听说红军来了，就见不到他人影儿，一家老小都走了，肯定是不敢回红石村。所以他就变着法子说红军的坏话。

红莲想着想着，突然听到常队长叫她："红莲嫂子，大柱的手术做好了。等麻药过了，就可以抬回家。"

红莲似乎不敢相信这一切是真的，但眼前的一切确确实实是现实中的。她狠狠地跺了几下脚，觉得脚有点痛，这才信了自己真的不是在做梦，红军真的帮大柱救治了腿，还真的不收一分钱。

当担架把大柱抬回了家，仍然躺回了那张竹床上。前后几个时辰的变化，着实让红莲觉得红军是她的救命恩人。因为红军治好了大柱的腿，大柱又可以像正常人一样为家里干活了。

可是红莲的亲身感受并没有打动躲在山上的老表们和钟阿公。

红莲上了后山，将自己亲身经历以及所见所闻告诉乡亲们，劝他们回村。钟阿公等人并不买账。说红莲一个人尝到了甜头，就来给红军当说客，要乡亲们下山，说不定是红军设的一个圈套。

赖德安也在一旁跟着生事："红军有那么好，干嘛还要派飞机来丢炸弹，把房子烧了。"

三婶更是着急了，她关心的是自己的屋子是不是着了火，她还指望今年秋收以后，娶儿媳妇呢。万一房子被炸塌了，哪来的银子修房子？

她的独生子阿山提出要下山，回村看看自家的房子是不是损坏了。三婶却又不允许阿山下山。她宁可等别人先去冒险趟雷，为她铺了平安路之后再下山。她也不可能让阿山带头下山，回家看自己的屋子。

出头露脸的事，她三婶是从来不会冒泡的。

红莲解释说："天上飞的是国民党的飞机，他们是专找红军挑事的。"

红军进村，看见有老表的屋子着火了，不管不顾地去救火。她家的猪圈着火了，红军冒火冲进猪圈，帮她把年猪救了出来。

钟义等几个年轻人听了红莲的话，跃跃欲试，要跟红莲下山，却又不敢声张。

还是红莲脑筋来得快，她向钟阿公提议："你如果不放心，就让钟义和阿山随我一道下山，回去看个究竟，再拿主意。"

围着的人也觉得这个提议可行：

"红莲，你要保证我家阿山平平安安回来，我就阿山这个独苗苗。"

"钟义，你们快去快回。下了山以后，先别进村子，在外面探探虚实，再进村。"

"红莲，你尽给红军说好话，要对下山的人负责。"

钟义以他山里狩猎人特有的机灵说道："我又不是三岁的毛孩子，看见野兽还不知道是躲是逃，真逗。"

众人七嘴八舌，说得钟阿公心里烦了。他心里清楚得很，老表们在山上也呆腻了，家不像个家，又没有遮风挡雨的地方。家再破，还有一份踏实的感觉。老话说：金窝银窝，不如自家的狗窝。但钟阿公又担心，这不明来路的什么红军，万一盯上了红石村，那全村老小的性命，就得他这个族长担着。

他找了几个年长的，合计合计，再做打算。

一直在身边听着红莲说话的赖德安，眼睛眨都不眨一下。他观察着红莲的表情，看她的精神状态，判断她有几分真话，几分假话，他好趁机溜到吉安城去报告王继业，红石村的老表们跟红军接上火了。

趁钟阿公不在身边，赖德安压低音调试探道："红莲妹子，红军真像你说得那么仗义？"

红莲揶揄说："赖管家，要不你随我一道回红石村，跟红军长官聊聊你在王继业王老爷家对老表们做下的那些作奸犯科的破事儿？"

赖德安急忙解释："别别别，我那也是端着东家的碗，服着东家的管啊。"

说着话，他朝身边的几个小兄弟使个眼色："弟兄们，你们说是不是这个理啊？"

他的几个手卜起哄道：

"赖头说的是这个理，这年头谁不是为了混口饭吃。"

"在外面混容易吗？东家叫干的事，有时候我们只好硬着头皮上。"

红莲也不给他们面子："东家叫你吃屎，你们也去吃？"

看热闹的孩子们跟着起哄：

"'癞皮狗'是吃屎狗。"

"赖团长是个吃屎团长哦。"

赖德安往日的威风一扫而尽，他自己给自己下台阶："成成成，我里外不是人，不是人。"

钟义叫红莲去钟阿公那边。

赖德安见身边没什么人，跟手下的人狠狠地交代："你们好好地给我看着谁跟红莲下山。一会等他们走了，我也去吉安城见老爷。"

团丁甲胆怯地问赖德安："那我们怎么办？"

赖德安说："凉拌。你们都是木瓜脑子吗？老表们干嘛，你们跟着就是了。"

团丁乙不安地问道："头，你哪天回来？"

赖德安说："我去去就回。'红毛贼'在红石村也呆不了几天。他们一走，红石村还是老爷的天下。你们一个个都给我挺住了。"

团丁们虽然一个个当着赖德安的面，都答应得好好的，但他们心里的小算盘清楚着呢：你赖德安在山上熬不住了，就往吉安去，守着老爷吃香的喝辣的，把我们晾在山上担惊受怕。等你走了，我们也找出路去。万一红军上山来了，逮不到主，拿我们这些"小罗罗"开刀，做个冤大头，家里的老老少少，谁去养？

红莲当着族老们的面，又将红军对她家的好说了一遍。

几个长者还是有点半信半疑。在他们心目中，这样的红军宛若天兵，自己活了这个岁数还从来没听说过，世上哪有这么好的官兵，不顾自己，一心只为老百姓。

钟阿公见众人也拿不出主意，说不出个所以然，自作主张叫钟义和阿山随红莲下山。

红莲要把阿牛和细妹带回去，钟阿公他们却不乐意。

面子上是说为红莲好，让孩子留在山上更安全，实际上是怕红莲被红军利用，但又不好撕破脸说。只是说等钟义和阿山探了虚实回来，孩子和村里的人一道下山更稳妥。此外，他们也怕红军把红莲的孩子诓骗下山，再来要挟老表们下山。

其实，老表们完全误解了红军的意图。起初，红莲上山叫老表们回村，我父亲和肖政委都商量好了，随红莲一道上山来请他们回去。可是父亲突然接到一个情报："近两天，王家骏想趁苏志海部立足未稳，突袭红石村，打红军一个措手不及。一来，好在鲁涤平面前讨好、邀功，为张辉瓒报一箭之仇，好让鲁主席在蒋委员长面前给他论功行赏，证明他王家骏比张辉瓒更牛。二来，也正好帮助红石村的王家，免遭红军的洗劫之难。于党国、于王家来说是两全其美的大好事。"但是，这一情报源来路不明，我父亲他们决定暂缓接老表们下山，集中精力，对付可能发生的突然袭击，以防万一。因此，随红莲进山接老表回村的计划也随之延迟。

我父亲和肖政委商量，一方面请求调派增援部队，另一方面积极做好准备，以应对王家骏的突然袭击。同时，我父亲又分析，王家骏似乎不太可能在他自己立足未稳的前提下，急功心切，对老同学和红军痛下毒手，不吸取张辉瓒的教训，贸然出兵，跟士气正旺的红军交手。而且他粮草不足，孤军驻守吉安，知己不知彼的前提下与对手交战，这是兵家之大忌。

　　但依我父亲对王家骏的了解，他很有可能出这一险招。

　　我父亲率领的红军和紧急从东固赶来增援的红军，埋伏在吉安城通往红石村的途中。

　　谁知，红军在山道上埋伏了两天，都没有等到王家骏的国民党军。

　　直到第三天早晨，王家骏的部队进入了我方伏击圈。那天，如果不是国民党的先头部队几个士兵内急，擦枪走火，红军战士误以为暴露了目标，提前打响了战斗，说不定王家骏也成了张辉瓒第二。

　　后来还原历史才知道，原本我父亲接到情报的第二天，王家骏就要奔袭红石村。恰好赖德安从山上跑回了吉安城。王继业急急忙忙带着他见王家骏。王家骏原想叫钟亮来商议，被王继业阻止了。王家骏此前要出兵偷袭红石村的计划，钟亮不看好。

　　钟亮认为，张辉瓒的惨败，红军气势正旺，而且王家骏对吉安周边红军的部署和实力不了解，贸然出兵，又没有得到南京和江西省政府主席鲁涤平的认可，以王家俊一个团的兵力打垮苏志海部的胜算不明，也显得太仓促，还是等了解清楚吉安周边红军的具体部署以后，再做决定。而王家骏却没有听钟亮的劝告。钟亮名义上是鲁涤平派往赣南区域的督察，但实际上却无权管理王家骏的军队。

　　王家骏求功心切，想趁苏志海立足未稳，一举赶跑苏志海部，又能保住他王家的祖业，可谓一举两得。因此他没有听取钟亮的意见。

　　赖德安这个倒霉蛋从山上跑了回来，想在王家骏面前显示自己的能耐，鼓动王家骏出兵，一举收复红石村。

　　王家骏毕竟是王继业的儿子，血管里流的还是王家的血，又在军校历练了两年多，因此，他听了赖德安的话。但为了稳重起见，推晚了一天出兵红石村，而派他的副官随赖德安回红石村探个虚实。

　　赖德安是个十足的两面人。当着王家骏的面，对老表和红军是义愤填膺，而当着红莲和老表们的面又表白自己是端着东家的碗，要服东家管。王家骏要他回红石村，探测红军的底细，他内心在叫天，却也只好硬着头皮应承。

　　王家骏交代赖德安，如果能进到红石村，当然是更好，看清红军有多少人，多少条枪。如果进不了红石村，也要了解，红军在红石村周边驻扎了多少部队，大约在什么位置，有没有特殊的防守等等。

　　赖德安还没有跟红军过过招，这还是第一次。以往只是听说红军打仗如何英勇善战，敢打敢拼。可真要他去接近红军，摸清红军的军事部署，似乎有点儿送肉上砧板，此举不死，也难谋个完身回来。

　　王家俊还是信不过赖德安。虽然赖德安是王家的一条忠实的看家犬，但他的能耐到底有多大，王家骏心里还是没有底。因此，他派了一个副官陪着赖德安去红石村。

　　赖德安带着副官，一身生意人打扮，出了吉安城，一路往红石村走去。

　　以往，赖德安随王继业往返吉安，不是骑马，就是坐牛车。走路，那全当是坐车坐累了，下来走一走。要他靠两条腿从吉安城走到红石村，又走回来，那是多少年以前的事。而这回又带着一个国民党军的副官，两个人，走一段歇一段。眼看离红石村还有五六里地，赖德安实在不想往前走了，正好从红石村方向过来一卖柴的人，推着一独轮车的柴。

赖德安拦住来人，问道："你过来的路上看到有红军吗？"

推独轮车的老表没理会他，只是摇一摇头，继续赶自己的路。

见对方不搭话，赖德安索兴把独轮车拦了下来，直接了当地问："你过来的路上有没有看到拿枪的人？"

推车的人抱怨道："我没在意，我这车柴要赶天黑前送到吉安，还要回来，哪有工夫管路边的事？"

赖德安又问："你从前村到这有多远？"

推车人估摸着说："好像走了一个时辰吧。"

赖德安无奈，只好放过推车人，继续往前走去。

当他俩来到一个坳口，赖德安告诉副官，转过这个坳口，还有一二里地就能远远看见红石村了。

副官选择了一个有利位置，想站得更高看远一点，了解前面的情况。他实在是走累了，走不动了，想抽根烟。

赖德安却劝道："这地方不能抽烟。"

副官不解："为什么不能抽烟？"

赖德安解释道："我们这地方的老表都是抽烟杆。你抽卷烟说明你是外面来的人。如果有人看见我们，会引起怀疑。"

副官说："我们本身就是外地人，是做生意的呀。不抽卷烟抽烟杆，穿着这一身，那像什么？"

但副官还是把烟收了。

他刚摘下帽子扇扇风，远远的就听见有人打吆喝。

副官不知怎么回事，赖德安一把把他拉到自己身后，朝声音飘来的方向回了声吆喝。

副官疑惑地问："你这是什么意思？"

赖德安告诉他："这是山里人远远看见有人，问候的方式。"

副官更奇怪了："他怎么看得到我，我怎么没看见他？"

赖德安神神密密地说："山里人有三个特点。"

副官追问："哪三个特点？"

赖德安得意地说："山里人，一是有一双千里眼，能辨别千里之外是人还是野物；二是有一双顺风耳，就像刚才打吆喝，听你回应的声音，他就能判别出你是前后村的人，还是外乡人。如果你发不出长长的吆喝声，说明你就不是本地人。"

副官听得有点玄乎："那第三条呢？"

赖德安解释道："这第三条，就是从你的走路姿态上，可以看出你是常走路的人，还是官爷；是赶路的人，还是探路的人。"

副官问："什么叫官爷？"

赖德安回答道："官爷就是常骑马或者坐轿子的人。这种人不常走路，更不走长路，所以对方一看就知道你的身份。"

副官还真有点不服气："那他怎么看得见我呢？"

赖德安耐心地解释道："他在暗处，我们在明处。他在高处，我们在矮处，只要我们一出现，他就能看见我们，而我们却看不见他。说明这一带很可能有红军的暗哨。"

副官似乎明白了："看来我们已经被人发现了。"

赖德安却说："那倒不一定。"他把前面可能有红军的岗哨一五一十地分析给副官听，听得副官连连点头。

赖德安借机劝副官往回走。

此时的副官，恨不得插翅回到吉安城，但他已经累得不想往回走了。

赖德安逗副官，回了吉安带他去风月楼开心，把副官打道回府的精神又提了起来。

赖德安和副官回到吉安城，已是掌灯的时候。王家骏听了副官和赖德安的汇报，压根就没有把红军的部署放在眼里。他心想，无论是红军的装备，还是红军的身体素质，都与他的正规军没有可比性。

王家骏瞒着钟亮，推迟了两天出兵红石村。

这天他起了个早，率领部队向红石村进发。他想苏志海的部队肯定还在休息，不会太设防，打他一个措手不及，打不垮他也会把他赶出红石村。

谁知在离红石村还有五六里的路程，有几个士兵到路边内急，把枪弄走了火，埋伏了两天的红军以为暴露了目标，与国民党兵交上了火，给王家骏的先头部队打了个措手不及。

好在红军没有形成包围之势，只是正面与王家骏部交火。王家骏没想到此地还有红军，立刻下令撤退。如不是他跑得快，是不是成了张辉瓒第二，还难说。

我父亲和肖政委在离红石村五里以外的狗尾巴山上守了两天，打了一个不算漂亮的伏击战。虽然让王家骏部逃回了吉安城，却也缴获了敌人落下的不少枪械。按照耿营长当时的意见，要乘胜追击，直追到吉安城。可是我父亲却命令停止追击，趁胜收兵。给了王家骏一个意外的教训，但愿他再也不敢轻易来碰红石村的红军。这样也能保住红石村的片刻安宁。因为这支红军部队是来开辟新的革命根据地的，是为红军主力尽可能地提供补给，而不是来跟王家俊正面较量的。

最为关键的是，我父亲收到的情报很蹊跷。送情报的人点名要面交

师长苏志海，等交了情报，人就匆匆离开了。当时我父亲和肖政委分析，情报是某个人送来的，但在那个特殊的环境下，又无法确定。为了不至于失去这么一个跟王家骏过招的机会，便制定了两套作战方案。一个是见好就收，以避免中王家骏的圈套，把我军引出红石村以试探我军的实力；二是如果出现了意外的情况，打伏击的红军就地后撤，把国民党兵往山上引，确保红石村伤病员的安全。另外，在离红石村一公里以外的地方组织了第二道防线，以防王家骏率部直奔红石村。

可是，令人不解的是，红军在狗尾巴山守了一整天，并没有发现国民党兵的身影。我父亲他们以为王家骏突袭红石村的情报有诈。但一想到钟亮的横空出世，身份又很诡异，我父亲和肖政委觉得这个馍值得嚼。故决定耐着性子，再等等。

这一等又是一天。

直到第三天清晨，才看到王家骏的部队冒泡。由于他的先头部队出了点差错，埋伏的红军提前与他们交了火，小试了一次牛刀。

父亲已然对钟亮的身份明白了八九分。虽然这一仗打得不算痛快，却也提振了红军的士气，让红石村的老表们吃了颗定心丸。

王家骏撤回了吉安城，不但没有总结这次失败的教训，反而怨苏志海"鬼"得很，戒备心那么强，离红石村五六里地就有部队防守，而且配备了较强的火力。他要向委员长报告，请他立刻调部队到江西来"剿匪"。

钟亮却把他的电话摁住了。

钟亮劝他："当初就不该去碰苏志海。这家伙在军校时就'鬼'得很，战略战术课他总有自己的小聪明，不按常规出牌，弄得人气恨不得，却总能得到教员的肯定。我劝过你，可你不听，非得试着去咬他一口，这回又验证了。"

王家骏有意推迟了两天突袭红石村，想不到还是没占到苏志海的便宜。

钟亮开导他："你本来只要守住吉安，不要让红军北上南昌，保护省政府平安无事。你倒好，没事自己给自己找事，惹来一身骚，还失掉了同学的情份，今后还怎么相见？"

王家骏吼道："我今天把话搁这，日后我跟他苏志海决不会像上次那么客气地待他！要么他是我的阶下囚，要么我在他的监牢了却此生！"

钟亮接过话："话不能说得那么绝，在这个世道上混，谁求谁还不好说。现在你打电话请委员长调兵，委员长也不可能听你的。他有他的全局'剿匪'计划。再说了，鲁涤平也不想你把事情弄大了。更何况，这是你自作主张。"

王家骏知道钟亮是揭自己的短，只好把屎盆子扣在老爷子王继业的头上。如果不是老爷子念及王家那份祖业，他才不会去捅苏志海这个马蜂窝。

钟亮顺着他的话茬说："好在损失不大，只是丢了一些枪械，死伤了几个兵员。事情到此为止，免得传出去，让吉安的绅士们知道了，成为茶余饭后的谈资。"

王家骏又想给鲁涤平打电话，请他调赣南的队伍来吉安"围剿"红军。

钟亮认为这种可能性也几乎是零。他对王家骏说："赣南的部队是'南天王'陈济棠的手下，即便出兵，也只是应付一下你，不可能跟你一块去拼着命去'围剿'红军。这些地方军阀，你若不给他等量的好处，就想让他去帮你打仗，怕是委员长都未必有这个影响力，何况他鲁涤平区区一个省主席。各派势力就是利用与被利用的关系。"

钟亮的一番分析，说得王家骏心服口服。他似乎觉得钟亮的分析与他此前对世态的表白有点儿相忤，却没往心里去。

王家骏只好找赖德安这个"替死鬼"来出气。

钟亮见王家骏要讨兵"围剿"红军的想法被劝回了，就点到为止，

至于王家骏怎么调教他家民团的头目，就不便参与了。而且他也不想知道赖德安与此事的前因后果。他找了个借口，先告辞了。

不料，他刚出门，与赖德安碰了个照面。

赖德安当着钟亮的面是点头哈腰，装得一副很恭敬的样子，但背地里却不知怎么在王家骏面前捣鼓钟亮。只是钟亮不在乎这些，赖德安也根本不是钟亮碗里的菜。钟亮是王家骏的座上宾，王家骏有什大事都与钟亮商量，所以他赖德安在王家骏面前奈何不了钟亮。加之钟亮的确切身份是个谜，连王继业也不得不忍三分。

赖德安一心想讨好王家骏，进了门便说："大少爷，钟亮是什么身份，当着你的面敢那么说话……"

王家骏瞟了一眼赖德安："我跟钟亮的事，还轮不到你说三道四。"

王继业从内屋出来："德安在我们家也不是外人，他也是为你好。你是一个堂堂的国军团长，而他钟亮……"

王家骏让赖德安先退下去，把门关上，对王继业："阿爸，有些事跟你说了也白说。钟亮什么来头，这个年头，你还是少知道为好。"

王家音从屋里出来，有意试探王家骏："哥，钟亮是什么来头我不管，可他在关键的时候还是能帮你的。"

王家骏似乎认同王家音的话，以亲切的口吻说道："小妹，这话我爱听。这个时代真心帮你的人少，想利用你的人却一点不少。所以我们要利用好钟亮这个棋子。"

王继业听王家骏与王家音的对话，还真有点云里雾里。他也顾不上什么钟亮不钟亮的，他关心的是红石村王家祖上的家业。

王继业唤赖德安进屋，问山上的事。

赖德安把自己在山上躲红军的细节尽拣好听的说："红军来红石村，如果只是掠一阵子，我赖德安哪怕是豁出去了，为老爷也在所不辞。可是红军像是打定了主意，要在红石村扎下根来了。只有千里做贼，哪有千日防贼？万一那老表跟红军弄到一块……"

王继业有点怒了："不是万一，而是一万个会打我王家的主意。红军利用那些老表，分我王家的祖业。列祖列宗，这个世道可以为我作证，不是我王继业无能，而是这个世道风云多变啊！"

王家骏把钟亮不让他主动出击，以静观望的话给他阿爸说了。从他内心来说，对苏志海的怨恨是理所当然的，甚至有点儿不把他放在眼里，而且也想杀回红石村跟苏志海好好比一比。但打仗可不是小孩做游戏，一旦用上真家伙，那可是又玩钱又玩命的大事。况且没有上峰的命令，擅自与红军交手，正如钟亮所言，胜自然是可喜可贺，讨得委员长和鲁主席的一番奖赏，可万一出现了失误，那就得自担责任。

但王继业可不顾后果，他也不管王家骏公权私用，假公济私。在他眼里，国军去消灭红军是上天注定的事，岂会有错？他接着抱怨："家国家国，没有家，哪来的国！你王家骏还没到吉安，我就为你征上军粮了。你倒好，刚跟红军较量了一下，就缩回了吉安城，连近在咫尺的家都保不住！"

王继业还要一吐为快，王老太从后屋出来了："家骏有家骏的难处，他是吃公饭的人，当然要听上面的。哪像你，自己作自己的主，只看碗里的，不管锅里有没有。孰轻孰重，家骏自有分寸。你还想像家骏儿时那样指东画西的吗？有你这么当爹的吗？"

王老太一席话，似乎堵住了王继业的嘴，但他却依然不服："我也是为王家的子孙着想。早晚有一天，我眼睛一闭，什么都是你和佳音、王寻的。我是舍不得好不容易积攒的这份祖业，被那些"红匪"和老表废了，被他们白占了便宜。"

也许是他老父亲的一番话，感动了王家骏。当着老太太的面，王家骏给他父亲一个台阶下："阿爸的一番好心，我领了，红石村的事，我会再考虑考虑。"

躲藏在山上的老表们听了钟义和阿山回村看到的情况，纳闷着。

驻守在红石村的红军把村子打扫得干干净净，老表家养的家禽也依然悠闲自在。不像以往的国民党兵，进了村，只要见了吃的东西，统统给你抢个一干二净。而现在，老表人虽然不在家，屋子也都空着，但红军并没有打开房门进屋住。这样的官兵，村里上了年岁的人都没听说过。

三婶关心的是自家的屋子有没被飞机炸坏了，就问阿山："家里的房子有人住吗？"

阿山说："除了房门没开，房前屋后都打扫得干干净净。"

三婶怪阿山怎么不进屋去看看。

阿山对三婶嚷道："我下山的时候，你又没把钥匙给我，我怎么进屋？"

三叔也在一边责怪三婶："一根钥匙整天装在兜里，好像你家有什么金银财宝似的。房门锁得再牢，也架不住国民党兵的枪把子。"

三婶被说得不耐烦了，嚷着要下山回去看看。

钟义也觉得奇怪。他下山，并没有看到有大批的红军驻扎在村里面，只有一些红军伤病员在休息，跟红莲说有好多红军不相符。那红军的大部队去了哪儿呢？

钟阿公听了钟义的悄悄话，觉得钟义的发现有道理，心里打着鼓。

不少老表放心不下家里养的家禽，吵着要回家去看看。

钟阿公把话给怼了回去："家里的鸡鸭重要，还是人重要？你们没听钟义说，村子里并没有多少红军，万一这帮红军故意给你摆个迷魂阵，诓你们下山，等着你们回来了一个个收拾呢？"

钟阿公的一番话，说得那些嚷着要下山的人也没了脾气。

红莲说，村子里来了多少多少红军，可是钟义他们下山并没有看到有那么多红军，只看到了一些红军伤病员。

钟阿公和钟义等人正纳闷着呢。钟阿公要大伙耐着性子再等等。

这一等，又是一天。

山上的老表们不知道钟阿公心里盘算着什么。

钟阿公自有自己的主张。他毕竟是族长，又是村里最年长的长者。尽管有些人心里不服气，但嘴上却不敢说。钟阿公心里掰着指头算日子，红莲下山已经三天了，细妹没见着阿妈，整天闹着要回家。有一次，细妹跟阿牛，趁草儿不注意的时候跑下了山。是草儿追到半道上把孩子拉了回来的。钟阿公算着日子，红莲该上山来接阿牛和细妹了。

正当钟阿公想着是不是再派人回村去看看时，红莲带着我父亲和肖政委上山来接老表们下山了。

肖政委向钟阿公解释："前两天我和苏志海师长就要来接你们回家的。谁料到，有一股国民党的兵，要来侵扰红石村。为了老表们的安全，我们就晚了两天来接你们，红军狠狠地教训了国民党的部队。"

红莲把常队长介绍给老表们，说她是医生，专门给人治病的，大柱的腿就是她治好的。

钟阿公听到常队长跟自己是同行，平添了一份亲切感。

老表们见红军还有女兵，而且穿着红军服，跟老表们打扮得不一样，既新奇又羡慕。

草儿围着常队长看，眼里充满了好奇。

常队长直夸草儿长得水灵、漂亮："红石村真是块风水宝地！虽然没什么吃的，但人却长得这般秀气，真是远近百里的大美人！"

一句话说得草儿都不好意思。

肖政委告诉老表们："朱、毛红军是中国共产党领导的军队，是老表们自己的军队。红军跟老表一样，都是穷苦人出身。我们是专门替穷苦人铲除欺负老表的恶霸地主反动派的队伍。"

钟阿公莫名地说："怎么有人造谣说红军是'红毛贼'，长的是红头发，还会杀人喝血？"

肖政委告诉钟阿公："那是国民党反动派故意吓唬你们，要你们远离红军，他们更好欺负你们。如果说红军杀人，那也是替老百姓杀那些专门欺负老表们的恶霸地主。所以，恶霸地主王继业听说红军要来了，赶紧逃往了吉安城，躲起来了。"

那几个团丁听了，也不好意思地低下了头。

老表们不由自主地看着那几个团丁。

肖政委似乎有所觉察："当然，可能有一些穷苦人出身的老表，也帮助过王家伤害过老表们，我们希望他们弃恶从善，改邪归正，今后不要跟王继业一个鼻孔出气。像老表们一样，做一个自食其力的庄稼人。"

我父亲接着说："只要他们弃恶从善，不欺负老百姓，我们红军也欢迎他们加入我们的队伍。"

团丁甲立刻表示："谢谢长官，我们一定听长官的话。"

团丁乙小声问道："我们也能参加红军吗？"

　　肖政委果断地回答道："你们也可以参加红军。只要你们是为穷苦老百姓打仗，消灭国民党反动派，我们都欢迎！"

　　老表们欢天喜地跟着肖政委和我父亲下山了。

　　一进村庄，老表们就受到了红军的夹道欢迎，红军战士还敲着脸盆欢迎老表们。

　　可是，老表们回村子没几天，我就给红军惹了个麻烦事。说来也挺悬的。那天，我自告奋勇从小雷叔叔手里接过标语和浆糊桶，心想刷标语这么简单的事，往空地方抹上浆糊把标语粘上去就行了，保证顺利完成任务。粘着粘着我来到了钟氏祠堂。见这么大个屋子没人住，挺清净的，就把标语贴在柱子上。

　　等我从祠堂的后院转悠回来，只见一个同我一般大的孩子要把我贴的标语撕下来。我急忙上去阻止他。

　　谁知他也不甘示弱，质问道："谁让你在这乱贴的？"

　　"是小……小雷叔叔叫我贴的红军标语！"我急忙把小雷叔叔抬出来做挡箭牌。

　　"这是你贴标语的地方？"

　　"这儿没说不让贴东西啊！小雷叔叔说了，只要是空的地方都可以贴。让老表们了解我们红军的主张。"

　　他说："这是我们钟家祖宗的祠堂，是我们钟家人议事的地方。贴这些花花绿绿的东西，是对我们祖宗的不尊重。"

　　我一听来气了："你这是封建想法，我们红军是保佑你们的。"

我们俩就这样你一句，我一句地怼上了。

等他再次动手要去揭标语时，我去阻止他，我们两个就这样较上劲，动起手了。

我俩扭打在地上翻滚得不分上下。

直到老表和红军叔叔赶到，才把我俩拉开。

小雷叔叔把我带到我父亲面前。

父亲不分青红皂白，劈头盖脸把我痛批了一顿："你简直就是国民党反动派的帮凶！我们好不容易把老表们从山上劝下来，我们还在他们的观望期。你倒好，这么快就跟红莲的外甥干上仗了。老表们会怎么看我们，你懂吗？"

父亲要我主动去红莲家，向阿牛赔礼道歉。

我抹不下这个面子，不肯去："是他先动手揭我的标语，我才拦他的。"

"我不管你们谁先动手，你跟老表的孩子打架就是不对。弄得在村里的影响多么不好。说红军的孩子打老表的孩子，是仗势欺人，早晚有一天，会欺负到我们老表头上来的。"

这就是我父亲，他要你做什么，从来就是命令的口气。所以，无论是有理还是无理，服从他是第一位的，服从就是理。

母亲也在一旁劝我："虎子，你是'小红军'，红军的纪律你是知道的，你见过红军叔叔跟老百姓吵架吗？那是犯纪律的。"

我心想，看来这个"小红军"也不是好当的。动不动就得用红军的纪律来管你。我能说什么呢？看来，不陪礼是过不了我父亲这一关的。但要上门陪礼，我心里是不服气的。我为你们大红军办事，还要我这"小红军"去认错，这是什么事儿！再说了，我是……下面的想法不敢说，否则屁股要被打开花。

父亲见我还犟着不动弹："怎么啦，还抹不下你的面子不成。行，我这个大红军师长亲自陪你去。"

父亲亲自陪着我去老表家赔礼道歉，我还有什么可纠结的呢？

正如父亲所预料，红莲知道阿牛跟红军的孩子打架了，而且还是红军长官苏师长的孩子，吓得不轻。

他们一家子，还有草儿姐、三叔、三婶等几个老表正商量着这事怎么办？

草儿姐急了："要不叫我阿爸来，问他怎么办？"

三婶更是紧张得不行："红军手上有枪，会不会把阿牛抓起来？"

大柱叔气不打一处来："他们手里有枪怎的，大不了像王继业一样把我抓起来。小孩子打架，就抓人，跟地主老财有什么两样？"

红莲阻止大柱别乱说话，劝慰大家不要着急："我去找常队长探探口风，看看苏师长的儿子伤着没有。"

正当他们紧张得不行时，常阿姨陪着我父亲还有我，来到红莲家院子外面。

常阿姨在外面叫道："红莲嫂子在家吗？"

很显然，屋里人肯定听见了常阿姨的声音，不知道怎么应对。

红莲走了出来："在呢，在呢。我也正要去找你，看看苏师长的儿子伤得怎么样。"

红莲一看我站在父亲的身后，还有小雷叔叔，满脸堆笑地："是苏师长啊，真对不起……"

没等她往下说，我父亲真诚地说："红莲妹子，听说我儿子虎子打了阿牛，我请常队长来给阿牛看看伤着了没有。二来，我也带着虎子来给阿牛赔礼了。"

红莲一听，惊得不轻，对屋里喊道："阿牛，阿牛快出来！苏师长

和他儿子来看你了。"

话音刚落地，大柱叔、三婶还有细妹、阿牛和草儿姐从屋里走了出来。

阿牛似乎显得有点紧张。

我父亲一把拉着我的手，一手拉着阿牛的手，然后将两只手放在他的手里："来，虎子向阿牛赔个不是，你俩今后就是一对好兄弟。用身上的力气去打'白狗子'，跟国民党反动派作斗争。"

我细声细语地说："阿牛，对不起，我不该跟你打架。"

红莲在一旁："阿牛，快跟苏师长的儿子虎子说句话啊。"

阿牛的声音也很小："我不该揭你贴的标语，红军是我们的贵人；更不该跟你动手，红军是我们老表的保护神。"

自打那以后，我和阿牛还真的成了过命的兄弟。

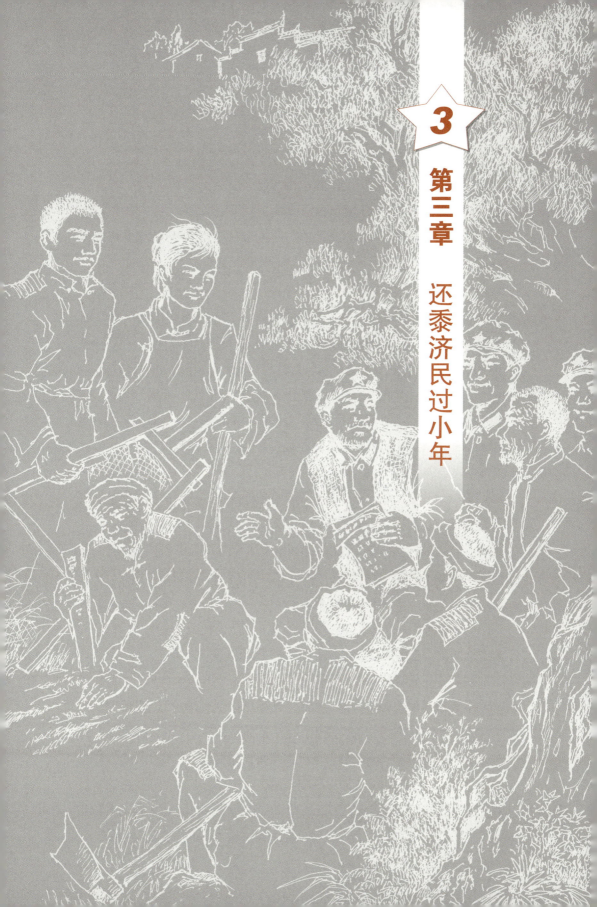

3

第三章

还黍济民过小年

我跟红莲姨家的阿牛打架的事，以我和父亲上门向阿牛赔礼道歉得到圆满解决。这在红石村引起了不小的风波，长官的儿子向老表的孩子认错，看似很平常的事，可老表们的认识与我们大不一样，用现在的话来形容，坏事转变成了好事，给红军在红石村的存在是加分的。当然这种事不能再发生，否则就演变成了不良事件。阿牛哥比我大一岁，确切地说比我大十个月。在红石村年龄不相上下的孩子群中，阿牛颇有人气。

我母亲见我跟阿牛一般大，鼓励我跟阿牛多接触，能成为哥俩，尽快熟悉红石村的生活习惯，也能提高自我生存的能力，以便于跟当地的老表沟通。从孩子的视角，了解红军与老表们的关系。这一来，我仿佛成了红军与老表们沟通的小大使。

用忠厚老实，待人忠诚来形容阿牛是再恰当不过。另一层意思是与我比较而言。我虽然也待人忠诚，不会使心眼，但却多了分机灵，好奇心强，不服输。这是红军叔叔给我的评价。当然，我有的时候也有一点傻傻的，待人耿直，不会拐弯。如果当初阿牛不让我贴标语，我就不贴，也许就没事了。也许我骨子里有那么点儿自大，自认为我是红军师长的儿子，贴标语是宣传革命道理，你凭什么拦我。而我又自诩是"小红军"，要胜人一筹。把事情弄得那么僵，脑筋一点儿也不会拐弯。

我们还是来说阿牛哥吧。他虽然比我大十个月，但个头却比我高两块豆腐。红石村老表形容谁比谁高，都是用豆腐来形容的。当时很少有尺的概念，大多用人与物的参照，马上就能使人联想到物的概念。他的小脸晒得黑黝黝的，两道眉毛乌黑乌黑像大柱叔叔。那时候我们的肤色都差不多，白天除了晒太阳还是晒太阳，除了睡觉，睁开眼睛的时光基本上都是顶着天过的。

在红石村我们也挺忙乎的，除了放牛、伺候鸡鸭鹅，有时还得到田畈里抓小鱼儿，在野地里，或者是附近的山上就地解决温饱。我跟着阿牛他们认识了许多叫不出名的、但可以采来填肚子的野果子和野菜，在红军转移离开红石村以后这一招可起到了救命的作用。听草儿姐说，阿牛在村子的同伴中很少跟人动粗，别看他是个小男人，一旦争不过别人，最多是躲到一边去生闷气，不理你，从来不会给他阿爸阿妈惹祸。在红莲姨的眼里，阿牛就像他的名字一样是头勤劳踏实的牛。

可是，就在我和阿牛发生冲突后不久，又发生了一件令人意想不到的事。用现在的话说，差点酿成了群体上访事件。

那天我和阿牛、小广东、细妹、涛涛还有其他几个小伙伴练完了布包石的演习科目，又比赛弹弓射击，基本上打了个平手，我们谁都不服谁。但明显的是，老表的孩子基本上是站在阿牛一边，红军的孩子和被卖到村里的孩子添添、小广东站在我一边。我吸取上次打架的教训，没再争执下去。而是和阿牛约好，我们改天再比。说完我们就分开，各自回家吃饭了。

当我和红军叔叔们一块端着碗吃饭时，父亲的通讯员气喘吁吁跑来报告我父亲，说："出大事了，阿牛被几个红军战士打了，而且打得鼻子都出血了。"

老表们张罗着要来找红军讨说法，凭什么报复孩子，拿孩子出气？有本事直接找大人干。

我父亲一听说有这种事，从口袋里掏出帽子戴上就出门了。我跟母亲也放下碗，一步不落地跟在父亲的身后。

当我们走到池塘边时，果真遇见钟阿公带着一帮人气势汹汹地走来，他们要去找我父亲和肖政委评理，为什么让红军战士来打阿牛。我一看阿牛哥站在红莲姨身边，大柱叔叔还挂着拐杖呢。

阿牛哥的嘴角还有血。

我父亲一见阿牛嘴上流血了，大声叫道："快叫常队长来！"

又不管三七二十一，下令通讯员把我捆起来。

我慌忙申辩："刚才还跟阿牛在一起玩，离开时我们都好好的，细妹和添添他们可以为我作证。我走了以后发生了什么事情，我压根就不知道。"我满腹委屈。

这时，我听到有人在低声细语：

"贼偷了东西，自己会说做了贼吗？"

"真还看不出来，小小年纪，没占到便宜还叫大人来抖威风。"

钟阿公故意咳嗽了两声，说怪话的人不吭声了。

钟阿公说："苏师长，你和肖政委、红军都是我们很敬重的好人，我们红石村的老表不是不懂感恩的人，我们客家人最讲情义，也最仗义。今天请你们一定要说清楚，为什么叫红军来打阿牛。"

顿时有人附和道：

"对，一定要讲清楚。"

"红军为什么要打孩子。"

红莲姨急了："你们少说两句行吗？听苏师长说话。"

我父亲以坚定的口气说："通讯员，立刻封锁各个路口，请各班排清点人数，半个小时之前，谁离过队。马上回来报告。"

通讯员转身去执行命令了。

红莲姨想上来给我解绑。

我父亲制止了她，真诚地说："在事情没弄清楚之前，不能给虎子松绑。今天我们一定要把事情的来龙去脉弄个水落石出，给红石村的老表们一个交待。不管是谁，一律军法处置。我儿子虎子也不例外。"

在等候通讯员回来的时候，我父亲又亲自问了阿牛哥事情发生的前后经过。当他听阿牛哥说，我离开以后有两个红军战士突然上来，问清楚了他的身份，动手就打。我看到父亲听了这话，有点儿松了劲。

这时，常阿姨赶来了，她还以为是给我看病。一听我父亲说给阿牛看病，她愣了几秒钟，就领会了我父亲意思。她走近红莲姨，说："红莲妹子，我们带阿牛到卫生队去看看。"

红莲姨带着阿牛哥从我身边经过时，又想给我松绑，被我父亲阻止了。

小广东、添添和涛涛被叫了来对质。

父亲当着老表们的面，问他们知道的情况，并和他们说："你们三个别害怕，红军叔叔会保护你们的。"

添添看着我，说："虎子哥刚走一会儿，就有两个红军叔叔冲过来问阿牛哥，是不是叫阿牛？阿牛哥说是。他们动手就打。其中有一个人边打还边说，打的就是你！"

小广东说："那两个红军叔叔听到我们叫红军叔叔打人了，吓得赶紧往那边跑。"

我冲着父亲叫道："我不知道这事，你冤枉我。"我只能以我的哭喊，来表示我的委曲和抗议。

父亲立即下令："小雷，把虎子关禁闭！"

为了平息老表们的怨气，父亲只好拿我开刀。

有人还在后面议论着：

"红军也太小家子气了。小的刚闹完，大的又来报复。"

"红军说是我们自己的亲人，看来是哄人的吧。"

还是草儿姐说了句公道话："三婶，事情还没弄清楚之前，别用话来割人肉！"

有些人也悄无声息地退出人群了。

钟阿公和三叔也要转身离开，我父亲叫道："钟阿公，你放心，这事，

我们红军一定会查个水落石出，给父老乡亲们一个交代。"

钟阿公见我父亲态度诚恳、坚决，他欣慰地说："那就好，那就好。"

草儿悄悄地跟我父亲说："苏师长，虎子挺可怜的，还是别绑他了，他也不会跑。"

我父亲严正地说："无论是谁，一而再，再而三的，一定要按红军的三大纪律、六项注意处理。"

父亲又叫住钟阿公："阿公，要么你们留几个人下来等一等，看看事情的处理结果。"

钟阿公让大柱、钟义几个年轻人留下来。

不一会儿，通讯员气喘吁吁地跑了过来。凑近我父亲的耳朵说："苏师长，事情弄清楚了。"

还没走远的老表听说事情弄清楚了，不由自主的又围了过来。

父亲下令："带上来！"

小雷叔叔抱着一包衣服扔在地上，随后又把抓到的两个人带上来，汇报道："报告师长，就是这两个人，冒充红军串到红石村，打了人以后，脱下红军服想逃离，被我们抓住了。"

父亲品出了事情的原由，当着老表们的面，命令这两人："请你们两位把你们的来龙去脉给红石村的老表抖落抖落。"

两个混混跪在地上，磕着头求饶："都怪我俩财迷心窍，是王继业和赖德安叫我们来找一个叫阿牛的孩子，狠狠地揍他一顿。让老表们把红军赶出红石村。"

父亲命令道："你们说大声点，再说一遍！"

混混甲求饶道："我们该死，不该听王继业那老东西的话。闯到红石村来捣乱，下次再也不敢了。"

小雷叔叔愤怒地说："你们还想有下次，就这一次，我都想一枪把你们给崩了。"

两个混混直喊红军长官饶命："家里还有老小，等着我们糊口呢。"

钟阿公也责骂道："你们还知道自家的老小是人命，别家的老小就不是人命？阿牛与你们有何冤仇，竟然下得了这么重的手！"

大柱叔叔也气愤地骂道："王继业那个老贼，有朝一日，我也要让他像那个什么狗屁师长张辉瓒一样，叫他死无全尸！"

两个混混作揖磕头求饶："我们有罪，我们有罪。红军大人不计小人过。"

我父亲吩咐把那两个混混押下去。

我这才得到了解脱。

我父亲和常队长送红莲和阿牛回到家。

他看到红莲家的饭桌上，碗里盛的粥能见碗底，竹篾盘里盛着几个鸟蛋大小的红薯、山芋。

红莲不好意思地告诉我父亲："苏师长，王继业接二连三地征税、收租，弄得老表们家里都无隔夜粮了。如果不是这两天从山上采些野菜和果子对付，家家都快断粮了。"

常队长接嘴道："那你们怎么还给伤病员送鸡蛋去了？"

红莲说："红军伤病员是为保护我们受的伤，是我们的活菩萨，我们也要尽力让活菩萨快点好起来。"

父亲说："红莲妹子，我们正在商量打开王继业家的粮仓，将他从老表们手里掠夺去的粮食还给你们。马上要过小年了，听说红石村的老

表们有'小年大似年'的习俗。红军来了，我们要尽量为老表们创造条件，过一个开心、祥和的小年。"

红莲欣喜地说："苏师长，老表们过小年的习俗你都知道？"

父亲说："我们和红石村的老表是一家人。既然是一家人，就得关心了解家里的事啊。"

父亲要红莲跟钟阿公、钟义等人商量，尽快把村里的户籍人口统计出来，红军好心里有数。

红莲答应一会就去找钟阿公商量。

父亲还交待红莲，了解一下村里有没有秘密农会的会员，要他们立刻跟红军取得联系，要发挥农会会员的作用。此外，红军还要根据人口的详细情况分配土地，让老表有地可种。

红莲听到说要分土地，似乎有点不相信："还要分土地，这是真的吗？"

父亲肯定地点点头："授之以鱼，不如授之以渔呀。这是中国的古训。"

红军要开王继业家的粮仓，按人头分粮、分物，还要分土地，让老表们过一个开心小年的消息，像长了翅膀一样快速传遍了家家户户。这虽然是好事，是喜事，却也有人不敢相信，甚至不敢要王家的粮。生怕王继业老狗返回来报复。

三婶在钟阿公家听说红军要给老表们分王家的浮财，大吃一惊："这能吃吗？万一有一天王继业回来了，要我们吐出来怎么办？"

钟阿公说："红军说的能分就能分。有红军撑腰你怕谁呀？万一有那么一天，再说那一天的事，总比在这等死强吧。把身子骨养好了，跟他王家斗，也还有把子力气呢！"

父亲从红莲家回来，连夜跟肖政委商量，得加紧方圆十里的警戒。通过反动势力扰民事件说明，在吉安城的王继业对红石村的一举一动都有所了解，要不然怎么会选择阿牛下手？他们是想利用这两个混混冒充红军，伤害村里的孩子，使老表与红军产生隔阂，让红军在红石村呆不下去，人为地制造老表与红军的矛盾。可见，王继业人在吉安，心里还惦记着红石村，惦记着他的王家。他甚至还有眼线在红石村。

肖政委告诉我父亲："上级指示我们，稳定下来以后，要赶紧打土豪分田地，把老表们紧紧团结在红军的周围，使老表们觉得红军是他们的主心骨，是他们的依靠，我们的队伍才能壮大发展。"

肖政委继续说道："我们的部队也快要断粮了，尤其是伤病员，没有吃的，恢复身体就是一句空话。我正想着，部队安定下来了，要尽快生产自救，还要尽可能地为其他部队筹集一些粮食，以防国民党反动派再一次发动对红军的'围剿'。首长们早就有了谋划，不然怎么让我们分兵下井冈山呢。这就叫鸡蛋分篮子装，有备无患。"

我父亲笑道："首长们真是棋高一筹啊！"

肖政委说："何止是棋高一筹，他们是在谋划全中国这盘大棋！"

我父亲回味道："谋划全中国这盘大棋……"

这个王继业不说是方圆百里的恶霸，也算是方圆几十里出了名的地主，还是个恶棍。他仗着儿子是国民党的团长，也在自己家里成立了一个民团。赖德安就是他那个民团的团长，而且有自己的武装。在那个年代，有枪便是草头王。老表们见到拿枪的人上门，声音都会小三分。王继业仗着家里养了民团，像诸如征粮、收税、抽丁之类的事，他都替县政府包办了。他一个恶霸地主仿佛行使小衙门的职责。他也不问老表们是否承受得了，也不问是不是该收的，或者是重复收。总之，只要是他王继

业开了口，你每家每户都得交，也不管你交得起交不起，直接派他的民团带枪上门连搜带抢，把你家能吃的东西掠得一干二净。

红军来之前，他又编了个理由："家骏的国军驻防吉安，保护吉安的老百姓，县府说了要收军粮。"

这下老表们不答应了，前两天县府刚收了救灾粮，这回又收军粮，谁知道县衙门是真收还是假收。就凭你王继业一句话，说收就收。再说了，老表们自己家里都揭不开锅了，哪还有粮食可交？

王继业见自己的话不灵了，就来狠的："没粮交，就把公田粮交上来！"

公田粮可不是谁想动就动的，他就相当于现在的国家储备粮食。而于红石村，就是全村老百姓的救命粮。村里的公田收上来的粮食，储备在那儿，万一遇上了饥荒灾年，要全村老百姓同意才能分的。在当时的生产力条件，一个村的公田粮能有多少，可想而知。但就这，王继业也不放过。

红莲一下没拦住，钟大柱嚷道："要粮没有，要命就一条。"

王继业听了不高兴："柱子，这话可说过头了，我的枪子可是不认人的。"

听了这话，有的老表往后退了。

红莲却把大柱拉到了自己身后，往前挪了两步："王老爷，枪子不认人，可枪是人把着的。话也是人说的。头两天衙门刚收了人头粮，这没过两天，又收军粮。鸡下蛋也得一个一个下，田里种粮一年最多收两季，你今年都收了几次粮了？如果再把公田粮收上去，万一有个天灾人祸，红石村几百号人拿什么来保命？"

赖德安要挟说："红莲妹子，大少爷的军队也是来保护我们吉安人的命的，当兵的没有饭吃，怎么跟'红毛贼'打仗？不打跑'红毛贼'，'红毛贼'来了，别说粮食，就是你们这些女人留不留得住，还不好说呢！"

赖德安又在说红军的坏话，猎户钟义耐不住了。他经常出没山林，抓到的猎物常带到集市和吉安城去卖，红军的传说不仅知道，而且他还有另外一个秘密身份。

钟义要上去跟赖德安理论，却被钟阿公一把拽住了。

王继业见众人没吭声，点了钟阿公的名："收公田粮的主意还是先听听钟阿公的。他是你们钟家的族长。"

钟阿公毕竟年长，又是族长，经历得多。

钟阿公也不含糊："民国元年，红石村遭了一场山洪，一大半的田地都成了泥地，不但当年颗粒无收，就是第二年，地里还是种不上庄稼。"

钟阿公继续说："那一年若不是公田粮救了老表们的命，我们一个个都只能流落他乡，到处去要饭。这事你回家问问你阿妈，她心里清楚。"

王继业无语。

钟阿公继续道："若是王老爷收了红石村的公田粮，逼得我这个七老八十的老东西，携老扶幼，带着红石村的人，出门去讨饭，这方圆百里，你王继业王老爷脸上就有光吗？"

王继业没精神听钟阿公说古论今，心想不来点真的不行。他给赖德安使了个眼色，赖德安心领神会，吆喝着带领团丁要往钟氏祠堂里面冲。

钟大柱见状迎了上去，一团丁朝大柱开了一枪，打中了大柱的腿。

顿时，血染红了大柱的裤子。

红莲、草儿慌忙照顾躺在地上的大柱。

钟义和几个后生冲上去抢团丁手上的枪。

王继业见势朝天鸣了两枪，一时混乱的局面才平了下来。

钟阿公张罗着红莲等人把大柱抬到自己家去。钟义等人却守护在祠堂门口，与赖德安对峙着。

此时，王老太在王佳音的搀扶下出现在王继业的眼前。

王继业一见王老太，急忙伺候着王老太："阿妈，你怎么出门啦？"

王老太说道："我见你久不回屋，又听外面闹轰轰的，又响了枪。我循着枪声过来看看。"

赖德安急忙解释："这帮老表不听老爷的训话，还……"

话没说完，王老太就打断了他的话。

王老太说："都是乡里乡亲的，有什么话不能好好说？动不动就刀枪上阵，人命关天呐，杀了人是要偿命的！"

王家音问："阿爸，你们还真开了枪？"

赖德安支支吾吾地说："……枪，枪走了火。"

王继业扶着王老太往回走，赖德安只好跟在后面。

钟阿公回到屋里，赶紧给大柱擦洗伤口。但只能是采取保守疗法，子弹还留在大柱的腿上。

这一枪万幸是伤在腿上，假如击中的是其他要害部位，大柱的性命就堪忧了。

红石村的老表们有胆大的，带上自己都舍不得吃的鸡蛋来看大柱，也有的带来了自家备用的跌打损伤的药，向钟阿公推荐。

红莲坐在椅子边，默默地喂鸡蛋给大柱吃。红石村一带，有这个习俗，只要身体见了血，要及时吃两个水煮鸡蛋补充体力。

可是钟大柱却没有食欲，他心里憋着气，火还没冒出去呢！他嚷道："我不想吃，肺都气炸了。这受王家欺负的日子何时才能到头？！"

草儿贸然一句："等我钟亮阿哥回来了，我们就出头了！"

钟阿公没好气地说："你少提他成不成？出去了这么多年，连个音信都没有。"

钟阿公一边又劝导大柱："越是有火越要吃，把身子骨养好了。王继业在一天，我们就得作好准备跟他斗一天。"

钟大柱想下地回自己屋，脚一动就痛得他龇牙咧嘴。布条里面就渗出红红的血。

钟阿公发话了："你就踏踏实实在这儿躺两天吧，我又不收你的饭钱，等伤口长老了，再叫钟义他们把你抬回去。"

钟大柱果真踏踏实实在钟阿公的家里躺了两天，才让钟义和阿山几个年轻人抬回了自己的屋。

钟大柱虽然无端地挨了这么一枪，流了不少血，但钟阿公从这件事上似乎悟到了一个道理：虽然地主王继业手里有枪，但只要老表们的五个手指，捏成一个拳头，他王继业还是怕老百姓三分的。

红军根据钟阿公、红莲等人统计的每户人家的名单，又到每家每户核算了一遍，这才打开了王家的粮仓，把粮食分给老表们。紧接着，又丈量了红石村的现有田地，依据井冈山制定的土地法，将土地分给了各家各户，而且发了地契。老表们像过年一样，人人脸上都挂着开心的笑容。这是老表们，生长在这个土地上朝思暮想、梦寐以求的大好事。用毛委员的话说，这叫耕者有其田。而且是自己家的土地。

谁知，那天召开村民大会，宣布分王继业财产之前，却出了一个小意外。原计划在钟氏祠堂召开全村村民大会，肖政委给老表讲解红军的土地法和红石村分田的相关政策。可是，有很大一部分人站在祠堂的外面，在外场地上站着不进去，里面开人会，外面开小会。

我母亲也来参加大会，她没有在意祠堂外面站了很多的人，还以为祠堂里面没有空地方。

她一看，红莲和草儿都站在外面，问红莲："你们怎么不进去听肖政委讲话？"

红莲告诉我母亲："你也不能进去。"

母亲很奇怪："里面不是很空吗？"

红莲说："我们这一带姓氏的祠堂，是不让女人进的。"

母亲问道："为什么？"

红莲回答道："我也不清楚，只是听男人说，女人进了祠堂就破了家族的风水。"

母亲有点不甘心地说："那男人是从天上掉下来的，还是说他们从女人肚子里出来的？他们来到这个世上就可以享受特权，而女人却不让进祠堂。如果没有女人，哪有男人？哪有不让女人进祠堂的道理？"

红莲补充说："女人，也不是一律不许进祠堂。有的时候也可以进。"

母亲追问："那是什么时候可以进？"

草儿解释说："祠堂好比是一个家族的仓库，凡是这一姓的贵重东西都放在祠堂。每年农历小年，钟家人在村里吃年夜饭，每家凑了一两样东西，提前送到祠堂来放两天，算是聚财，三天以后再开火，女人才可以进祠堂开火做菜。"

我母亲听了很感兴趣："红石村的老表还有这些习俗。可见女人进祠堂是为附属，是打杂的配角，只配进祠堂做事。可是一旦要理事，却没有资格进祠堂。这是明显的封建迷信思想，是男女有别，歧视女性的。"

我母亲挽着红莲的胳膊，走进祠堂。

草儿也紧随其后走进祠堂。

谁知她们三个人刚进祠堂，就被老表们发现了。也许是我母亲夹在他俩中间扎眼吧。

其他人看了看，似乎想说什么又不便说，因为我母亲站在中间。

钟阿公犹豫了片刻，冲着草儿说："草儿……你这是……"

草儿支吾着："阿爸，我……"

我母亲立刻接上话："阿公叔，是我叫草儿、红莲陪我一块进来听肖政委宣讲的。"

钟阿公："哦。但女人不能进祠堂，这是红石村钟氏祠堂的规矩。"

钟阿公身边有人附和着：

"女人不能进祠堂，是祖训，是钟家的规矩。"

"对，这规矩不能破！"

我母亲正想说什么，只见肖政委过来了，向她暗示什么，我母亲到嘴边的话又噎了回去。

草儿却冒了一句："阿爸，那过小年，做年夜饭，我们女的不是也在祠堂张罗吗？"

钟阿公眼瞪着草儿："过小年是过年，我是说不能进祠堂议事。"

肖政委站了片刻，语气平和地说："阿公叔，女人、男人都是人，男人还是女人胎里生出来的。尊卑之分的黄历也有改的时候。共产党领导的红军提倡人人自由、男女平等。按照井冈山土地法，男女老幼都有田地可分，总不能说按男女老幼来分田，男多女少吧？"

有人低声问："有这等好事？"

肖政委一边说，一边关注着老表们的表情："今天召集老表来开会，就是告诉大家，小孩子早晚是要长大成人的，你总不能说他人小吃的少，少分田，等他长成人以后再给他加分一份吧？"

围着的人有的在议论：

"是啊，我家崽别看他人小，吃得比我还多！"

"那是你舍不得吃，省一口给你崽吃。"

"红军连这么细小的事情都想到了，真是比我们老表还想得周到！"

老表们听了这话都笑了。

红莲问道："那我家阿牛和细妹也可以像我们一样分田分粮吗？"

肖政委说："我们对红石村的老表，无论是男女老幼，都是一视同仁的。"

我父亲也走了过来。

原来以讲台为中心的会场形式，转移到了以祠堂的天井为中心形式，当着天说话。老人们说，打开天窗说亮话，就是说明白话，说真话，对天说话是不能掺假的。

突然有人问道："那地主老财王继业也有田分吗？"

大家一看，说这话的人是钟水根。

你别看水根平日里傻呆呆的，甚至有点疯疯癫癫，可是我发现红莲到哪，他都会在附近的一个什么地方出现。此刻老表们都聚在祠堂，他也来了。看来他并非像人们想象的那般呆疯。

我父亲接过钟水根的话，说："我们把村里的土地都公有化了，当然也得给他分一份，给他和他的家人留一条活命的出路。至于他怎么耕种，那是他自己的事。"

钟阿公一会儿看看我父亲，一会儿看看肖政委。

父亲说："阿公叔，我和肖政委跟你们一样是苦出身。我是做篾匠的，肖政委是打铁的铁匠师傅，我们都是吃百家饭的穷苦老百姓。我们老家也有祠堂。只要不是恶意的来者，我们都欢迎他进来。"

肖政委不失时机地说："打个不恰当的比喻，红军是个大祠堂，无论你是男是女，无论来自何方，只要你信仰马克思主义，坚信中国共产党，信任朱、毛红军，你都可以加入红军。因为红军是为了穷人过上好日子的队伍。"

三叔似乎有点不服气："这女人可以进祠堂议事，规矩一破，那三婶也可以来议事。我一男的，在家说话是听她的，还是听我的？"

有人起哄：

"听三婶的。"

"你肯定是听她的。"

三叔瞪着眼说："去去，规矩就是规矩，这是老祖宗传下来的。我们这一代不能改，下一代也不能改。"

三叔的一番话，果然道出了他心目中规矩的最终目的，规矩不可改的本质，不是规矩能不能改，而是男人愿不愿意破这规矩，能让女人跟男人一样，自由平等。遇事有平等发言权，那三叔在家的话语权就会被三婶挑战。

肖政委见这个话题说到这个份上，有必要借这个机会引导大家。他耐心地解释："三叔，按照你的意见，这规矩是祖宗传下来的，是天生的，不能改。那你说，我们这些穷苦人，天生就该世世代代受地主老财的剥削、压迫，我们红石村的老表，只能租种地主家的地，没完没了给他交租吗？他们想怎么收租就怎么收，这也是规矩。交租交到种田的人自己都没有饭吃，还得按他的规矩去交，你说这规矩要不要改变呢？"

这个比喻激发了老表们的热情：

"要改，要把王家的田收回来，分给我们种。"

"不能由着他金口玉言似的，想收多少就收多少。我们种田人总不能饿着肚子种田。"

肖政委接着引导："再说了，以往只有地主逼我们无止境地交租，只有他向我们索取，这好像也成了规矩。今天我们把地主的粮、田分了，你说这规矩能不能改呢？"

钟义争着说话了："规矩是死的，人是活的。让老表们没有活路的规矩肯定要改过来。红军一来，王家就不敢欺负我们了，自己一家也躲

到吉安去了。他欺压我们的规矩自然就破了。红军给我们分了田，我们就可以种自己的田，吃自己种的粮。"

钟义的一番话引起了我父亲的注意，给他留下了深刻的印像，并问了他的名字。

钟义见我父亲关注了他，更来劲了，说话的声音也大了："红军长官，那我们什么时候才能分到地，吃上自己种的粮食呢？"

肖政委指着院外的地："从现在开始，你们身后的土地，它不属于王继业地主老财，而是属于我们红石村老表自己。等到来年丰收了，收上来的粮食，都是你们老表自己的。"

钟阿公唯恐自己听错了："肖政委，收上来的粮食，真的是我们每家每户自己的？"

我父亲说："钟阿公，你就放心种你自己的地，你种的地，收上来的粮食全归你自己所有。我们红军一粒粮食也不会要你们的。到时候，你就带着草儿有好日子过了！"

红莲欣喜地欢呼："我们有粮食了，不会忘记红军对我们的大恩大德！"

老表们纷纷议论着：

"我们收了粮食，一定请红军吃顿饱饭，谢谢你们这些天上派来的好人。"

"是红军帮我们破了规矩。女人和男人一样自由、平等了。我要让我的儿女记下红军的好。"

三婶更是按捺不住心里的激动："这下好了，我家阿山娶媳妇，不愁家里没有粮食吃了。"

老表们和红军谈破规矩的事情，转眼就传到了王家。虽然王家的主人都去了吉安，只剩几个家丁在给王继业守家，但家丁们也人心惶惶，不知如何是好。

赖德安趁着黑夜悄悄地摸进了王家，把守在王家的人吓了一跳。

赖德安的出现，仿佛是他们的救星。有白天混进祠堂的家丁，一五一十将红军如何改变女人不能进祠堂的规矩，红军要把王家的浮财和土地分给老百姓的话，全抖落给了赖德安。

赖德安毕竟比家丁多点见识。他听了这些家丁的话，就知道红军真的要进入王家分王家的财产。打土豪，分田地，是躲在吉安的地主老财们经常谈论的话题。

他想了想，当机立断把王家所有剩下的值钱的东西，能藏的藏进了王家的秘室，藏不了的，人能带走的，都随身带上，连夜逃往吉安。

家丁们着了慌：

"我们到了吉安，去哪落脚？"

"这一躲，还不知哪年哪月才能回来呢。"

有几个家丁无处可去，小心翼翼地问赖德安："我是无家可归的人。能在王家守着吗？"

赖德安说："行啊，守着也行，等老爷回来的那一天，我一定叫老爷重赏你们。"

家丁丙冒失地问："如果老爷回不来呢？"

赖德安狠狠地给了对方一个耳光："有你这么说话的，你还想占着王家不成？"

家丁丙急忙辩解："我不是那个意思。"

赖德安说："管你什么意思，守住了王家你就有了安身之处，早晚老爷会回来的。别忘了，大少爷手上的队伍可是正规军，那可不是吃素的！"

赖德安趁机搜罗了王家一些贵重的东西，连夜离开了红石村，说是去禀告老爷，实际上这小子把从王家带出来的东西给私吞了。他心里早

就不平衡了，你王老爷只顾自己发财享受，我为你鞍前马后并没有得到额外的好处，此刻不下手，更待何时？

王家只留下三个无家可归的家丁守着。

老表们从肖政委手上得到了地契、分到了土地的那一刻，纷纷走到属于自己的地里，转着圈打量着，仿佛路上见到了久别的亲人一样，流连忘返。他们恨不得要把地里的每一棵草、每一捧泥土都装在自己口袋里，生怕别人抢去似的。

那天晚上，月亮似乎很圆很圆，圆得有点像阿牛哥家的石榴果。我和阿牛哥、小广东、涛涛、添添约好了，去王家的院子，把我们白天藏在一个暗道口的铁环、木头枪、陀螺拿出来。

等我们好不容易从王家把那些玩的东西拿出来，发现田野里有火光。

小广东说他从来没见过晚上地里有火，说不定那是鬼火。

阿牛哥凭着自己的经验，说那不是鬼火，肯定是有人在野地里点火，如果是鬼火不会那么亮，烧那么长时间，鬼火见了人就会自己灭掉。

我主张过去，看看到底是什么火。

阿牛哥的想法很奇特，他说："可能这个鬼火，不怕我们小孩。我爸说过，如果是大人，鬼火不会亮这么长的时间。"

我给他们壮胆："我是小红军，又是儿童团长，我们去看看到底是什么火，在野地里烧这么长时间。"

阿牛哥被我说服了。我们像红军战士上前线一样，猫着腰，悄悄地朝那束火光靠近。五个人蹑手蹑脚，各自手里都有可以打击对方的东西。

阿牛哥手里拿着铁环，我手里拿着推铁环的杆子，小广东拿着鞭子和陀螺，添添拿着木头枪。我们一起摸索着，向火光靠近。

渐渐地，我们看清了。有一个火把插在地上，田埂上坐着一个人。我们五个人分析，坐在地上的肯定是人，不是鬼。老人说，鬼是怕人和火光的，他只是在黑暗中才是鬼。于是我们悄悄地向坐着的那个人包围过去，看看到底是人还是鬼。

那个人影仿佛也发现了周边的动静，他警觉地快速站了起来，举着火把在寻找什么。

就在这时，我们几个人异口同声地喊道："举起手来，不许动！"

那人突然跪下来："我不动，我不动，你们别开枪，我是水根。"

我们异口同声："是水根叔，你在这儿干嘛？"

钟水根愣愣地看着我们傻笑："原来是你们五个'傻帽'。跟我小时候一样，晚上也会出来抓鬼。"

阿牛哥问："水根叔，你小时候晚上跟谁出来抓鬼呀？"

水根叔说："钟亮、大柱，对，还有红莲。"

"你们小时候，晚上也会出来在抓鬼，你还认识草儿姐的哥——钟亮？"我迫不及待地问。

水根叔自豪地说："我们是一个鸟窝里长大的！"

我不解："阿牛哥，什么叫一个鸟窝里长大的？"

阿牛哥和我解释："我们红石村说鸟窝就像你们说发小一样，显得很亲近。你想想看，一个鸟窝的鸟有多亲？"

添添抢着说："是不是就像是一个鸟妈妈养大的？"

水根叔说："红军分了地给我，问我能不能种，我有地了，我要去看看我家的地长什么样，我要来守着它，别被人家偷走了。"

阿牛哥不解地问："地能长什么样，还不都一个样？"

我喊道："水根叔，红军分给你的地，没人能偷走，你快回家吧。"

水根叔坚定地说："我家的地跟别人的地长得就是不一样！"

阿牛哥接着问："有哪儿不一样？"

水根叔神神秘秘地说："我家的地晚上会唱采茶戏，我刚刚听到了。"

我们几个趴在地上听。果真能听到地里虫子的叫声。

阿牛哥顿时说："你们别听他的，他是在说疯话。"

水根叔似乎又迷糊了："我有地了！我要守着我家的地，不被人偷去了！你们是来偷我家的地吧！"

我们几个都忍不住笑了。

阿牛哥又问："我们偷你家的地，把你这地拖哪去呢？"

水根叔小声说："拽到王继业家去。"

我告诉水根叔："王继业早跑了，你放心吧，没人偷你家的地。"

水根叔支吾着说："还，还有，还有赖团长，他也看中了我家的地。"

我问阿牛哥："谁是赖团长？"

阿牛哥告诉我："赖德安是王继业家养的民团的团长，我们都叫他'癞皮狗'。"

我心里记下了这个赖德安。

突然远处飘来红莲姨的吆喝声，过了片刻才传来她的喊话声："阿牛、虎子是你们吗？"

紧接着大柱叔叔也喊道："阿牛、虎子。"

阿牛哥朝着家的方向也打起了吆喝。

我问阿牛哥："晚上找人干吗要先打吆喝？"

阿牛哥解说："打吆喝是山里人跟人打招呼的前奏。万一对方不是人，是野兽什么的，就要防备不受伤害。如果是人就得回对方吆喝。"

阿牛哥说着话，拿过水根叔手里的火把，在空中摇晃着。算是再次回应了红莲姨和大柱叔叔。

老表们家家户户都分到了田，那个高兴的劲儿没法形容。整个白天，田畈里都是人，每家每户都是全家动员，在田里忙活。太阳不下山，人不会离开田畈。恨不得把黑夜当白天，一步也不离开土地，生怕自家的田被别人搬走似的。恨不得时时刻刻守在地里。

已进入冬令时节，老表们说，种东西已经赶不上季节了，田歇着，正好把土地翻个身，这叫"冬翻"。让泥土翻个身，经受寒冷的冬天冻一冻。把地下的虫子什么的冻死去，让下面的泥土见见阳光雨露，土质就会疏松，来年的土壤能更好吸收水分和阳光，有利于农作物的生长。

我母亲组织女红军志愿者互助组，帮助村里的孤寡老人，把分的田也冬翻了一遍。看起来翻地挺轻松的，但真正挖起来是很费劲的。我曾经尝试过挖了几次，不一会儿浑身上下就有点支撑不住了。

水根不知怎么知道了有女红军志愿者互助组为无劳动能力的老表翻地的事。钟水根找到我母亲，要妇女互助组帮他挖地。他的理由很简单，也很朴实。他不会种地，他家连一件正而八经的劳动工具都没有，形容他的家一贫如洗，一点也不为过。

前面提到过，钟大柱娶了红莲为妻之后，钟水根就有点半疯半癫的傻样。老表们见他孤身一人，怪可怜的。只要到了饭点，他走到哪，就近的人家都会给他一口吃的。钟阿公也说了，只当我少吃一口，也饿不着他。但他这半疯半癫的傻样，经常被赖德安利用刺探各家各户的情况。今天这家吃的什么，明天那家有什么婚丧喜事，生孩子，做寿什么的，

他都能说出个八九不离十。你说他傻吧，他又不傻。

赖德安有几次上老表家收租，老表说家里几天没开火了，连自己都饿饭呢，哪还有粮食交租。谁知钟水根带给赖德安的信却正好相反，说某某家今天什么时候，吃了什么什么。就为这，老表们既可怜他，又讨厌他，他有时候会坏别人家的事，被赖德安抓住把柄。

上回王继业借口王家骏的部队需要军粮，向老表们强行征收军粮。

那天赖德安刚从前村进到红石村，就遇上了闲逛的钟水根。赖德安故意吆喝着钟水根交军粮。钟水根立马吓得哭爹喊娘，骂赖德安："你这赖狗子要我交军粮，你干脆把我命收了去。我一个人吃饱了全家不饿，屋里连盛粮的箩都没有，你叫我上哪儿去给你变粮食出来？你把我收了去，我还省事呢。"

赖德安吓唬他："你再叫，我绑你去老爷堂上，让你尝尝皮肉之苦！"

钟水根立马哑巴了。

赖德安背着人悄悄地说："回头来，我们老地方见，我有话跟你说。"

果不其然，一袋烟的工夫，钟水根就坐在了王家后院的灶房外面。赖德安用王家的残羹剩菜喂他的嘴，当然也少不了二两"马尿"。

钟水根一边喝着，一边听赖德安捣鼓："水根兄弟，我哪会收你的军粮？"

钟水根狼吞虎咽吃着，伴着鸡啄米似地瞎点头。

赖德安气得一把夺过他手里的碗："老子跟你说话了，你瞎点什么头！"

钟水根支吾着说："你说我在听啊。"

赖德安将菜碗又放了回去："我哪能要你交军粮。可在大面子上，我要让外人都听到你钟水根也没少交。"

钟水根一听没让他少交，立马又停住了嘴，眼睁睁地盯着赖德安。他心想：这个赖狗子，是不是在给我挖坑。凡是对钟水根有利的话他仿佛似听非听，一旦不中听的话，他又特别地在意。你说他清楚吧，他似乎又糊涂，把谁家没交粮却吃了什么，又卖给了赖德安。你说他不清楚吧，心里又像装了面镜子，一听不对路的话，他就会拿镜子照照。

赖德安还在诱导钟水根："依我俩的关系，我表面上要你交军粮，让别人知道你钟水根没少交。交没交还不在我这把着？你就在村里给我放放风，大少爷的队伍马上要到吉安了，大少爷带的兵可是国军，叫他们老实点。别像大柱似的愣头青，敢跟老爷抗租，指不定大少爷的国军来了，会怎样教训他们这帮老表。国军官兵可是六亲不认的哦。交不出粮，说不定连你屋子都给扒了！"

钟水根问："国军有这么狠的心？"

赖德安反问："这就不好说了。你想想，少爷是听老爷的还是听你的？"

钟水根说："儿子肯定是听老子的啊！"

赖德安满意地说："你心里有谱就行了，下面的话该怎么说，还用我教你吗？"

钟水根被赖德安的二两"马尿"一灌，还真有几分管用。结果正如赖德安所策划的，钟水根在村里这么一传话。王继业又从老表的牙缝里挤了几石粮，进了他的私房粮库。

王继业仗着一个当团长的儿子，县政府的官员都畏他几分。红石村附近的几个村子，县政府基本上收不到物，全让他代表县政府给征了。

这回红军来了，打土豪，分田地，又把王继业从老百姓手里强取豪夺去的粮和物还给了老表们。

这正应了江湖上流传的那句话：出来混，早晚是要还的。

老表们整日忙地里的活，日子过得也快。

转眼间，还有几天就过小年了。红军按照红石村老表们的习惯，在小年前两天，将王继业家的食物，按户分给各家各户。父亲和肖政委以红军监督的身份，看着老表们分到手里、并不算丰富，但原本属于他们自己生产的食物，又回到了他们自己的手边。比自己能品尝这些食物的美味，还要开心多少倍。

父亲也更能深刻地理解了，中国的普通老百姓们，多么需要中国共产党的领导和红军的强力支持，才能让他们过上填饱肚子的生活。我发现，父亲将食物分给老表们时的那份喜悦，在分给我时都不曾有过。连他自己和家人都不能分得一口从王家夺回来的食物，他都不在意。

老表们将分到的食物，留下很小一部分给自己，大部分食物都交给由钟阿公指派的监事组，将实物登记、归好类，统一存放在钟家祠堂。

红石村的老表们有这样的风俗习惯。无论当年的收成是否丰盈，小年前的几天，各家各户都要拿出自家最好的食物，交专人统一收集，放进祠堂。然后到小年的那天，主厨的师傅再将食物清点出来烹饪成年夜饭。俗称：过小年。这一天全村的老老少少聚在一起吃个团圆饭。除了吃团圆饭，还要举办相应的习俗活动，如：鲤鱼跳龙门灯、放孔明灯、烧宝塔、唱采茶戏，以祈祷来年风调雨顺。而大年三十则每家每户在自己家里过。

正月期间，小年聚餐各家各户贡献食物的名单，就会张贴在钟氏祠堂，如同功德碑一样，谁家今年的小年饭出了什么食物都写得清清楚楚。虽然当时的食物与当今没有可比性，但是当年的老表们对食物的虔诚、珍惜的程度也是今人所达不到的。

红莲等妇女会的阿姨们，对每家送来的食物都登记得很详细。比如：

卤猪肘，是前肘还是后肘，是一只还是半只，是上半只，还是对开的半只，这些都要写得一清二楚。用现在的话来说，让每户人家给村里小年夜贡献的食物，在全村人面前曝光。有生活阅历的老表，可以从你家赠送的食物、品类、大小、分量上分析，判断出你家对小年饭的态度，以及赠送人家的生活水平。尽管在那个年代，人们的日常起居和饮食没有什么本质的差别，但毕竟还是有人员的流动和物资的交流。从中也可以窥探出红石村的人家与外界交流的程度。

三婶送来的食物是几个鸡蛋。

红莲边登记边随口问了句："红军给你家分配了什么过小年吃的？"

三婶有点儿不情愿地说："就有一块腌的猪头肉。我家阿山想死了吃猪头肉，我就用家里的鸡蛋把猪头肉换下来了。"

草儿在身边开玩笑："这几个鸡蛋换猪头肉也太划算了吧？怎么的也应该搭点什么凑个数。不然光几个鸡蛋，每家每户的献物榜贴出来，谁家的闺女还敢上你家做媳妇？"

三婶对上次草儿回绝她家提亲早就窝了一肚子火。而阿山却在家里发誓，非草儿不娶。这下，她终于逮着机会，可以教训草儿。

三婶从红莲手里，把鸡蛋抢了回来："我还就不交东西。我家阿山打一辈子光棍，也不会娶你草儿！"

草儿则有意逗三婶："阿山打不打光棍，由不得你三婶说了算。那要看他熬不熬得住。还有你这抱孙子的念想，挺不挺得住。"

三婶的脸挂不住了，挎着篮子转身要走。

红莲赶紧跨出了台子，把三婶拉到一边宽慰道："这一年一回的小年饭，哪家不要争个脸面？你倒好，贪这一口。榜上真没有你家的名字，别说阿山娶媳妇，你三叔三婶在村里都是有脸面的人，这脸上也挂不住啊。"

三婶说："我交不交东西，关她什么事。她这媳妇，谁家娶了谁家

不得安宁。"

草儿听了三婶的话，反诘道："你们家来八抬大轿，抬我也不去。我守着我阿爸过一辈子，还有我钟亮哥。"

红莲给草儿使眼色："草儿，你有完没完。哪天阿山真把你娶进门了，这日子还怎么过？"

草儿不以为然地："红莲姐，你放心，真有那一天，这日子也能凑合着、挂起来过。"

红莲赶着话："三婶听见了草儿的话吧，真有那一天，我可要坐上席啊！"

三婶开心地说："真有那一天，上席给你留着！"

红莲问："那你今天是……"

三婶爽快道："猪头肉、鸡蛋，两样全都登记上！"

红莲赞叹道："三婶，有你这么大方，过了年，到你三婶家提亲的会被挤破门，后年就等着抱孙子吧！她草儿想进你家的门还得赶早呢！"

这话乐得三婶利利索索地从篮子里拿出一块猪头肉和鸡蛋放在台子上。看了看，又有点儿心不甘似的，但还是开心地转身离去。

可是，谁也没有料到，有两双眼睛在盯着钟氏祠堂，和空着篮子而归的人们。

赖德安自己也没有想到，人虽然躲到了吉安，但日子过得并不安稳。头两天，他刚送走老家来的小弟，向他讨口食来了。按以往，他赖德安从王家的粮仓里随手一捞，指缝里流出来的也能撑着一户人家吃一阵子。

若是在红石村，池子里的水，多两担少两担看不出；但在吉安，桶里的水少两勺多两勺，就很难说。

他刚给小弟家整了年货，打发走了没两天，谁知山匪田螺又找到吉安来了。山上的兄弟们，小年的货，还没有着落。放在往年，王家是一个不错的选项，但是今年王家一家老小离开了红石村，躲到了吉安过小年，王家自然就没有准备。再说了，红军进了红石村，王家的东西早被红军和老表们翻了个底朝天。再去翻，也翻不出个名堂。更何况，红军时不时还有流动岗哨。万一遇上了，那可不是闹着玩的。赖德安心里清楚，山上的弟兄们肯定也是到了万不得已的关头，否则也不会跑到吉安来找他。而且，这年吉安一带又闹了旱灾，红军跟国民党交战不断，较以往劫吃劫喝的机会少多了。

赖德安给田螺出了个馊主意，让他近日盯紧了红石村的钟家祠堂，说不定有意外的收获。他给田螺一、二、三、四交代了几点，听得田螺心里乐开了花。

田螺终于找到了一个可以解山上兄弟们无粮过小年难题的法子了。

这几年红军与国民党正规军交战的威力，也震慑了田螺的生存环境。以往田螺抢劫的对象是地主老财家，如今王家的浮财被红军分给了穷苦老百姓，也算是断了田螺的食物来源。因此他们也只好按照赖德安的馊主意铤而走险。

那两天，田螺手下的人，不分昼夜地盯着红石村的钟家祠堂。他们终于找到了猎物的目标。

红莲姨她们按照往年的规矩，将老表交来的小年聚餐用的食物，全部封包好了，放在钟氏祠堂，只等小年那天来点火开厨。

钟阿公看着祠堂收到的食物，激动得流出了眼泪：我活了这一把岁数，第一次看到家族的小年年夜饭，有这么丰富的食物。多亏了红军给我们

做主，把属于老表们的东西，从王继业手上夺回来了。我们一定要热热闹闹，大张旗鼓地过个小年。还要请红军的长官，跟我们一起过小年。

钟阿公真正地承担起了钟氏族长之职，给负责掌厨的、做宝塔灯的各个部门的掌管人开了个会，要他们各司其责，使出浑身的力气来。让红军看看，红石村的老表自红军来了以后，为老表们争来了一个怎样的红红火火的小年。

那天晚上，我父亲正在跟肖政委商量：小年来了，怎样让战士们也过一个愉快欢乐、不失丰盛的小年。

忽然，通讯员向他报告，说有人突然袭击了钟家祠堂。

父亲立即带领战士赶到祠堂。发现祠堂里老表们准备过小年的食物，几乎被洗劫一空。

红军根据线索，跟踪追击到了红莲姨家，并迅速包围了起来。

此时，只听红莲姨家里面有异样的动静。

我父亲果断对屋里喊话："屋里的人，你们被我们包围了！请不要伤害老表！"

果然，红莲姨喊到："苏师长，不要开枪！我屋里有情况。"

我父亲似乎猜到屋里发生了意外。再一次向屋里喊道："屋里是哪路兄弟？请通报个姓名。"

屋里传来一个声音："我是山上的田螺。我要跟你们的长官对话，否则我就开枪了。"

我父亲自报家门："我是红军的师长苏志海，你有什么条件对我说。我可以保证你们的安全。"

屋里的声音："叫你的手下放下武器，确保我们安全离开红石村。"

父亲果断地答应了对方的要求，但是提醒田螺："你必须说话算话，不许伤害屋里的人，出来以后更不能伤害无辜。"

屋里传出声音："成交。"

随着话音落地，田螺和他手下的人押着红莲姨、阿牛哥、细妹作为人质，从屋里慢慢地走了出来。

一个红军战士俯下身子想取枪，我父亲制止了他的行为。

田螺顿时也有几分紧张，用枪指着红莲姨的脑袋。

我父亲和几位红军战士紧跟在田螺的身后。

田螺他们走出红莲姨家的院子后，又顺着小路朝进山的路口走去。一直走到进山的路口，他们才放了红莲姨三人，撒腿往山里奔去。

红莲姨告诉我父亲，劫持他们的就是山匪田螺。

田螺他们每到年关，都会下山来抢劫大户人家。今年王继业的食物都分给了老表，所以他们就瞄上了钟家祠堂。

我父亲很自责："都怨我们，工作做得不到位，疏忽大意，没有了解红石村周边的风俗民情。山上竟然还有这么一拨土匪。王继业不在了，老表们却成了替罪羊。"

红莲姨告诉我父亲："祠堂里的食物，被这帮土匪抢得差不多了。"

父亲准备第二天集合部队，进山把这帮土匪给灭了，让老表们过一个太平年。

红莲姨却劝说道："这后山太大，进去了没有十天半个月出不来。也很容易被土匪放暗枪。"

我父亲听了，觉得这剿匪的事，还真不是一时半刻能有结果的。眼下又逢年关，安顿老表们和红军过小年是当务之急。我父亲说："行吧，剿匪的事年以后再议，我们先帮老表们开开心心地过一个不一样的小年。"

红莲姨要我父亲告诉肖政委，她跟大柱商量好了，把家里正长膘的猪杀了，第二天再叫些村子里的后生进山，采一些应时节的冬笋等山菜，到时候给红军也分一些。

　　父亲说："那正好，明天派些红军战士随你们进山学习学习。既可以让他们自食其力，也可以保护老表们的人身安全。一举两得。"

　　山匪这一突如其来的抢劫，虽然给那年的小年蒙上了阴影。但是在红石村老表和红军战士的努力下，这一个小年，还是让我大开眼界。

　　吃的东西就不用说了，小年的食物被土匪洗劫之后，各家各户又各显神通，赶制了客家的特色小点心，加上进山采来的山货，凑合着给吃小年饭的大人小孩们打牙祭。

　　但老表们制作的孔明灯、鲤鱼跳龙门灯以及宝塔真正让我见识了红石村老表们的手艺。最厉害的要数大柱叔了。别看他说起话来嘴有些笨拙，说不到几轮话茬就跟你急，但他做的孔明灯和宝塔，那叫一绝！

　　大柱叔带领我们搭宝塔架，做孔明灯。精细活全是他亲自动手，粗活就指挥我们儿童团打下手，我们从山下捡来头年干枯的毛竹和树木。他教我们时很有耐心，又仔细，教我们往宝塔上挂石头块，瓦片等粘在毛竹和树的枝桠上的小窍门，搭建成的宝塔活灵活现。

　　到了吃小年饭的时候，钟阿公一声令下："开席！"

　　我们这些孩子就争相往宝塔的肚子里丢进点着了的火种、纸媒子。慢慢地，宝塔里面的火就燃烧起来了。

　　不知是谁往宝塔丢了什么，蓝色的火焰朝塔的眼孔喷射出来，呼呼的，很像传说中的哪吒喷火。后来我才知道，是有人往火里散了点盐，才有蓝色的火光。可是在那个年代，盐是多么宝贵的东西啊！随着火势越来越大，火焰也越来越高，越来越旺，仿佛能把整个夜空烧得通红。伴随着喷射在夜空中的星星火光，借着火焰的热浪，一盏盏孔明灯，缓缓升向夜空，在黑夜中飘摇，如同一艘艘弯弯的月亮船，在天空游荡。

　　这是我平生度过的第一个，也是最好玩、最开心、最令人遐想的小年！

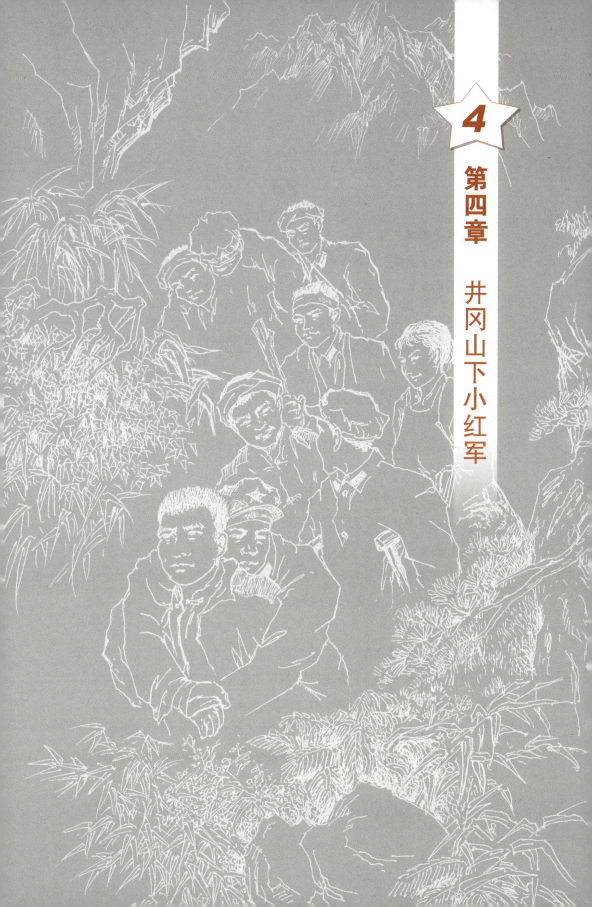

4

第四章　井冈山下小红军

红军前脚离开红石村，王继业后脚就带着他的民团在他的儿子王家骏的簇拥下，凶神恶煞地回到了红石村。

老表们听说王继业回来了，都纷纷躲在家里把门关上。村子里几乎见不到人。

赖德安又玩起了他那一套，想找钟水根给他当宣传员，去敲每家每户的门。可是，现在的钟水根较红军进村以前变得狡黠了几分。他听说赖德安回来了，早早地躲到红军分给他的田里的草垛子下面睡懒觉，装疯卖傻。赖德安找了大半个村子，也没见到钟水根的人影。

红莲姨怕出意外，叫我和阿牛哥躲到屋子的隔墙里面藏起来。

红石村的村名就来源于村子的周边都是红石。别看红石被视为未成熟的风化石块，但盖房子，却是就近取材的上等的建筑材料。除红石以外，红石村山上还有木材。有了这两样材料，红石村的家家户户几乎都是红石房。虽然这些房子大多是爷爷的爷爷手上传下来的，经历了多年的风雨，显得有点儿陈旧、斑斑驳驳，但在当时的条件下还是可以对付住人的。由于年代久了，有些老房子的红石松动、脱落。大柱叔也是偶然发现，客厅与后厨的墙的红石有点松了。他随手撬开了一块红石出来。却意外地发现，祖上盖的红石房，不都是一块一块的红石砌起来的，有的看上去是红色，但实际上是薄薄的红石片。墙里面是空心的。尤其是屋子与屋子相邻的人家，那厚厚的红石墙说不定哪儿就空了几段，足可以藏人。堂屋背面的光线较暗，几乎看不出红石与红石之间有松动、脱落的痕迹。

听说王继业进村了，红莲姨急忙搬下红石片，拉着我和阿牛就往后屋去："你俩先在这里面躲一躲，千万别吱声。"

我倒想去看看这王继业长什么样，咋那么不遭老表们待见。莫非他是牛魔王再世？

红莲姨和大柱叔叔刚把红石板放回原处，门外就传来"砰砰砰"的敲门声。

只听外面人吼道："快开门，快开门，屋里谁在？"

红莲姨三步并作两步赶过来，打开门一看，是赖德安。顺口问道："哟，如今该叫赖队长还是赖团长？"

团丁道："现在是赖团长了！"

赖德安嬉皮笑脸地调侃说："管他什么长，这两年没见面，红莲妹子是越来越水灵了。"

钟大柱赶紧将红莲拉到身后，没好气地对着赖德安说："有事说话，没事就走人。别跟山上的杨梅似的，酸不拉几的，有意思吗？"

团丁叫道："一会去晒场集中，王老爷要看看老表们。"

红莲应声说："知道了。"

赖德安见钟大柱没好脸色看着他，没多说话，带着团丁转身走了。

团丁一边走一边敲着锣，嚷着："各位老表，大家听好了，立刻去钟家晒场集合，王老爷要跟你们见面。"

"哐哐哐"的敲锣声，渐渐远去。

随着渐渐消失的锣声，在小巷的拐角处，探出了一张人们熟悉的脸。他似乎一直在跟踪赖德安。等跟踪到了红莲家，也就不继续跟踪了，仿佛完成了他的使命。

钟水根拍了拍身上的草屑沫子。前后看了看有没有人发现自己，这才若无其事朝钟家晒场走去。

王继业在吉安城一躲就是两年。两年没回过红石村，这次回来，肯定要跟老表们清算清算，更何况他还带着王家的大少爷、王家的金字招牌王家骏团长。别看他现在是团长，当年在村里的发小们眼里可就是一

个屎壳郎。王家骏仗着父亲是地主，家里有钱，在吉安城读书长大，根本不把同村的发小看在眼里。他的眼睛不是看人的，是看天的。当然，他对钟亮却是另一种态度，其中原因我也听说过。

每次放假回家，王家骏有事没事都会到红石村来找同龄的孩子玩，也带几分显摆的意思。

有一年夏天，王家骏暑假回家，也跟村里的孩子一样，到赣江里去游泳、洗澡。钟亮带着几个小伙伴，悄悄地潜到王家骏身边，将他往深水处拉。这下把王家骏的妹妹王家音吓得直叫救命。王家骏知道是钟亮的恶作剧，回村后找到钟阿公告状。他原想钟阿公会训斥一顿钟亮，谁知钟阿公却不卑不亢："我们穷人穷，不练好水性，哪来的鱼吃？哪像你们大户人家，吃鱼有鱼鹰给你们当猎手？"

一席话，说得王家骏哭笑不得。

就是这个生在红石村，长在吉安城的王家骏，成人之后，听说考上了军校，还当了国民党的团长。这回，他突然陪着他家老爷子回红石村来要威风了。

25

钟水根来到晒场时，晒场上已经站满了人。王继业正在训话。

王继业说了什么，钟水根没听清，但是站在王继业身后的那两个人，让钟水根吓了一跳。一个是身着军装的王家骏，虽然套了身军服，人也变得有几分俊朗，但年少时的模样、棱角，一眼就可以认出来。而站在王家骏身边的，则是离家多年、毫无音讯的钟亮。这把钟水根吓蒙圈了。

同样蒙圈的还有钟阿公。钟阿公气得心里直骂，钟亮没了倒好，这么多年过去也习惯了，现在倒好，穿一身布衫，活脱脱地站在王家骏的身边，陪着王继业训斥老表们。这分明是给王家骏、王继业站台。训斥红石村钟氏家族的老表，简直把祖宗的脸都丢尽了！钟亮的阿妹草儿，跟他一个锅里吃饭长大的钟大柱、红莲、钟水根时不时用眼睛看看钟阿公。

钟阿公的一身汗都急出来了。他怎么也想不明白，自己日思夜想、出门多年、毫无音讯的儿子钟亮，怎么会出现在王家骏的身边！气得钟阿公用手杖连连戳地，心里默默地念叨："这个孽子，我钟家怎么出了这么一个败类。帮着地主老财来欺凌生养自己的老表们。我如何向列祖列宗交代？"钟阿公正想着钟亮。

王继业也用拐杖戳了戳地："凡是分了我家土地、分了我家吃的用的、拿了我家东西的人，都一个不少的给我还回来。按每户两石稻谷计算，到明年收割的时间，一起给我当田租交了。赖德安，赖德安，你给我记住了。"

站在一旁的赖德安慌忙应道："奴才记住了。"

王继业似乎还没有发够威："交不了租的，我就要把他家的屋扒了、卖了。要让你们尝尝吃我王继业大户的后果，让红军知道，跟他走的人，最终都没有好果子吃！"

王继业说到这儿，钟阿公看到，那个孽子钟亮好像跟王家骏说了什么。王家骏又到王继业的耳边嘀咕了什么。

王继业这才似乎有了收场的意思："各位红石村的老表们，我们也有两年多没见面。这是我们两年多来第一次见面。你们占了我王家两年的便宜账，到了该清算的时候。念在大家都是乡里乡亲的份上，这两年的孽息我还没入账，也算是我王家的慈悲吧。你们要感谢我王继业。"

赖德安在一旁带头鼓掌："感谢王老爷，免除我们两年的孽息。"

人群中，有点儿稀落的掌声。

钟阿公回到家，气得说话直发颤："这个逆子！这个逆子！我还以为他……没想到几年没有音讯。今天，他居然跟王家的人站在一起，训斥我们钟家的人，把钟家人的脸面都丢尽了。如果是这样，还不如不回来。看不到他我倒省心了。"

草儿安慰道："阿爸，你消消气。阿哥今日之事，怕是有什么难言的苦衷。"

红莲也在一边宽慰钟阿公："钟亮哥不应该是这种人。我们是一个窝里长大的鸟，我了解他。"

钟大柱见红莲帮钟亮说话，心里有几分不快。嘴巴也忍不住了："一口锅里吃饭的也有善有恶，你就能打保票，他钟亮出去这么多年，不会变吗？"

三叔也火上浇油："外面的花花世界，把他的心都野花了，他跟我们尿不到一个壶里去喽！"

钟大柱还想说什么，红莲用眼神制止了他，言下之意：你有完没完。阿公已经气得不行，你们不但不帮着灭火，还嫌火不够旺，往里添柴呢。

钟阿公无力地说："本指望他上了军校，在外闯荡一番，回来光宗耀祖。这倒好，一回来就跟王家的人混到一起了……"

钟阿公一阵咳嗽，接过草儿递来的茶碗喝了口水。

众人紧张得没再吭声。钟阿公平静下来了，仿佛想起了什么，问道："红莲，钟义和阿山回来了吗？"

红莲回答道："阿山没去找山洞，是钟义一个人去的。"

钟阿公望着三婶和三叔。

三叔急忙解释："红军撤离的头一天，阿山就去了他姑姑家，他姑姑盖房上梁……"

红莲怕钟阿公不高兴，赶紧接过话："我在晒场上一直盯着，生怕钟义没头没脑赶到晒场去。估计是还没回来。"

钟阿公不解地说："不应该呀，去了一个白天，搭半个晚上。那山洞，我年轻时去过，是该回来的时候了。"

钟阿公扫了一眼在场的人："把密室的伤病员转移出去是天大的事。这密室，那个逆子是知道的。不晓得这逆子接下来会生出什么造孽的事。"

钟阿公的一句话把众人给怔住了。

红莲、大柱心里非常清楚，他们小时候跟钟亮曾经去过密室，只是不知道他还有没有印象，会不会打密室的主意。

红莲自我安慰道："钟亮哥不至于把钟家的秘密也透漏给王家吧，他跟钟家人有那么大的仇吗？"

钟阿公叮嘱道："先不管他有多恶，我们还是得先防后攻，都得长个心眼。"

三叔说："那我先去祠堂周边看看，有没有什么特殊情况。"

三叔刚转身要出门，门被推开了。

众人一看，一个个都愣住了。

只见钟亮拎着礼盒站在门口："阿爸，钟亮回来看你了。"

三婶嘴还真快："说曹操曹操到。"

三叔用肘子碰了一下三婶，示意她别乱说话。

钟阿公瞄了一眼站在面前的钟亮，没吭声。

草儿迎上前，欲接钟亮手上的礼盒："哥，你快坐下，喝口水。"

钟阿公道："谁叫他坐的？"草儿尴尬地立在钟阿公和钟亮中间。

钟亮说："阿爸，多年没见，孩儿甚想你。"

钟阿公道："想我，就给我这么大的见面礼？站在王家一边，看钟

家的笑话。你就是一个逆子！"

钟亮解释说："我在吉安遇上家骏，我们从军校毕业多年不见，他让我陪他回来。我也正好要回来，就随他一道了。"

钟阿公听了更气了，说："你到了吉安不回家，不回来看我，先看他王家的人，他王家的人比你亲爸还亲，比你亲爸更有权有势。"

钟亮说："阿爸，我这不是回来看你了吗？"

草儿赶忙解说："阿爸，我哥不是说了在吉安遇上了他同学，这不，和他王家的人顺路回来的，是不是钟亮哥？"

钟阿公道："他自己有嘴，用不着你替他说话。"

草儿也豁出去了："阿爸，这么多年不见阿哥，你天天念叨他，他今天终于回来了，你又……"

钟阿公怒骂道："我天天念叨他了吗？念叨他这个逆子啦？"

钟亮说："阿爸，你生我的气我认了。你把这点心收了，这是我从赣州给你带回来的，是你最喜欢吃的芙蓉糕。我改天再来看你。"

钟阿公还不解气，说："你还是带回你的王家，进了王家的东西又拎着来钟家，我享用不起！"

钟亮为难地看着父亲。

钟阿公说："你哪天不跟王家人搅一块了，我们再单说。"

钟亮默默地转过身，拎着礼盒出了门。

就在他转身的那一刻，心情复杂地看了身边的红莲和大柱一眼。

钟亮走出家门，又转过身，立在门口，环视了一眼这个阔别了多年、给他留下无数少年梦想、在外梦到过多少次的家。

钟亮刚走几步，突然一个身影闪过，他停住了默念到："钟水根。"

与此同时，钟水根也小声地叫了句："钟亮哥。"忽然又转身溜了。

钟亮心里嘀咕着往王家走去，迎面遇上了赖德安。

钟亮奇怪地问："你怎么来了？"

赖德安回答道："大少爷见你久没回来，让我来接你。"

钟亮似乎明白了，钟水根的稍纵即逝，可能是发现了赖德安，所以赶紧躲避。

赖德安指着钟亮手上的礼盒："令尊……"

钟亮无奈地说："赖管家，你有所不知。我阿爸真是越老越糊涂了。我这么多年没回来看他，今天回来了，反而不受待见。"

赖德安不明就里，只能是迎合地："哦，那是为何？"

钟亮说："说来说去，还不是过往王家与钟家的那些破事。有什么可斗的，现在都什么局势，世道不同了。还是当个教书先生，过清闲的日子自在。青山依旧在，人如草木灰。"

赖德安安慰道："那是，那是。不过你别生那么大的气。你在外面见多识广，阿公呢，久居深山。他毕竟是一族之长，给他留些面子。过些日子他气消了，什么事都烟消云散了。"

钟亮消了消气："但愿如此吧。看来，此地到底不是我辈久留之地。"

赖德安试探地说："钟亮贤侄是鲲鹏之辈，区区红石村岂是你的栖息之地？"

钟亮无可奈何地说："家族事真是一言难尽。眼不见为净。"

说着话，径直朝前走去。

赖德安跟在钟亮身后，琢磨着钟亮的话。

钟亮从红石村回到王家，碰巧王家骏正跟王继业说着话。

王家骏也不忌讳地问："钟亮兄，你回红石村，这一路上有没有看到扎眼的情况？"

钟亮回答道："我注意观察了一下，这一路上老表们都闷头做自己的事，没人在意我一个外人。我回来的时候，有赖总管陪着，我们好像

也没有看到什么特别扎眼的内容。是吧，赖总管？"

赖德安赶忙接上话："一路上都很正常。"

王家骏又问道："乃父待你如何？"

钟亮没好气地说："就差没有用扫把抽我的屁股。给他带去的礼盒，又拎回来了。"说着话，指了指赖德安手里拎的礼盒。

王家骏不解地问："这是为何？"

钟亮说："你这么聪明的人，还用得着问吗？一屋子的人，就像开我的批判会。"

王继业问："一屋子的人？"

钟亮说："是呀，他们一个个都谴责我，说我跟王老爷你一个鼻孔出气，连口茶水都不给喝。我只好知趣地退场了。"

王继业愤愤不平道："这帮老表，我非得给他们点颜色看看。让钟亮贤侄代我受过了。"

王家骏说："阿爸，你这话钟亮可不爱听。他总归是钟家的人，打断骨头连着筋。你给谁颜色看，都是给亮兄增加负担。"

王继业问道："那按你的意思呢？"

王家骏回答道："我们现在的首要大事，就是搜查老表家里还有没有没来得及走的红军伤病员。"

钟亮很机智地回答道："我注意看了一下，没发现可疑之处。"

王家骏却说："我已经命令张德彪和赖德安，从明天开始挨家挨户搜查。今天晚上，先封锁红石村上山的路口。"

钟亮分析给王家骏听："如果让民团的人把村里进山的路给看死了，不让任何人进山也不现实。从红石村的习俗来看，老表们烧的柴，以及补充粮食不足，上山采野果、野菜，是每户人家的必需。我们可以限制进山的人数，或者只允许未成年的孩子进山，不许成人进山。至于如何限制人员上山，只能是站岗的人自己把握。"

家骏觉得钟亮的点子还算灵活、实用，不是家父所担心的是什么歪经。

王继业叮嘱过家骏跟钟亮说话要察言观色，多长个心眼。千万不要听他的忽悠。

家骏正想着这些，赖德安来请他去老太太那边。家骏邀钟亮一道过去，被钟亮谢绝了，说他们家人间说话，再亲的外人在身边，也不合适。

其实，王家骏对钟、王两姓争斗的陈年旧事也不感兴趣。他之所以把钟亮留在身边，自有他留的道理。在吉安这个地方，想找个像钟亮这样知根知底的人聊天，还真找不到。小时候两个人一同长大，后来又都从军校毕业，却志向不同。现在两人职位不同，虽然钟亮督察员这个身份看似个闲职，但却是一张权力无边的通行证；他王家骏看上去是驻防吉安的团长，有点儿威风，但军令一到，他就得随叫随走。在这兵荒马乱的年月，他王家骏一走，钟亮在吉安一带，说不定还能罩着王家。赖德安这种人，只配在王继业面前摇头摆尾，绝入不了他王家骏的法眼。

钟亮既不愿住在王家，也不愿住在王家骏的营房，要搬出去住，这说明他在红石村还得呆一阵子，也能呆得住。他虽然不可能百分之百地为王家服务，但能保王家的平安就足矣。给人空间，也是给自己方便。有钟亮这张牌护着王家，他王家骏心里踏实。

王继业和王老太一听家骏说自己早晚会走的，心里打鼓："你要走？"

王家骏回答说："我是党国的军队，委员长调我去哪，我敢说半个不字？我又不是王家军，一辈子守着王家一亩三分地，听你的调遣。再说了，就王家跟钟家这点破事，还用得上我这把牛刀？"

王继业不高兴了："我跟钟家斗了两代人是破事？"

王家骏见父亲不高兴，立马换了口气说："好好好，不是破事，是正事。"

王继业说："我可是为了王家世世代代传下去，为子孙后代着想。想让王寻继承王家的家业。"

王家骏顺着话说："谢谢阿爸，你费心了，想得那么远，那么深。至于王寻，到了我这个年龄，他们那个时代，那个社会，还真不好说。"

王继业又不高兴了："你胡说什么？难道这个天会变？"

王家骏说："这个话不好说。天变不变，不是你我决定的事。我关心的是我奶奶和阿爸你在红石村平安无事，呆得住。"

王继业不服气："有你在谁敢打王家的主意？"

王家骏说："可我早晚得离开呀。"

王继业听了这话，没有吭声。

27

正是因为钟亮一回红石村，就去看他阿爸，又向王家骏提出了让民团把守进山路口的主意，这才让搜查全村红军伤病员晚了一天，给留在村里的红军伤病员紧急转移争取了时间。如果按照王家骏和赖德安的主意，当天就家家户户去搜查红军伤病员，其后果还真是难以预料。

红军紧急转移本身就很仓促，伤病员又不能随部队走。当时也设想将伤病员分散安置在老百姓家，红莲和钟阿公也跟有的老表商量好了。但这一方案后来被否决了。如果伤病员分散在老表家，王继业杀了回来，那是一抓一个准，而且会伤及无辜的老表。因此，情急之下，钟义建议将伤病员转移到后山的一个山洞里暂避一时。他在后山上狩猎时在那个山洞避过雨，但山洞有多大他却不清楚。

钟义原想和阿山一道进山去查看山洞，谁知阿山去了他姑姑家，他只好独自前往。

红莲和草儿刚把伤病员和常阿姨他们转移到钟家祠堂的密室，再赶回家时，王继业就回到了红石村，还带着他儿子王家骏和钟亮，这是钟阿公他们没有想到的。急得红莲和大柱把我和阿牛藏在了房子的隔墙里。刚把我们藏好，赖德安就敲着锣到各家各户，要老表们到晒场去见王继业。

老表们以为赖德安会像往常收租一样到各家各户去搜红军的伤病员，紧张得红莲、草儿还有三婶去各家各户查看有没有红军伤病员留下的痕迹。直到太阳落山，没有发现什么破绽，红莲才回钟阿公的话。正当众人在钟阿公家边聊着钟亮，一边焦急地等候钟义从山上回来时，钟亮却不识时务地出现在钟阿公眼前，钟亮的这招棋，他们是想象不到的。

钟义上山时约好了第二天中午应该下山的。老表们在晒场上时，红莲生怕钟义会中途突然出现。她感觉自己的紧张情绪似乎引起了赖德安的警觉。

赖德安也时不时地在四处扫视着，像是在寻找什么。吓得红莲再也不敢抬头，低着头默默念叨："钟义不要出现，钟义不要出现。"

一直到吃过晚饭以后，月亮爬上山了，红莲和草儿在家默默地做着针线活，一边静静地听着屋外的动静。

奇怪的是王继业回来了，老表家养的狗，晚上都不叫唤了。平日里一到晚上，狗的叫唤不绝于耳。村子里的狗仿佛争着向主人表示自己是最尽责的。

那天晚上，村里出奇的安静。

忽然，门外有人敲门。红莲把针线篓往地上一甩，快步往院门走去。临近大门时，她又放慢了脚步，悄悄的靠近院门。

片刻，又响起了"砰砰砰"的敲门声。

红莲问道："是人还是鬼？"

门外的人答道："是山鬼。"

红莲重重地吸了口气，慢慢地拉开了门闩。

钟义就像幽灵一样，从红莲的腋下，一下子就窜进了门。

随后，红莲到门口蹲下身子，四下张望了一下，才进屋把门关上。

进到堂屋，红莲问钟义要不要吃口东西，钟义说有口水就行。

钟义接过大柱递过的茶碗，喝了一大碗水，这才深深地舒了口气。

钟义带着微笑说："终于找到了那个山洞。"

红莲问钟义："怎么去这么长的时间？"

钟义按照自己的记忆，找不着山洞的位置。两年多没去，山上的树木早把当时的地形长得变了样。他围着山洞周边转了半天，才终于进了山洞。这里面是个天然的溶洞，藏几十号人没问题。只要吃的东西要能保证，就能呆得住人。一般人是很难找到那个地方。返回时，钟义一路上仔细地观察了许多山石和树木的标志，以免再上山时走错路，这样才耽误了时间。回到近山，天已经黑了。他心急火燎地往回赶，刚出山口，却发现进村的路口有人在防守。他摸索着找了另外两个进村的路口，都有人把守，还点着火把。幸亏钟义是狩猎出身，才找了一条很少有人知道的进村的路。进村以后，他怕村里有游动哨，先到三叔家探听情况，这才匆匆赶到红莲家。

钟义开玩笑地说："王继业这条老狗回来了，村里的狗都不叫了。"

一句话，说得屋里人都乐了。

在为哪天将伤病员转移出村这个问题上，红莲、钟义、大柱各有想法。

红莲认为，这两天让老表们给伤病员准备点吃的，再送上山去。

钟义却认为越早越好，免得夜长梦多。晚走一天就多一分风险。今天王继业没来搜查，说不定明天就会派人来各家各户搜查。万一发现了蛛丝马迹，事情就大了。

而且，钟亮当天来看钟阿公，也成了他们商量的热点。

大柱建议让伤病员暂时藏在祠堂的密室，再等几天，看看王继业下一步的行动再定。不然的话，几十号人上山了，吃喝拉撒怎么办？

他们谁也说服不了谁，又拿不定主意。

忽然有人敲门，众人一阵紧张，摒着呼吸听着。

片刻，又传来敲门声。这回比前一次的声音更大。

大柱分析像钟阿公敲门的声音。他重重地拉开门栓，大声问道："是阿公吧？你才来，细妹还等着你的药呢。"

随着开门声，阿公故意大声地说："我这不是刚把药煎好嘛。我以为草儿会回家取药呢。"

钟阿公和三叔跟大柱边说着话，进了堂屋。

大柱问钟阿公："大半夜的怎么把三叔叫上，这唱的是哪一出？"

三叔诡异地笑了："你们后生仔猜猜看。"

草儿脱口而出："晚上阿爸走路不方便，叫个拐杖呗。"

钟义想了想说："不对，钟阿公像是故意把动静闹大了。"

红莲问："为啥？"

钟阿公说："我故意把声音弄大一点，是担心钟义进村闹狗叫，就先试探是不是有暗哨。谁知钟义这机灵鬼早回来了。"

三叔庆幸道："还好，没有闻到'癞皮狗'的臭气。"

钟阿公听了众人的想法，决定第二天黎明把伤病员转移出村。

早一个时辰离开红石村，就少一分危险。

红石村人有起早的习惯。有的人家，鸡叫就下地。这个时候守夜的人也乏了，睡得稀里糊涂。弄出点响声，王家那边也不会在意。二是进了山，天就亮了。天亮了，山路露水多，走路也不会发出什么噪音。

众人听了钟阿公的分析，觉得不无道理。而且大家都奇怪，王继业训话以后赖德安怎么没来各家各户搜查。

古话说得好，事出反常必有妖。

而这个"妖"的故事，后面再讲给你们听。

红军在红石村住了两年，老表们耳濡目染了红军的行动和胆识，潜移默化地学到了组织指挥、统一行动、步调一致的组织纪律。天亮之前，躲藏在祠堂密室的伤病员，一个不落地转移去了后山的山洞，而且没有出现一丝丝破绽。

当然喽，我们的儿童团也发挥了不小的作用。天还没亮，我们就在各个路口监视着王继业家那边的行动。看看他们对我们的转移是不是有所察觉。还好，他们也许刚刚回到红石村，一个个都在做美梦。包括那个"逆子"钟亮。

如果说红军的转移是大部队的成功转移，那我们转移伤病员，就是一种成功的小转移。多亏了钟阿公的决策，要不然，第二天"癞皮狗"带团丁到村里各家各户催交粮交田，又是搜查红军伤病员，那架势还真有几分悬。

老阿公的决策，真是令人绝顶佩服。

天亮之前的安静何止是万籁俱寂，简直是静得连世界都不存在。我却毫无睡意，一会窝在草垛里，一会又趴在地上。耳朵贴着地上听，真像水根叔叔说的，大地会唱戏，唱的是客家采茶戏。

当我们看见红莲姨家的烟囱冒烟了，这是红军伤病员已经安全转移的信号，我们可以撤岗了。

　　清晨的炊烟与纱帐似的晨雾融合在一起，仿佛是一幅水墨山水画，虚无缥缈，一会像条狗，一会儿像头牛，一会儿又像过小年烧的宝塔。我敢说，我长大以后再也没有看过那么栩栩如生的水墨画。这些画虽然是画在天上，却留在我的心里。

　　虽然我和阿牛哥一个晚上没睡觉，但我们毫无困意，仿佛自己干了一桩了不起的大事，兴奋不已。

　　阿牛哥带我去钟阿公家看草儿姐擂葛粉。什么叫作擂葛粉？葛粉又是干什么用的？虽然对此我一无所知，但我肯定这是一种可以吃的东西。

　　到了钟阿公家，草儿姐也刚从山上回来不久，裤子还是湿漉漉的。她说山上的露水重，打湿了衣服和裤子。挖了葛根回来时，她还遇到了刚刚醒来的团丁。团丁问她怎么这么早就上山了，他们都不知道。草儿姐说，她去山上自己家的地里挖葛根。去晚了，葛根花就躲藏起来了，人看不见啊，挖不到葛根阿爸就没有早饭吃。上山挖葛根做葛粉当早饭。团丁见她是钟亮的阿妹，也没多问。

　　其实，草儿姐送伤病员到了途中，折返回家。中途挖了葛根回家擂葛粉，为红军伤病员当粮食。葛根就像柴棍似的，一根一根，也有些奇形怪状的，挺好玩的。我要拿起来看看，草儿姐急忙阻止我，叫我别摸葛根："摸着你手会痒痒的。"

　　"我不信，那你挖了怎么不痒呢？"

　　草儿姐开玩笑地吓我说："葛根认识我，它不会挠我的痒痒，专门欺负你们这些娃娃。"

我问阿牛哥："草儿姐说的是真的吗？"

阿牛哥没回答我，只是嘿嘿地笑。

草儿姐换好了衣服，来教我们怎样去掉葛根的皮。

我一看草儿姐换了衣服，人显得特别清秀。脑门上还飘着湿湿的头发，后脑勺的头发用个红布条扎着，显得特别利落。红扑扑的脸上仿佛抹了红纸，身上散发着一股特别特别好闻的味道。

草儿姐发现我没有看她干活，而是专心地看她，就问我："虎子，草儿姐好看吗？"

我脱口而出："你不但像常阿姨说的好看，而且身上还有一股好闻的味道。"

草儿姐笑嘻嘻地问道："什么味道？"

我有一点不好意思："说不上来，闻着特别好闻。"

草儿姐嗔怪道："就你这张嘴会说。那别的人怎么闻不到啊？"

阿牛哥说："别人也许闻到了，他们不敢说呗。"

草儿姐："阿牛，看来你跟虎子学坏了，小心我告你姨。"

草儿姐当时好像有十八九岁，早到了出嫁的年龄，可是她一直没有许配人家。草儿姐个子长得像棒棒糖似的，用当今的话形容，有点儿亭亭玉立。穿着一身洗得发白的青色衣裤，扎着一根拧成麻花结似的长辫子，身后的长辫子，走起路来就像马尾巴似的，随着她的步子左右摇摆，很有节奏。她站在钟阿公身边，不像是阿公的女儿，倒像是孙女。圆圆的脸，就像棒棒糖上面的那个小人头。听大人说，隔三差五就有人上门提亲。钟阿公确实舍不得草儿出嫁，她是阿公的"拐杖"，去哪都少不了她。

媒人问草儿要嫁什么样的人家，草儿回答得很巧妙："等我阿哥回来你去问我阿哥。"

媒人一打听，草儿阿哥钟亮上了军校，在外闯荡多年没有回音，混到了什么份上，无人知晓。媒人再也不敢上门提亲了。

听说三婶也想草儿做儿媳妇。她儿子阿山也喜欢草儿，而且扬言非草儿不娶。可是三婶上门提了两回亲，都被草儿怼了回去，气得钟阿公要自作主张定这门亲事。

红军进驻红石村以后，草儿姐看了常阿姨和耿营长的新式婚礼，又听了我母亲和常阿姨说的男女平等，婚姻自由，女人要嫁就嫁给自己喜欢的男人，等等一套理论，她自主婚姻的底气就更足了。

草儿姐的态度把阿山哥急坏了，他生怕草儿姐被外村的大轿抬走，就时不时催着三婶三叔去钟阿公那儿提亲。

其实吧，草儿姐也挺喜欢阿山哥的，说他人老实忠厚，又勤快，家里有现成的屋。阿山哥有什么好吃的东西，第一个想到的就是她。去年阿山哥过生日，家里确实没有什么吃的给他过生日。那天家里的鸡下了两个蛋，三婶要给阿山做蛋羹吃，可是他非要吃带壳的鸡蛋。过生日哪有吃带壳蛋的？后来三婶才发现，阿山舍不得自己一个人吃两个鸡蛋，瞒着三叔、三婶把鸡蛋装口袋里，约着给了草儿姐一个。草儿姐没吃，她心痛阿山哥平日家里没什么东西吃，还要做田里的活，硬是将这一个鸡蛋在兜里放了三天，后来又逼着阿山哥把这第二个鸡蛋吃了。

那天，草儿姐夸阿山哥："你人也挺好，对我也挺好，唯一的缺点就是什么事都要问阿爸阿妈。就连上厕所也没少向阿爸阿妈报告。"

阿山哥却以自己是家里的独苗苗为由，说三叔三婶日后就指望他养老。

草儿姐告诉阿山哥："你若是想娶我，得答应一个条件。"

阿山哥听说只要答应一个条件，就能娶草儿，心里顿时乐开了花，他说："你说，什么条件，就是上刀山下火海我也不怕。"

草儿姐欣喜地问："你说话当真？"

阿山哥毫不犹豫地说："我一个大男人，一言既出，驷马难追！"

草儿姐说出了要阿山当红军的条件，可是阿山却向草儿姐解释，说不是他不想去当红军。他也找到了我父亲和肖政委，他们回答的口径是一致的：阿山是家里的独苗苗，红军有规定，家里是独子的，不能参加红军。草儿姐说阿山是木脑壳。

红石村的人都用木脑壳来形容对方的笨。

草儿姐一边清理葛根上的泥土，一边告诉我："葛根上的泥土抖落了以后，用竹制的刀把葛根外面的皮刮掉，葛根白白的肉就露出来了，像白萝卜似的。再将葛根削成片或在石臼里捣烂，然后放进磨子磨成浆水。待浆水沉淀后，捞起白浆晒干，就成了白粉状。吃的时候，用滚烫的开水一冲，它就像浆糊似的。"

钟阿公在一旁告诉我们："葛根粉既可以当粮食充饥，又可以清凉解火，还可以当药用。"

我和阿牛哥像听故事一样，听得目不转睛。

正在这时，有人敲门，听声音好像有什么急事。草儿姐问道："谁呀？"

门外人答道："我是三婶，快开门。"

阿牛哥赶紧跑去开门。

30

三婶和三叔风风火火地走了进来。

三婶脚还没停下来，就哭丧着脸："钟阿公，你可要帮帮我啊。"

钟阿公丈二和尚摸不着头脑："你有什么事？慢慢说。天塌下来，有我们撑着呢。"

三叔倒是有几分冷静："我家阿山不见了。"

钟阿公下意识地看了一眼草儿，草儿像没事似的，专心地将葛根削成片。

钟阿公问道："你们不是说阿山去他姑姑家了嘛，这么一个大活人怎么突然不见了呢？"

三叔："他当时是说去姑姑家，可他姑姑带来口信，说阿山没去她家。"

钟阿公又问："有几天了？"

三叔掰了掰指头："从红军走的那天算起，有五天了吧。"

钟阿公想了想，像是问草儿，又像是问三婶："他没去姑姑家，会去了哪呢？"

三叔哭丧着脸说："他走的时候是这么说的，可他姑姑带信来说没见到他人影儿。"

钟阿公问草儿："草儿，阿山跟你说了他去哪儿吗？怎么会走了这么多天不回来？"

草儿羞答答地说："他跟我说他……"

草儿话还没说完，三婶一下子扑到草儿身上："这手镯是阿山的奶奶留给他的传家宝，怎么戴在你手上？"

草儿说："是阿山给我的定亲礼。"

三叔、三婶同时问："那他人去哪儿了？"

草儿说："阿山跟肖政委和苏师长的红军队伍走了。"

我心里咯噔一下，早知道这样，我也可以跟阿山哥一道悄悄地跟着我父亲转移，怎么没听阿山哥说呢？想想真是后悔不迭。

三婶一听，惊叫道："什么？他参加红军走了，招呼也不打个？"

钟阿公提醒道："你叫什么叫，怕'癞皮狗'听不到是吧！"

三婶嗓门低了下来，带着哭腔："他这一走，什么时候才能回来？我就这一个儿子，就怪你这个草儿，非逼着他当红军。"

钟阿公说："阿山参加红军是好事，是我们红石村的光荣，你咋怨草儿？"

三叔："阿山告诉他阿妈，草儿说了，只要他去当红军草儿就嫁给他。"

钟阿公问草儿："你说过这话？"

草儿坚定地回答道："我是这么说的，只要他去当红军，我就嫁给他。要不然整天被三叔、三婶看着，就连上个厕所也要打报告，哪像个男人？"

钟阿公问道："那这手镯……"

草儿回答道："是阿山给我的定情物，我现在就是他的人了，我要等着阿山回来。"

三婶责怪地说："你们这是私定终身，传出去会丢我们钟家人的脸。"

草儿说："谁说会丢脸？耿营长和常阿姨就是两个人自己谈的。红军说了，男女平等，婚姻自由，我们这是自由恋爱，自主婚姻，肖政委说，符合苏区的婚姻法。"

钟阿公问："肖政委知道？"

草儿回答道："肖政委和常队长给我们上课的时候是这么说的，到了部队上，阿山会向肖政委报告。"

三婶："这红军可真是天兵啊。在红石村住了两年，就把红石村的媒婆规矩改了。"

三婶见我和阿牛看着她，没把话说下去。

钟阿公说："改就改了，这世道早晚也得改。有红军帮我们改，总比他王继业捏着规矩，坑我们强。"

屋外传来敲锣声，紧接着又是敲门声。

钟阿公问："谁呀？"

门外是红莲的声音："阿公快开门呀，虎子和阿牛在吗？"

阿牛边应着边跑去开门。

红莲像风一样进了门，又赶紧把门关好，并拉上门栓。

钟阿公问："红莲，什么事这么着急忙慌的？"

红莲姨对钟阿公说，赖德安带着国民党和团丁各家各户搜查红军。

钟阿公叫大家不要慌张，等赖德安进了门，他自有办法。他嘱咐三叔三婶先别回去，在这呆着。让我躲到屋后面阁楼上的空箩筐里。阿牛却假装生病躺在床上。其他人就围在堂屋闲聊天，假装是来看阿牛的。阿牛感冒了，发烧，咳嗽，怕传染。

钟阿公刚把这一切安排好了，外面就有人敲门。

钟阿公示意草儿去应付他们。

草儿问道："谁呀？"

外面的人问："阿公叔在屋吗？"

草儿看了一眼钟阿公，答道："在呢，等我来开门。"

草儿开了门，只听到一个声音："哟嗬，草儿是一天一个样，长得越来越水灵了。"

草儿正色地说道："有事说事，没工夫跟你扯闲篇。"

赖德安见钟阿公从屋里出来，故意提高嗓门："我们是奉王家骏王团长和钟亮的命令，例行公事。"

钟阿公问："例行什么公事，劳你赖团长大驾？"

国民党兵接过话："每家每户搜查，看看有没有红军和伤病员。"

钟阿公骂道："那个孽子来看了一遍还不够，还要来搜第二遍？"

赖德安讨好地说："所以我亲自来看阿公叔，免得其他人来惊扰你。

我们也是随便看看，回去有个交代。"

屋里突然传来阿牛的咳嗽声。

赖德安止住了脚步。

红莲解释说："阿牛烧得不行，又咳嗽又打喷嚏，感冒了。"

国民党兵不知轻重："那我们也得进屋看看，不会是红军的伤病员吧？"

赖德安想拦没拦住国民党兵，却示意身边的团丁跟上。

赖德安在屋外跟钟阿公哪壶不开提哪壶地说道："阿公叔，钟亮现在可是王家的座上宾呢！"

钟阿公听了气不打一处来："我钟家不缺他这个丢人现眼的逆子！"

国民党兵和团丁在屋里寻了个遍，并没有发现什么线索，这才走进厢房。

他俩盯着躺在床上的阿牛，红莲姨站在一旁想阻止他们："孩子发高烧，正睡着呢。"

国民党兵说："那也得看个明白！这是我们团长交代的。"

国民党兵一把推开红莲，盯住阿牛看了一眼，突然伸手将阿牛额头上的湿布揭了，没发现他所希望要的线索。又忽地一下把被子揭开，阿牛睁开眼看了对方一眼。

国民党兵确认阿牛不是伤病员，这才退了出来。

团丁一本正经地汇报："报告赖团长，没有发现红军的痕迹！"

赖德安挥了挥手："钟阿公，对不住，打扰了。"

钟阿公没搭理他们，转身对草儿说："草儿，把门关上。"

这是自红军离开红石村以后，我第二次经历躲"白狗子"。好在是在钟阿公家，阿牛哥装病，团丁并没有弄出什么出格的招。我记不得我经历过多少次国民党兵搜查红军的突然袭击。只要听到敲锣声，心里就会特别慌。

但有了这两次的经验，红莲姨也懂得了，在这种时候，如何来保护我们。我们也商量好了怎样应对团丁的搜查。无论是国民党兵还是团丁，主要是由大人去跟他们消磨时间，孩子们尽量找隐蔽的地方躲藏起来。如果没有必要，我们也就不躲，只是呆在屋子里，不吭声。

连续几天，我和阿牛哥都像往日一样，装着放牛、挖野菜，追打，尽量往山边靠，看看团丁站岗放哨的时间和人数。我和阿牛哥分了工，自东往西，他记一号、二号岗的内容，我记三号、四号岗的位置人数。回家后，我俩一五一十地报告给红莲姨。红莲姨再去告诉钟阿公，大人们商量着怎么进山。伤病员转移进山都十多天了，红莲姨着急，要给他们送粮和盐巴去。那天伤病员转移得匆忙，没带什么吃的东西。而那几天，民团的岗哨又看得特别严。我们的牛和人想挨近上山的口子，他们都会大声呵斥我们离远点儿。有时我们也会以追打玩耍的样子，冷不丁地越过他们设置的障碍物，但等他们回过神来，我们又马上返回，有时还故意以他们的人体为障碍物来躲避追打。这样试探了几次，也许只当我们是孩子在玩耍，团丁并不很在意。

红莲姨计划好了，过两天给山上的伤病员送吃的，头一天带着我和阿牛哥、细妹一帮孩子，假装进山里放牛，挖野菜。刚走到山口，就被站岗的团丁和国民党兵挡住了。

红莲姨假装跟团丁交涉，家里早断粮了，上山挖点野菜，采点野菇子。

两个团丁嘀咕了一会儿说："上峰有命令，大人不许进山，小孩可以去，但必须快去快回。"

红莲姨说："孩子去，我不放心。万一遇上野兽，伤了人，回不来怎么办？"

团丁呵斥道："谁让你们走那么远！"

红莲姨机灵地回答道："近处野菜野果早被人采光了，不走远行吗？"

团丁说："这我们管不了，我们只负责看守道口，不许人进山。"

既然没有商量的余地，红莲姨只好交待我不要走远了，早去早回。

团丁把我们的背篓检查了一遍，不许我们走远了。太阳当头的时候就得回来。

红莲姨让团丁放心，大人不在身边，孩子们不会走远，他们认识的野菜也不多，找起来费时间。红莲姨特意叮嘱我们早点下山，她是暗示我们按照钟义叔叔提供的去山洞的路线，让我们熟悉一遍后尽快回来，这两天要给伤病员送粮食，别耽误时间，引起团丁的怀疑。但用什么方法把粮食送出村，红莲姨和钟阿公还没有想好。

按照我们的分工，小广东和涛涛带着细妹，尽可能多采一些可以撑饱肚子的野菜和野果子。实在找不到，就采一些山下少见的杂草充数，便于下山时给团丁检查。而我和阿牛哥根据钟义哥给的线路，直奔山洞。

好在有阿牛哥带路，我俩顺利找到了山洞，并将一路上采到的可以吃的野果子，给了常阿姨。

常阿姨见到我们，很是兴奋。虽然我们才分开十来天，可她一个劲地夸我个头长高了，人也精神了。称得上是一个小红军了。但是一提到伤病员的处境，常阿姨就满脸愁云："伤病员断粮了。"

听许护士说，常阿姨已经两天没吃东西了，她把分给自己的食物留给了伤病员，即便是这样，伤病员也只能是一天吃半茶缸的米糠稀粥。

我看了看常阿姨自己的那份粥，茶缸里的米粒都数得清。浑浊的汤水里放的是米糠。

我顺手抓了一把路上采的果子给秀秀吃，秀秀接过我给的果子，放进嘴里狼吞虎咽，我生怕她噎着。

看着她吃得那么津津有味，我忽然有了自豪感。我终于可以为红军做事了。

秀秀吃完了手上的果子，又眼巴巴地盯着常阿姨茶缸里的半茶缸粥。

常阿姨看着秀秀，对她说："秀秀，这个粥是留给红军伤病员叔叔的。他们为保护你，受了伤，需要吃东西。要不然，红军叔叔就没法保护你。"

秀秀懂事地点点头。

秀秀是常阿姨和耿营长的亲生女儿。我听父亲说，这次红军转移，常阿姨也积极向组织申请，随大部队转移。她是一个医生，在转移中肯定能发挥更重要的作用。

但组织上考虑耿营长刚刚牺牲，如果常阿姨随部队转移，又出现意外，秀秀就成了孤儿。秀秀是红军来红石村以后出生的，人又长得文静秀气，为了纪念她的出身地，也为了留在红色村不至于暴露身份，就给她取名秀秀，方便记。万一今后有什么情况，寻找起这个名字也容易。这次常阿姨留下来，不仅可以照顾秀秀，而且伤病员也很需要一位有经验的医生照顾。不然的话，许护士一个人担负不起这个责任。

许阿姨见秀秀饿成那个样子，便将常阿姨拉到一边，悄悄地说着什么。

不一会她俩把我叫了过去："虎子你过来一下。"

我似乎有点兴奋，我可以跟大人一样商量事情了。

常阿姨说："虎子，山洞的情况，你也看到了。我们成人还能忍受得住，可是秀秀太小，我担心她受不了，想让你带下山去，暂时放在红莲家生活一阵子。我知道红莲也很困难，家里有五张嘴。万一待不住，

再把秀秀送回山上来。"

站在一边的阿牛哥抢先说道："常阿姨，你放心。我们不吃也不会让秀秀饿着。到了家里总比山上的办法多。"

许护士说："不仅仅是吃饭，还有秀秀的安全。你们现在就是她的亲哥哥，要像待自己的亲妹妹一样保护秀秀。"

我认真地说："常阿姨，我和阿牛哥一定完成任务。"

阿牛哥也说："我妹妹细妹有一个妹妹了，一定会很开心的。"

常阿姨问："多了一个秀秀，你们进村有问题吗？"

我想了想，说："不会有困难的。团丁放哨不像'白狗子'那么认真，过了这么长时间，他们也不一定记得住我们是几个孩子上山的。"

听我这么一说，常阿姨放心多了，又叮嘱我们："你们千万要小心。早点走，放哨的团丁见你们上山时间太长了，会起疑心的。"

我应声说："行，我们现在就走。"

常阿姨从手上摘下手表交给我："这个手表你交给红莲姨，家里应急时，可用它来换点吃的，让你们渡过难关。"

常阿姨将手表缝进我的衣服后面，以防被放哨的团丁发现。

我们刚进村就看到了红莲姨，她和草儿姐一直在山边挖葛根，等我们呢。

红莲姨发现了秀秀，赶紧跑上来，抱起秀秀，亲热地揉着秀秀。

秀秀亲热地叫了一声："红莲姨。"

红莲姨告诉秀秀，从现在开始，她要叫红莲为阿妈："我就是你阿妈，这样敌人就不会抓你。"

秀秀却说："坏蛋不敢抓我，我妈妈是红军！"

乐得我们都夸秀秀真勇敢。

我们到了家，我把常阿姨的手表交给了红莲姨后，感到心情特别舒畅，就像完成了一项重大的任务。我和阿牛哥都很开心。

红莲姨为了奖励我们，把早已准备好的红薯端上桌，挑了一个拳头大的红薯给我，一个小点的给了阿牛哥。我们两人都掰了一半给秀秀。

秀秀吃着红薯，悄悄地告诉我："虎子哥，这红薯是最好最好吃的东西，我从来没吃过。"

我贸然将秀秀带下山，给红莲姨增加了生活上的压力。红莲姨一家加上我们，四个孩子两个成人，一共是六个人。六个人的日常食物在那个年代是一笔很大的开销。老表们的食物除了田里的收成，没有其他来源。虽然这两年红军分田到户有了些收成，但红军这回紧急转移，各家各户都拿出粮食送给了红军，自己留下的口粮能不能撑到来年新粮上来，还是个未知数。

王继业回到红石村就发话了，要种了他家田的人按田亩交租。如果不交，他还要到每家每户来搜粮，说是搜粮，只要团丁一进门，跟抢没有两样。老表们都知道王继业手段凶狠、做事残忍。他们被逼得没办法，都象征性地交了点粮，剩下一点保命的粮，都千方百计藏得严严实实，以防天灾人祸。在那个年代，保护粮食，就是保护自己的生命。

我和阿牛哥将山上缺粮少盐的情况，以及秀秀挨饿的情况说给钟阿公他们听。

等秀秀睡觉了，钟阿公跟红莲姨商量把秀秀安排到谁家去抚养。红莲姨说不着急，就让秀秀先在家里呆着，跟我们一块生活。可钟阿公把红莲姨家里的人口和收来的粮食一算账，就知道红莲姨家的口粮有多大的缺口。不仅是口粮不足，而且红莲家有四个孩子，太显眼。万一王继

业上门来查人头数，就更容易暴露孩子。

红莲姨想想也是，我是她的外甥，阿牛也是她的外甥，细妹是她的女儿，那秀秀是她的什么人呢？

红莲叫草儿去把三婶和三叔请来。

34

三婶前些日子问过红莲，还有没有红军的孩子要抚养。阿山参加了红军，她家也是红属了，要给红军做点什么才对得起红属的名分，对得起阿山。她现在和三叔两人在家，养一个孩子不会引起外人的注意。

钟阿公认为红莲的想法可行。阿山是红军，三婶是红军的家属，人也可靠，也不会亏待常队长的孩子。阿山参加红军的事外人也不知道，有利于保护秀秀。现在的难题是，万一遇到紧急情况，要有一个说法，秀秀是从哪儿来的？是谁的孩子。

村里人都知道，三婶三叔只有阿山这么一个独生子，阿山还没有结婚呢，怎么突然平地冒了个孩子出来。

红莲姨也觉得要把这个故事编圆了，确实得好好想一想。不想好退路，辜负了常队长和耿营长不说，这可是人命关天的大事。

三婶和三叔赶来了。当着钟阿公的面，红莲姨把抚养秀秀的原委和打算，以及钟阿公的想法，摆在三婶三叔面前，征求他们的意见。

别看三婶平日里没轻没重，心眼小，一心只想着自己的得失，但在关键的时候，还是能扛事，分得清孰轻孰重。

三婶说："我一定把秀秀当自家的闺女一样养。请常队长放心，她可以随时来看秀秀，也可以随时把秀秀接走。"

红莲说三婶瞎扯："常队长不可能常来看秀秀，她出一次山，就多一分生命的危险。虽然近在咫尺，但常队长也不可能来看秀秀。只要别饿着秀秀，能健健康康地活着，常队长心里就踏实了。"

三叔也表态："家里只要有口吃的，第一个肯定是给秀秀吃。这点请阿公和红莲放心。我们说到做到。"

关于秀秀的由来，大人们商量的结果是，如果有人来问秀秀的出生，就说是三叔的妹妹生了三个闺女。最后，这个小的秀秀过继给了三叔家。正好，三叔三婶就阿山那么一个独生子。而阿山的消失则是去姑姑家当帮工了，大家都按这个统一的口径，以保护秀秀的安全。

三婶约了第二天白天来接秀秀，临走时，红莲姨给了三婶三块银元和一小包盐巴，说是红军留给每个老表家抚养红军孩子的抚养费。

可是，过了两天，三婶又把那三块银元和那包盐巴还给了红莲姨。她说她不能收红军的东西。

秀秀的事落实之后。大人们又琢磨怎样给山上的红军伤病员送吃的。他们想了半天，都没有想出什么绝招。

我们那几次进山采野菜、摘野果，背篓、提篮都被团丁们翻了个遍。而且一次比一次检查得严。

我说，如果能把粮食像那手表一样，缝在衣服里，穿在身上就好了。一句话激发了红莲姨的灵感。

红莲姨对我说："把明天进山的孩子的衣服都拆开了。把里面的棉花掏出来，装上粮食、盐。"说得简单，但真正要把我的衣服拆开来，我还真有点舍不得。那是我母亲转移之前，熬了两个晚上给我缝制的。

红莲姨似乎看出了我的心思，宽慰我："虎子，没关系，等完成任务以后，红莲姨再给你缝上。再说了，这是给红军伤病员送粮食，我们有什么舍不得？"

一席话，说得我都有点不好意思。

草儿姐却在一边夸奖我："虎子真像小红军。为红军叔叔送东西，我们没有什么舍不得的。"

晚上，我们把屋里的门窗关得严严实实的。油灯也弄得只有星光那么一点点亮。我虽然很困倦了，但还是帮着红莲姨他们把盐化成水，衣服浸泡在盐水里后，再把衣服烤得半干；米饭煮得八成熟，和棉花铺在一块，缝进棉衣。

到了山上，我要知道怎样把这些东西化出来。

我们一直忙到鸡鸣，我才伏在桌上睡着了。

我们故意隔了一天，衣服还有点半干半湿，到第三天，我们出门的时候，太阳刚刚升起来。我和阿牛哥、小广东、涛涛、细妹等人背着竹篓、拎着提篮出发了。依旧是红莲姨、草儿姐来送我们进山。茅草棚里，睡眼惺忪的团丁还打着哈欠。

一个团丁走了过来，问："今天怎么这么晚进山？"

阿牛哥用村里的客家话跟团丁答话："去早了山上的露水重，衣服会湿掉。"

阿牛哥告诉团丁近山都没有东西可采了，我们只好等太阳出来了走远一点。干脆多睡一会儿。

团丁似乎只是象征性地检查了我们的背篓和提篮。我们几个也故意闹着往山上冲去。

红莲姨又是一番叮嘱，早点回来。我们边跑边回应道："太阳不落下来，不回来！"

　　我们嘻嘻哈哈地叫喊声，在身后飘荡着。

　　我注意到，有个"白狗子"窜了出来，跟我们走了一段路。

　　阿牛哥跟我使了个眼色，我们就一字型的散开来钻进密密的树林中。给对方造成我们就在附近，就在周边的一个假象。

　　虽然我们躲过了"白狗子"的目视距离，却还不敢走远，假装就在附近的林子里，摇晃树木吆喝着。一会儿又停下来，观察"白狗子"是不是在跟踪我们。

　　我们再一次悄悄地聚在一起，我们几个人往前走，阿牛哥在后面，躲在树林里看有没有"尾巴"。确认没有人跟踪之后，我们在约定的地方等他，继续往深山里去。

　　我们沿途又采了些吃的果子，挖了些野菜，赶往山洞。

　　许护士见了我们又惊又喜，直夸我们是一支了不起的红军儿童团。常阿姨更是高兴得合不拢嘴："等见到了大部队，我一定要在首长面前为你们请功。"

　　我问道："什么是请功？是不是就是给我们记上一笔，为保护红军的伤病员做了很多好事？"

　　常阿姨说："算你聪明。"

　　我说："只要同意我和阿牛参加红军就行了。"

　　阿牛哥跟着说："让我和虎子一道成为红军的人，帮老表们把那些欺负我们的坏蛋统统消灭。"

　　常阿姨肯定地说："那是必须的。"

　　我们几个当着常阿姨和伤病员的面，赶紧把棉衣脱下来。

　　他们不解地看着我们。

　　我向他们解释："带给你们的粮食、盐都在棉衣里面。"

许护士奇怪地问："在棉衣里面？"

阿牛说："我姨和草儿姐，还有三婶缝了一个通宵，把你们急需的盐、药和粮食全都缝在衣服里面了。"

我和阿牛哥急不可耐地教常阿姨、许护士拆衣服上的线头，取出浸了盐水的棉花，将半生不熟的米饭从棉花中剥离出来。

常阿姨一边剥棉花里的粮食，一边流着泪说："多亏了红莲和老表们想出了这个办法。不然，我们的伤病员都快撑不住了。"

我悄悄地告诉常阿姨："秀秀这两天在红莲姨家休息得很好，今天三婶会接她过去。"

常阿姨没听明白什么意思，问："秀秀怎么去了三婶家？"

我学着红莲姨和钟阿公的口气，向常阿姨解释为什么要将秀秀寄养在三婶家请她抚养的道理说了一遍。

常阿姨听得很仔细，也很放心："有红莲和钟阿公的周密安排，我也就放心了。不然，秀秀在山上整天闹着饿，也影响伤病员的情绪。"

阿牛哥也说："常阿姨你放心，只要我们在，就一定不会让秀秀吃亏。"

常阿姨担心地问道："也不知道秀秀能不能安心地在三婶家住下来？"

我向常阿姨保证："也只要我们在红石村，每天都会把秀秀带在身边，和她一起玩。"

常阿姨说："请你们代表我向红莲和老表们问声好。秀秀长大了，既是红石村的孩子，也是红军的孩子。"

我抢着说："我是红石村老表的孩子，也是红军的孩子。"

许护士笑着对我说："就你能，喝两边的水。"

阿牛哥也说："那我也是红石村的孩子，也是红军的孩子。"

常阿姨夸我们："你们不仅是红军的孩子，你们还是红军小战士！"

我开心地说："我们都是小红军！"

　　有几个伤病员叔叔赶过来，帮我们细心地从棉花中把半熟的米饭剥离出来。常阿姨把棉花里的盐水拧干，和清理干净的棉花揉在一块，铺进衣服的夹层，然后又一针一针把衣服缝起来。

　　常阿姨嘱咐我们快喝口水。等缝好了衣服，赶紧赶路。出来时间长了，容易引起放哨的敌人的怀疑。

　　我们穿上缝制好的棉衣，自觉地排成一排，向等待着首长的命令一样，等待着常阿姨说话。

　　常阿姨闪着泪光对我们说："在上级没有派人来跟我们联系之前，你们一定要听红莲和钟阿公的话。这次的任务你们完成得很出色，但是千万不可以有第二次。这么做太冒险，次数多了，早晚会被'白狗子'发现的。"

　　我兴奋地问道："上级什么时候会派人来？"

　　常阿姨说："我也说不准。但我相信组织上在时刻关心我们，说不定你们周边就有组织上的人，在暗暗地保护我们。"

　　我们默默地点着头。

　　可我还是有一点不服气："'白狗子'发现不了我们。"

　　常阿姨叮嘱道："你们千万记住了，不能大意，一切行动听指挥。告诉红莲，我相信组织上一定会派人来联系我们的。"

　　我兴奋地说："常阿姨，这是真的吗？"

　　常阿姨再次叮嘱："嗯。你们不要低估了'白狗子'的狡猾。"

　　常阿姨说的话，我有些听不懂，也不好意思追问。只好说："常阿姨的话我们记住了。"

36

这回进山，我们又骗过了"白狗子"，背着满篓的野果子和野菜，安然地回了红石村，回到了红莲姨家。

但是，这回红莲姨他们没去山口接我们，那样怕引起"白狗子"的怀疑，可是红莲姨却在家里为我们庆功。

说庆功，也是用前两天我和阿牛哥上山采的野菜、捣烂的红薯和葛根粉揉在一起做的粑粑饼，外加碎糠米熬的粥。

阿牛哥、细妹还有小广东狼吞虎咽地吃着。

秀秀在一旁看着问我："虎子哥，你今天去哪了？"

红莲姨立刻给我使着眼色。

我理会了她的意思，话到嘴边又改为："我和阿牛哥上山去采野菜，给你们做粑粑饼吃。"

细妹却藏不住了："我们还去了山洞，看见了你阿妈常阿姨。"

秀秀"哇"地一下哭起来了，放下筷子："你们是坏蛋，骗人，不带我去见妈妈，我不吃了。"

弄得红莲姨手足无措，抱起秀秀哄道："秀秀，细妹姐姐是逗你玩的。她怕你不吃饭。你是个懂事的小小红军，在红莲阿妈家，就是红莲阿妈的孩子。到三婶婆家，就是三婶婆家的孩子，你有两个家多好啊。"

哄着哄着，秀秀也真的懂事地不哭了。

细妹看了看她阿妈，改口对秀秀说："秀秀，姐姐是逗你玩的。明天我一定带你去骑牛。"

红莲姨放下秀秀，去厨房端了一碗米粥放在我面前："虎子，你饿了吧，这是你的，快吃。"

我一看碗里面的干货，明显比刚才阿牛哥碗里的干货多。我用筷子在碗里挑了一下，露出了一个雪白的鸡蛋。红莲姨示意我快吃。

我用筷子把鸡蛋分成了四小丁丁，夹了一小丁丁送到秀秀嘴里，让她快吃了："下次哥哥进山去采野菜，一定带上你。"

秀秀兴奋地说："你不许骗我啊！"

阿牛哥回忆道："上山的路不好走，你人小，怕你摔跤。那天是我和虎子背你回来的。你睡着了，不知道。"

秀秀睁着眼看看阿牛哥，又看看我，我点了点头。

我说："改天我们去抓小鱼，给秀秀烤着吃。"

秀秀开心地说："我最喜欢吃烤小鱼，那味道真香啊！"

细妹也来精神了："阿牛哥，我们明天改去抓小鱼，我也喜欢吃烤小鱼。"

我用筷子又夹了一小丁丁鸡蛋给细妹吃，细妹看着嘴边的鸡蛋，想吃却又不敢吃，用畏惧的目光看着红莲姨。

我说："细妹吃了，明天就能抓好多小鱼，阿妈不会说你的。"

细妹这才一口吃了，和秀秀离开桌子玩去了。

红莲姨问秀秀："秀秀，一会三婶婆来接秀秀，去三婶婆家住好吗？"

秀秀不乐意，嚷嚷着："我不去三婶婆家，我要跟细妹姐姐睡！"

红莲姨又道："三婶婆家的屋子大，床也大，你在上面睡觉可以随便翻滚，不会掉在地上。白天细妹姐去接你一块玩。"

秀秀似信非信地看着红莲，红莲姨肯定地点点头："红莲姨说话算话。"

秀秀这才放心地跟细妹离开桌子去玩了。

我把另外的一小丁丁鸡蛋夹给阿牛哥碗里。他不要，我俩争执着。

红莲姨说："虎了你先吃了，今天是你的生日，明天鸡下了蛋，再给阿牛吃。"

忽然，屋子外面传来几声枪响，紧接着有狗的叫声。

大柱叔叔和红莲姨赶紧走到院子里，伏在门上听着。

恰在这时有人敲门："是红莲大嫂家吗？"

红莲姨问："你是谁？"

来人说："快开门。"

红莲姨赶紧打开门，来人忽地一下闪进门："快，把门关上。"

说着话直奔屋里。

红莲姨和大柱叔叔立刻关上门，回到屋里一看，我们都大吃一惊，是小雷叔叔！

小雷叔叔说："快把我藏起来，敌人说不定很快会到各家客户来搜查。"

红莲哥问道："你受伤了吗？"

小雷叔叔说："还好，只是扭了脚，没中枪。"

红莲姨和大柱叔叔赶紧带着小雷叔叔进了厨房，将小雷叔叔藏在了灶口堆柴火灰的青石板下面。

这时我才知道，这个地方还可以藏人。

我曾经问过红莲姨，柴火灰堆那么多怎么不清理出去。

红莲姨说要留到春耕时，当肥料撒到田里。其实，柴火灰是最干净的东西，经过高温后，堆在那儿又吸潮，粮食藏在下面，一年四季都不会发霉变质。

而这灰下藏着的，是一个藏粮食的暗洞。无论是"白狗子"还是团丁，一般都不会想到这个地方下面还有暗道机关。虽然当时每家没有多少粮食可藏，但保命的粮每家每户都有一点，这是老表们心照不宣的。各家各户如果没有藏粮的绝招，万一遇上了天灾人祸，没有任何外援，那真会饿死人的。这是老表当年唯一能自救的招，但绝不会让外人知道自家的藏粮绝招。

红莲姨赶紧把细妹和秀秀藏进隔墙，我和阿牛装着整理白天从山上采来的野草、野果。

果真，过了不一会儿，团丁就来敲门了。他们举着火把在屋里屋外看了个遍，没发现他们需要的痕迹，这才问道："刚才有人进来了吗？"

红莲姨说："就你们俩人进来了。"

一个团丁问道："怎么这么晚了还没睡？"

红莲姨说："孩子今天从山上采了野菜回来，这不正在清理。要不然明天野菜就干了。"

他们看着堆在地上的野菜和野果子，用火把照了照。说道："明天早上我们再来搜查之前，你们谁也不许出门！"

另一个团丁说："我就不信，明明看见有一个可疑人影跳进田畦进了村，怎么就不见人影了呢？"

大柱叔叔说："可能是老总看走了眼吧？"

团丁不服气地说："你才看走了眼呢！要不是老子出枪慢了一步，子弹肯定粘上那小子了！"

等团丁走了，大柱叔叔听听外面没有动静，这才回到屋里关好门，把油灯灭了。我们在黑暗中又坐了一会儿，红莲姨到院外听了听，确实没有其他的声音。这才回到厨房把小雷叔叔从青石板下扶出来。

我们坐在漆黑的厨房里，跟小雷叔叔说着悄悄话。

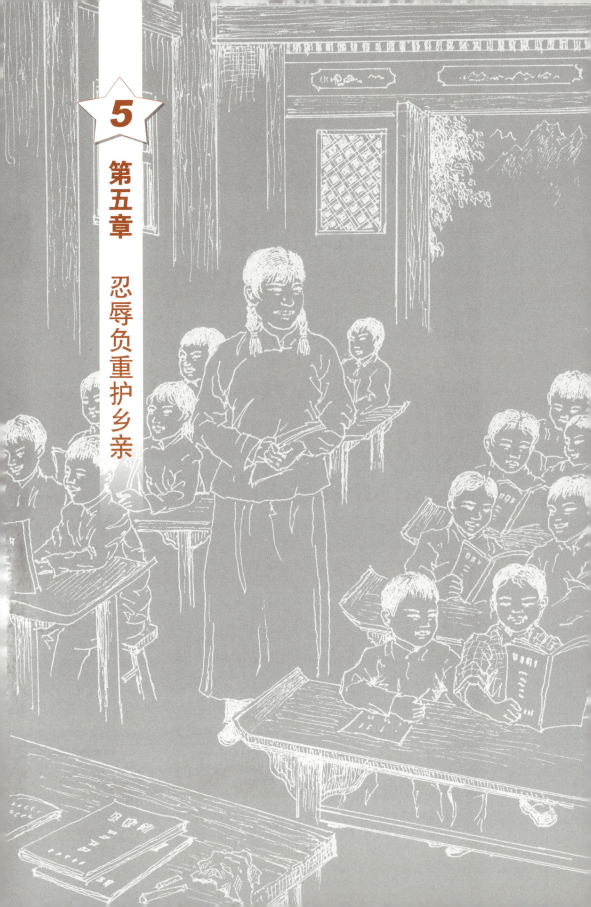

5

第五章

忍辱负重护乡亲

其实，钟亮从王家搬到书院去住，王家骏是暗暗高兴的。他一方面不想让钟亮牵制自己，让他知道的事情太多；另一方面又不想得罪钟亮，钟亮毕竟是省政府督查员的身份，比较特殊。说他能帮上你什么忙，在更高层面帮你说说好话，可能性不大，但要坏你的事，却是分分钟的事。所以钟亮主动提出搬出王家，家骏表面上客气了一番，却还是在最短的时间里，给钟亮安排好了栖息之地。这样王家骏就可以有选择地请钟亮过来聊天、说事。

大多数时间，王家骏都是跟自己的副官张德彪商量事，赖德安是入不了他的法眼的，在他眼里赖德安充其量只是一个跑腿的。

王家骏回到红石村已经一个多月了，却没有发现红军的蛛丝马迹。就连那天晚上，哨兵看到的一个黑影进了红石村，第二天白天搜遍了各家各户，也毫无踪迹。难道说红石村真的是铁板一块？而且，此前有情报说，苏志海在红石村还办了被服厂和兵工厂。但王家骏悄无声息地去村子周边查看了，红石村周边并没有发现办工厂的痕迹。他想，难道红军撤离时把设备全都带走了？他想进山去走一走，看看有没有什么新发现，也好向省主席鲁涤平请赏。但转念一想，不可，这红石村的后山有多大多远他不清楚，从地图上看，这是九连山的山脉，他阿爸王继业曾经告诉他，有人进山躲王家的租，最长的躲了一年。他想，别说带一个连，就是把一个团的人从吉安调来，放到山里去也未必看得见人。素有"小井冈"之称的东固红区，他们还有自己的银行，蒋委员长的"围剿"，也没有把那儿清扫干净。

王家骏跟张德彪商量："山上的北面是赣江，师部有两个团的兵力扼守，红军渡江走水路，自有他们的好果子吃。而南面进山的通道，非

红石村一线不可。我们只要把好了后山进山约一公里长与水路相隔的通道，后山如果有红军，早晚会露出尾巴。"

张德彪问："团长的意思是，我们进山大搜捕？"

王家骏说："搜捕个鸟。红石村都没有搜到半点值得邀功请赏的货色，进山岂不是大海捞针，篮子打水一场空。我们在明处，红军在暗处，别说一个团上去，你一个师进去，都不知道是怎么被他们吃掉的！"

张德彪问："蒋委员长不是说红军主力逃往赣南了吗？江西红区还会有几条枪？"

王家骏说："蒋委员长的话不可全信，也不可不信。你想想看，如果你是红军的指挥员，会把部队全部带走，而不留下根来吗？万一在转移的途中，被蒋委员长吃了个精光，那他们不就玩完了？"

张德彪："那团长的意思是……我们守在这儿跟他们耗时间。如果后山上有红军，看他们能耗多长时间！有人就必然要吃、要喝，没吃没喝的，他们肯定会动起来。"

王家骏："这就叫以静制动。只要部队和民团把红石村上山的路这条线守好来，两只眼睛要24小时睁着，不许任何人进山出山。"

张德彪："站岗的兄弟们说，这些天常有孩子上山挖野菜。"

王家骏："有大人吗？"

张德彪："他们阻止了大人上山。"

王家骏："那些进山的人都带了些什么东西。"

张德彪："进山的每个小孩都检查过了，篓子和篮子都是空的，只有挖野菜的小锄头、小铲子之类的。"

王家骏："如果这帮孩子上山太频繁了，就要盯紧点，适当的时候可以松一松，看看他们唱的是哪一出。"

张德彪："明白了，放长线钓大鱼。"

那天晚上，小雷叔叔在红莲姨家躲了一个白天。躲过了"白狗子"的搜查。

第二天晚上，钟义叔叔带着小雷叔叔往吉安去了，他们怕从红石村进山会引起王家骏的注意，就绕道从山的背面去山洞，那边没有敌人封山。红石村进山的通道，用得太频繁，容易引起王家骏的警惕。再加上他在红石村没有搜到可疑的人影，更是不甘心。

红莲姨算着时间，还想给山上的伤病员送一次粮食，钟义哥回来后说，暂缓一步。别看"白狗子"放松了对进山通道的管理，说不定是在试探山上的红军和老表们的耐性。

小雷叔叔告诉钟义哥，上级已经派人来跟他联系，指导吉安的敌后工作，必须在来人的统一领导下，保护伤病员的安全。不要操之过急。

可是钟义哥等了几天，也没有人来找他，他很是纳闷。他带着我们去小河沟边下了篓子抓鱼，看看村外是否有人来找他接头。

我们一边在小河沟抓鱼，钟义哥不时抬头四下张望有没有陌生人过来。但是守到日头当午，也没有生人来问路，钟义哥有点灰心了，摘下斗笠躺在田畦上。

钟亮自从搬到书院，安顿下来以后。除了王家骏有召唤，他一般不主动去王家。至于他督察员的情报来源，以及具体的工作，外人谁都不明底细，只有他自己心里清楚。他整日深居简出，从不与红石村的人联系。

当然也没有必要联系，免得王家的人眼睛盯着他。虽然他单住在书院，但白天黑夜都有两个团丁守在书院门口，美其名曰是考虑钟亮的安全，实际上是监视他的行动。无论钟亮去哪，只要一出门，那两个团丁就跟着。钟亮回书院，这两个团丁也就在他门口守着。

王家骏的妹妹王家音见钟亮多日没有去王家，那天吉安城的水果店给王继业送了新鲜水果，就借给钟亮送新鲜水果的机会，顺便去书院跟他聊聊天。

自省城女中毕业回到吉安，王家音也想去上海发展。王继业觉得这个世道混乱，一个年轻女子在大上海漂，肯定分不出是非，除了堕落，就是龌龊。家音看着周边同学的下场，吓得不敢离开吉安了。但困在家里，整天陪着奶奶王老太，她感觉自己有点郁闷了，郁闷得喘不过气。钟亮的出现，加之他又是家骏的同窗，而且又是同乡，总算有了个可以说上话的人。虽然王、钟两家有世仇，但到了他们这一代，上辈的冤仇似乎淡了许多。他们毕竟接受了新文化教育，而且看到了吉安以外的世界，王家音通过平时与钟亮的接触，从钟亮的言谈举止来判断，认为钟亮是一个值得交往的人。虽然在王继业眼里，钟亮是贫穷人家出身，于王家而言有高攀依附的意思，但家音却不在意这些。

钟亮正在学堂专心致志地看书，仿佛感觉到身边有走路的风声，他转身一看，王家音拎着一篮水果，站在他身边。

钟亮问："你这是……"

王家音说："我阿哥叫我给钟先生送点新鲜果子来尝尝。"

其实，家音说的是自己编的话。明明是她自己想来看钟亮，却诓钟亮，说是她阿哥叫她来送水果。

王家骏压根就不知道这茬事。

见钟亮有点局促，家音主动地说："客人来了也不让座？"

钟亮更显得有点腼腆："岂敢岂敢。只是寒舍还在清理，请小姐见谅。"王家音将竹篮子硬放到钟亮手上，自顾坐在椅子上。

钟亮接过篮子，放在桌上，转身往院门口走去，正准备把门关上。

忽然，他看见钟水根要进来，他把水根挡在门口："水根，你有事吗？"

水根摇荡着手中的酒葫芦："钟亮兄弟我俩喝一口。"

钟亮拒绝说："我已经戒酒了。有什么事就在光天化日之下说，如果没事就请自便。"

水根有点恼火，说："你我一笔写不出两个钟字，你现在富贵了，就六亲不认啦？"

钟亮说："我现在与钟家毫无瓜葛，钟家的事你千万别唱给我听，这酒留给你自己慢慢喝。"

水根问："我俩可是一个窝里的鸟，你忘了我俩发小的那份情谊？"

钟亮回答说："那些陈年烂谷子的事，你留着说给你儿女听吧！"

水根指着钟亮："钟阿公就出了你这个孽种。小时候，我们几个都觉得你志向高远，红莲也差点嫁给了你，成为钟家的媳妇。你对得起红莲吗？"

钟亮不悦地说："说完了吗？请自便吧。"

水根狠狠地说："钟亮，你这个忘恩负义的白眼狼！钟阿公白养了你这个儿子！草儿少了你这个哥就更省心！"

钟水根说着话喝了口酒，哼着采茶调，转身而去。

钟亮看着水根的背影，若有所思地关上院门。

钟亮回到客厅，家音问道："钟先生干嘛去了？"

钟亮平复了自己的情绪说："刚在院门口见了发小水根，说了几句话。"

钟亮发现王家音翻看了桌上的《文山诗集》。王家音情不自禁地念道："……惶恐滩头说惶恐，零丁洋里叹零丁。"

　　钟亮接着说："人生自古谁无死，留取丹心照汗青。家音小姐也喜欢文山先生的《过零丁洋》？"

　　王家音："生于斯长于斯，若是连本土的英雄名人都不知道几个，岂不是妄为庐陵人？"

　　王佳音告诉钟亮，这个书院是她太爷爷仿白鹭洲书院建起来的。太爷爷当时的想法是让王氏家族的孩子有个识字作文的场所，走出去不至于掉王家人的脸。谁知到了爷爷手上，世道变迁，连年战争，家境富有的人家的孩子去了吉安白鹭洲书院，佃农连田租都交不上，饭也吃不上，更别说送孩子读书了。自她小时候记事起，在这个学堂听过先生的课之后，就转往白鹭洲书院寄宿了。慢慢的，这个学堂的学生都流失了，最后只剩下先生自己了。如今这里成了王家的仓库。家音回到红石村以后，也曾建议父亲王继业重新开办书院。

　　钟亮顺势问道："他怎么说？"

　　王家音回答道："他恨不得这里的老表都成了他的佃农，像牛一样，每年向他交租。他怕佃农的孩子有文化、识字，会造他的反。"

　　钟亮说："文化的力量真是太伟大了。你阿爸也很懂得愚民政策，只需要干活的牛，而不需要识字的人。"

　　王家音："你还夸他呢。家骏的儿子王寻，整天在家无所事事，只知道吃，喂得跟猪似的，快活了嘴巴，笨了脑子，我都替他将来担心。"

　　钟亮："是啊，家骏忙于征战沙场，操心的是国之大事，哪有工夫照顾他儿子！"

　　王家音突发奇想，她希望钟亮利用这个陈旧的书院，恢复红石村的学堂，不但可以教王寻识字，又解了家骏的后顾之忧。同时，红石村老表的孩子也可以来学识字、玩耍。这是她太爷爷的主张。庐陵人的后代，耕读是根本，只会作田，不会认字，算不上是真正的庐陵人。如果钟亮愿意承担教书的活，她一定全力帮助，并说服她阿爸和她奶奶。

　　钟亮觉得王家音的主意可以考虑，既能让红石村的孩子有识字玩耍的场所，又能保护红军留在老表家孩子的安全，还能通过王寻，在某种程度上牵制王家骏和王继业，这是两全其美的好事。但他却不能表现得积极主动，这事得王家音出面才顺理成章。只有借王家音的手才能促成这事，才不至于引起王继业的瞎想。如果他钟亮顺杆子往上爬，后面的事就很难说。再说了，他还肩负更重要的使命，随时都可能离开红石村。这一点他王家骏只知其一，不知其二。钟亮为了能使眼下的一切平安过渡，顺着王家音的思路往前推进，倒是一个不错的选择。

　　钟亮顺着王家音的思路说："你这个想法值得尝试。"

　　王家音："成，家父和老太太的工作我来搞定。"

　　那天我们听了钟水根的酒后真言，我和阿牛哥故意在书院外面玩耍了好半天，终于看到书院的门开了，只见钟亮送王家音大小姐出门，我和阿牛哥赶紧闪到了屋的拐角躲起来。钟亮送走大小姐，在门口观望了一下，转身往回走时，我的布包石快速地抛出去，眼看就要打中钟亮这个"叛徒"时，只见他一个闪身，石子击在半开的门板上"砰"的一声。

　　钟亮快速一个转身，吓得我和阿牛哥蜷缩在墙角不敢作声。

　　我心里嘀咕着：钟亮这厮身后长眼睛，我们的布包石他都能躲避。

　　我感觉到他回身看了一下我们这个方向，拍了拍身上的尘土，回到院里，把门关上了。

　　我和阿牛哥这才怀着侥幸的心理往回走。

　　到了家，我们把今天袭击钟亮未成功的行动作为战绩在红莲姨面前显摆，谁知红莲姨听了，乐得抿着嘴直笑，弄得我和阿牛哥都莫名其妙。

　　随后红莲姨说："你们以后千万别去干这种傻事。你钟亮叔叔小时候比你们调皮多了，你们这种雕虫小技根本不是他的对手。就是两个钟义，

都不一定能近得了他的身。当初，钟亮是抱着要扫除身边的邪恶和不公平的怨恨去外面闯荡。钟阿公怎么劝他都劝不住，这才允了他去外面看看。原以为他在外面摔了跟头就能回心转意，谁知钟亮一去，多年没有音讯。家里人还以为他从此消失了呢！"

红莲姨的一席话唬得我和阿牛对这个钟亮是又恨又有几份佩服：原来他还有这么一手，能躲避布包石！

红莲姨好像从我们用布包石袭击钟亮，受到了启发。她自己也去找了钟亮。但是她跟钟亮的联系方式很特别，她用当年钟亮离家去考军校时，送给她的一面小镜子，利用镜子的反射光投影到院子里，引起了钟亮的注意。钟亮开门让红莲姨进了院子，说了什么我们不知道。但从红莲姨的情绪来看，钟亮似乎并不像她想象中那么坏，也不是那么好，钟亮的为人，令红莲姨有点捉摸不透。

我们没有及时送粮食进山，山上的伤病员几乎断粮了。好在钟义哥带着小雷叔叔，从南山一条险峻的山路攀岩而上，到达伤病员藏身的山洞。不仅给他们带去了组织上的问候，也带去了有限的干粮。

小雷叔叔告诉我们，红军离开红石村以后，一直跟尾随的敌人边战斗边行军。直到出了江西地界，肖政委和我父亲才在上级的统一安排下，派小雷叔叔回红石村，了解伤病员的隐蔽情况，并联系上了留在南方坚持游击战的赣南特委。小雷叔叔一路上，从赣南到东固根据地都很顺利，而且还有秘密农会的会员接头。他没有料到，进了吉安地界，国民党兵四处布防，到了红石村竟然有国民党兵和团丁联合把守，敌人还在进村的路口设立了夜岗。好在他对红石村的地形了如指掌，在伸手不见五指的黑夜，能找到红莲家。当时若稍稍晚那么几秒钟，真可能会中敌人的枪。

小雷叔叔完成了此行的任务，会把他看到的情况及时报告给肖政委和我父亲。

自从我见到了小雷叔叔，见到了从我父母身边来的红军叔叔，我心里多了份欣慰，也增添了一份跟坏蛋斗争的勇气。

钟义见组织上派来领导这一带斗争的人还没有来跟他接头，又想到钟亮不顾父老乡亲们的死活，像癞皮狗似的赖在王家那边，还要办什么学堂，有点沉不住气了。那一天，他从红莲姨家出来就直奔王家的书院，他发誓要好好地教训钟亮一顿。

钟义来到书院，绕过两个团丁，直奔厅堂。见了钟亮就像见了仇人，二话没说，扑上去挥拳就打。

钟亮一边防守、躲闪，一边呵斥钟义："你想干什么？"

钟义哪容得钟亮说话。他一边向钟亮挥拳，一边吼道："我今天要教训你这个钟家的败类，要把你赶出红石村，免得你还要在这办什么学堂，臭眼睛！"

钟亮毕竟是钟义的大哥辈，在外见多识广，不可能跟钟义一般见识。钟亮一面叫钟义住手，一面低声道："钟义，我有话跟你说。"

谁知钟义一听钟亮有话跟他说，以为钟亮服软了，更是步步紧逼，更来劲了，使出了他上山守猎的招数。

钟亮在防守退让的过程，揪准了钟义的软肋，一个反手擒拿，锁住了钟义的喉咙。

钟义不服气，挣扎着反抗。

钟亮一阵冷笑："嘿嘿，叫你也尝尝你哥的招数。"

钟义还嘴硬着："我没有你这个哥！你是王家的看门狗！"

钟亮没理会钟义，低声在他的耳边说到："八月来风。"

钟义一听，愣了片刻，以为自己听错了："你再说一遍。"

钟亮一字一句："八—月—来—风。"

钟义愣住了："你到底是什么人，你怎么会知道……"

钟义脑海里快速闪过，小雷叔叔向他交代的，跟他接头人的暗语，终于放低了声调："小年烧宝塔。"

钟义说完，还是不甘心，问道："你……"

钟亮在钟义的耳边低声道："钟义，红石村秘密农会会员，1933年，由肖震兴同志亲自发展为我党的外围成员，也是红石村的交通员。红军离开红石村以后，你一面要组织群众跟国民党反动派作斗争，一面要负责跟游击队的接头工作，还要负责保护山上伤病员的安全。等待地下党的特派员来接头，你的行动服从特派员的领导。联络暗号是：八月来风，你的回复是：小年烧宝塔！"

钟义将信将疑地说："这怎么可能，难道是你……"

钟亮向他点点头说："在这个年代，一切皆有可能。"

但钟义还是不相信眼前的钟亮是他想象中的、那个跟自己接头的特派员。

钟义疑惑地问："那你的屁股怎么跟王家坐一条板凳？"

钟亮明确地说："特殊时期，这是党的纪律，不该问的不许问。从现在开始你要记住，你直接接受我的领导，绝对不能暴露我的身份。"

钟义坚定地回答道："知道了。"

钟亮说："为了避免王家对我的注意，你还要极力跟我对着干，蛊惑你身边的人恨我恨得跟真的似的。你一会出书院，还是要满腔火气，痛骂我才行。"

钟义："这……"

钟亮："快点，大声点。"

钟义这才扯着嗓子吼道："钟亮你这个背叛祖宗的小人，我们钟家饶不了你。你等着，总有一天钟家的人会来收拾你。"

俩人一边嚷着，一边打出院子。

门外的团丁听见屋里有异样的声音，匆匆赶了进来。

团丁："钟亮先生，有什么情况？"

钟亮顺势一把将钟义推倒在地："让他快点从我眼前消失。"

钟义从地上爬起来，还要冲向钟亮，被两个团丁拦住了。

钟亮："他哪来让他回哪去。"

团丁推搡着把钟义推出了书院。

钟义一边走，一边骂骂咧咧："钟亮你这个不孝之子！你勾结王家不得好死！"

赖德安跑了过来，狗仗人势地指着钟义："你竟敢侮辱王家，骂钟亮先生，你是闲着没味了吧？"

钟义假装恶狠狠地骂道："钟亮，你一天不滚出红石村，我让你没有一天安宁的日子！"

赖德安说："你这乳臭未干的小子，钟先生是不跟你一般见识，你还越来劲了！"

钟亮气呼呼地说："让他滚远点，别脏了我的手！"

两个团丁吆喝着，推推搡搡把钟义驱离书院。

钟义一脸怒气地回到红莲姨家，红莲奇怪地问道："钟义，你上哪去了这么气鼓鼓的？"

钟义告诉红莲，他去书院教训了钟亮，虽然没占上风，却解了一口气。

红莲问："钟亮对你怎么样？"

钟义回答道："他对我下手够狠的！要不是我学过几招，说不定还

真会被他伤着胳膊。"

钟阿公问："你没占到便宜，咋还这么开心？"

原来，钟义从书院出来。听到从吉安方向传来枪声，他迎着枪声去看了一场热闹。他虽然没有看清是什么人在交火，但他分析，肯定是国军跟游击队交上了火。好事不出门，坏事传千里。钟义看到的两军对垒的战斗实际上已经是尾声了，王家骏从南昌调来一批军械，半路上被一支武装力量截了。他没想通，运输军需的消息被什么人走漏出去了。不但被游击队知道了，而且山匪田螺也知道这个消息。但是令田螺没有想到的是游击队捷足先登，抢了他嘴边的肉。他的兄弟们不甘心，直等到国民党兵往山里去追击游击队了，才匆匆忙忙赶到战场捡了点小便宜，就躲回老巢去了。

王家骏遭此一劫，坐立不安。他要带领驻守红石村的兵力，进山"清剿"游击队，把被劫的军需夺回来，否则，他没法向南昌方面交代。

钟亮劝王家骏："游击队在暗处，国军在明处，而且国军缺乏打山地战的训练，对地理环境又不熟，对方又有林木为掩护，损兵折将不说，弄不好还会受游击队和山匪的双重夹击。还不一定能占到便宜。"

王家骏固执己见，咽不下这口气："如果真遇到了这两个对手，就一并把他们收了。"

他根据自己掌握的情报，率部向老鹰嘴进军。

钟亮无语，只有硬着头皮随王家骏出征。

王继业当然希望王家骏狠狠地收拾老鹰嘴的游击队，无论是游击队，还是山匪，对他王家来说都是潜在的危险。可是当他看到王家骏带兵打仗，也拉上钟亮，心里委实不爽。

赖德安在王继业面前更是搬弄是非。加上王家音来找他，想把书院打扫出来办学堂，让王寻有地方玩，也可以学认字。王继业暗自骂到钟亮的手太长了，王家的事管得太多了。可是，王老太却很支持家音的想法，也想把王家荒废的学堂恢复起来。

王继业问家音："谁来教王寻认字？"

王家音告诉他，钟亮本身就是军校毕业，又是红石村的人，教王寻绰绰有余。

王继业一听又是钟亮，心里打个哽，嘴上说不出口，这毕竟是为长孙王寻请先生，心里却嘀咕：这个钟亮，貌似远离江湖的教书先生，可王家什么事都有他搀和。他曾想让王家骏打发钟亮离开红石村，可是家骏认为钟亮是个宝，说他不懂钟亮的分量。余下的话，家骏没有明确地说。

在吉安时，钟亮常在王家骏的身边。王继业听了赖德安的挑唆已经对钟亮颇有微词。回了红石村，钟亮及时从王家搬了出去，王继业觉得钟亮对王家的帮助似乎可有可无。其实，王继业不懂王家骏的心思。家骏毕竟是军人出身，对政府的大事，比王继业看得清楚得多。

王家骏名声在外，掌握了一支军队，但他端的是政府的碗。他率领部队驻防在红石村，那也是占了政府的便宜。但这个便宜不可能长久占，一旦上峰来了命令，他的部队就得立即开拔，离开红石村。到那一天，仅靠赖德安的这个所谓的民团，是保护不了王家的。这个年头，不像以前。就凭赖德安那几条枪，那帮人就能征服得了红石村的这帮老表，已经是老黄历了。别看红石村的这些老表，表面上对王继业服帖，那全是王家骏的正规军在这撑着。这些人经过红军的教化，心里不知盘的什么道。某一天他王家骏部队走了，钟亮也该离开了，红石村的老表，会不会联合游击队把王家弄个底朝天，都是很难预料的事情。

趁着他王家骏还在红石村，就要使用可以使用的手段，尽一切可能铲除颠覆王家的力量。这一切，他王家骏三言两语没法跟父亲说得那么透彻，说了他也未必能听得进去。所以，王家骏虽然心里明白父亲对钟

亮的种种不快，但面子上还是要维护他老人家的威信，尽可能地平息王继业对钟亮的不满。如果事情做得太绝了，他王家骏离开红石村以后，王家人的日子还真是没法预测。

信心满满的王家骏没有听钟亮的劝告，试图一役拿下鹰嘴岭的游击队，从他们手上把截去的武器装备夺回来。却没有料到，游击队用截来的武器，武装了自己，利用有利的地形狠狠地教训了王家骏。若不是钟亮硬拉着他撤退，王家骏带去的一个营的兵力，还不知道会被打成什么样子。关键是与王家骏交火的游击队，隐藏在高山密林中，打的又不是阵地战，王家骏带去的重武器施展不开，他妄想用重武器压制对方火力的设想落空了。这真应验了那句古话：不听老人言，吃亏在眼前。

用王家骏自己的话说，那仗打得那叫一个窝囊。他这才真正尝到了跟游击队交手的滋味。而且这种战斗的案例，在教科书上也没有读到过。

王家骏从鹰嘴岭败下阵来，部队正在休整，突然接到省政府的命令，调往赣州的九龙山，"清剿"红军的残余力量。

王继业听说儿子的部队要走了，急急忙忙找到王家骏，问他能不能再留些日子。

王家骏告诉老爷子："谁敢违抗军令？虽然说这军令是新任省政府主席熊式辉发来的电文，那也肯定是经过了委员长的许可。"

王继业不甘心："你是中央军，他省里有什么权力可以指挥你？"

王家骏："战时哪有什么中央军、地方军？在他的地盘上，他比你官大，就得听他的，就得服从比你官更大的、最高行政长官的领导。你端着人家的碗，就得服人家的管。"

王继业问道："他怎么管你了？"

王家骏说："我在他的地盘上为他效力，他怎么的也得慰劳慰劳兄弟们啊，不然谁给他卖命。"

王继业忧心忡忡地问："你这一走何时再回来？谁来保护王家？"

王家骏自嘲地说："自然是你的民团来保护你呀，这还用说吗？"

王继业心想，维护红石村的安全，自然是民团的任务。可是后山上还有没有红军，还是个未知数。上次暗杀两个国民党士兵的凶手还没抓到，丢失的两支枪也没找到。想到这儿，王继业心里有点发毛，但在儿子面前又不愿装怂。

王家骏似乎察觉到了父亲的心事："阿爸，我已经交代了钟亮兄，他向我保证，全力帮助你处理好王家与红石村的事。"

王继业还是坚持自己的观点："无论你与钟亮的交情多深，但他毕竟姓钟不是姓王。钟、王两家自你爷爷的父亲手上就结了冤，钟、王两家是势不两立的。就算他答应了你，也可能是跟你面和心不和。"

王骏家不同意阿爸的理论："不同姓，就不同心。那你的管家赖德安，你怎么就能接受呢？"

王家骏一句话，把王继业呛得无以对答。

王家骏见他阿爸脸色阴沉着不理他，换了个口气，诡异地说："如果阿爸觉得钟亮不放心，我有一招，可令你踏实、安心。"

王继业心中一喜："说来听听，看你有什么高招，能解我心头之忧。"

王家骏慢慢地说："家音也到了谈婚论嫁的年龄，周边没有更合适的人选。我看家音对钟亮好像有那个意思。倒不如让家音跟钟亮成了亲，钟亮也可以安心在这办学堂，踏踏实实在红石村过日子，又能保护你和老太太，岂不是两全其美？"

王继业先是一愣，随后就否定了王家骏的这个损招。

在王继业眼里，王家音是他的掌上明珠，又有文化，人也长得出众，必须在吉安城里找个有权有势的人家。他钟亮虽然上了两年军校，有点文化，但毕竟是佃农出身。一无钱财，二无官职，还是一个布衣先生。临了，还得占王家的便宜，这事外人听了，岂不要被吉安城的亲朋好友笑话。到时候，他王继业的脸面不知得往哪搁。

王家骏向阿爸暗示："别看钟亮现在一无所有，可他却是很有潜力。与我相比，不见得比我差。"

但他却不能向阿爸把钟亮的底牌给抖落出来，这是做人的规矩。

王继业不想听王家骏以钟亮的能耐搏取他王继业的好感。钟亮想跟家音对上，门都没有。至于家骏对钟亮的托付、安排，他王继业自然会走一步看一步，说得再好，也不如他钟亮做一件令他王继业心服口服的事。

王家骏一走，王继业的心就野了。家骏在身边时，他作为阿爸，还得摆出几分正人君子的样子；家骏走了，他就恨不得飞到吉安戏班的小桃红身边去。他原想把小桃红接来红石村住些日子，可是王老太发了话，只要她还有一口气，小桃红就别想进这个家门。王继业为了顾及家骏的面子，也不想让钟亮知道自己的活路，对家人只是说自己去吉安处理生意上的事。他跟赖德安商量着自己的打算，听得赖德安心花怒放。

赖德安心想，虽然你王继业平时拿我当枪使，但在关键时候还是内外有别，分得清轻重，算说了人话。

主仆二人商量完王家的事，王继业把钟亮请来，商量家骏离开红石村之后办学堂和红石村治安的事。

钟亮听了王继业的打算，也没有提出异议。只是建议民团和国军守了这么长的时间，并没发现红石村有什么大差错，是否可以考虑对民团进行一次整训，并将民团存在的问题一一罗列。他告诫王继业，万一有个急需，人还没集合，民团可能就被人一窝端了。

王继业听了钟亮列举的团丁抽大烟、赌牌、组织纪律松散、军事素质缺乏的问题，尽管不舒服，但心里却有几分佩服。他没想到钟亮还真是为王家深谋远虑。别说民团的整体军事素质欠缺，而且喝酒赌博的恶习，他早有所闻，只是睁一只眼闭一只眼，没去当真。如果真有这么一个机会，拉出去训练训练，提高民团的整体素质，倒是令他快慰的好事。

钟亮提出："学堂的事就得缓一缓，等民团整训以后再开学。加强村里的防治是大事。"

至于山上是不是有红军的残余力量，钟亮避开了这个话题。

钟亮叮嘱赖德安，让留守王家的团丁时刻关注村里和山上的情况，一旦有什么情况随时报告。

赖德安一听要自己向钟亮报告，心里老大不痛快，但又不便当面说不。他毕竟不了解钟亮跟王家骏的关系深到什么程度，王家骏又给了钟亮什么样的指令？凭他赖德安对钟亮的观察，钟亮绝不是等闲之辈，更不是一个普通的教书先生，而且是一个有相当来路的人物。无论是钟义的蛮横取闹，红莲独自造访书院，还是王家音的脉脉深情，钟亮都能坦然面对，不乱方寸。赖德安自叹弗如，凭自己那两把刷子想玩过钟亮，门都没有。

从钟亮提出整训民团、提高民团的战斗力这一点来看，王继业不得不打心眼里佩服钟亮，这也是他恨赖德安不成钢、整天只知道叽叽歪歪，鸡肠小肚，真遇到事又使不出招的无奈。现在钟亮把事情理顺出来了，挑起了担子，用他在军校学的那一套来训练民团这帮家伙，那是求之不

得的大好事。可以说既是为王家的防务，也是为红石村的安危着想。

这时，赖德安却抛出了一个馊主意：整训民团既是为王家，也是为红石村的老表着想。兵马未动，粮草要先行。王家的粮食被红军分了，该收回的还没有全部到位，以民团整训没有粮草为由，向老表去征。

王继业认为这个主意很好，而且必须要摊派给老表。民团的战斗力提高了，红石村的老表也受益。

钟亮为了实施自己的计划，在向老表征粮一事上，没有表现出积极的态度，把征收粮草的锅甩给了赖德安，让他看着办。

谁知，赖德安又玩起了小九九，他带着团丁敲着锣，满村转悠，吆喝着为了保护老表们的安全，王家要整训民团，各家各户出民团整训的粮，可抵王家的田租，两天内送到王家大院。

钟水根追着问："这是谁的馊主意？老表们出钱帮你王家来养团丁，祸害人。"

赖德安故意挑衅地说："是钟阿公的大少爷钟亮的高见。"

钟水根的嘴巴像风一样，把钟亮出面整训民团的事，传到了各家各户。

钟义听到了交粮租的事，跟红莲分析，估计是钟亮下的一招妙棋。但为了把棋下顺来，钟义必须按照钟亮的思路拧巴着传出消息：他钟亮还嫌事不够乱吧？国军刚走，老表们气还没喘过来，他又出手整训民团，还要老表出钱出粮，他自己亲自训团丁，这主意够损的。

赖德安还没出村，就被钟义带领的老表们团团围住了：不交粮草！

赖德安有意把事情闹大，把责任推给钟亮。见老表人多势众，赶紧打发身边的人去把钟亮请来。

钟亮估计赖德安会来这一招，把他拱出去当羊宰，让老表们来围剿他。但他心里有数，并不害怕，他相信明事理的老表，肯定理解他的良苦用心。而且有钟义这条内线，他自信事情最后可控，自己受点冤屈也值。

钟亮当着围观的老表们，阐明整训民团的利害关系，暗示红石村有十多天的喘气机会。

但以钟义为首的老表们却极力反对，抵制交粮草。

最后钟亮不得不提议老表们根据自家的实际情况，定了一个最低的下限。可钟义和老表们却不买账。弄得钟亮下不了台。

这回轮到赖德安上杆子了。他限老表们第二天太阳下山之前，每家每户必须按规定的下限把粮食送到王家后厨的大门。如果有谁家没交，民团就上门催缴。

第二天，太阳下山之前，老表们还真的都交了粮。但粮食的概念是宽泛的，有的人家交的是大米，有的人家交的是红薯、芋头等杂粮。

王继业和赖德安看着老表们交来的粮食，脸上终于有了笑意。

王继业感叹道："王家的粮食终于又回来了，这帮穷鬼，终于把从王家抢去的东西吐出来了！"

赖德安也在一旁附和："看来钟亮这小子的确还有两把刷子，以后这样的事叫钟亮上。让他姓钟的跟姓钟的怼去，免得我们去做恶人。"

王继业："日后，烫手的事都交给他姓钟的去对付。出了差错，由他去扛。你这次跟他出去整训，把他给我盯牢了。"

赖德安问道："那山上的红军？"

王继业说："也一并由他钟亮担着。家骏把王家的大事都托付给了他，他总得对家骏有个交代吧。他真要想玩我、坑我，除了他日后不在他们的圈子里混。"

赖德安奉承道："老爷所言极是。"

赖德安心想，钟亮教训了钟义那小子一顿，别看明面上钟义跳得那么高，但实际上却还是畏惧钟亮三分。

赖德安自认为终于讹到了老表们的粮食，为王继业立了一大功。

王继业也心满意足，但他们并不知道交粮背后的故事。

自打钟义与钟亮在书院交手之后。钟义并没有着急将钟亮的情况告诉钟阿公和红莲。他一面要为钟亮保密，暂时不把钟亮的身份告诉钟阿公；另一方面，他要验证钟亮的话和他的行为，证明他钟亮的本质没有变，是值得信赖的，是能让红石村的老表们放心的。他钟亮依然还是钟阿公的儿子，钟阿公还是钟亮的阿爸。只有这样，他才能把钟亮的身份透露给钟阿公和红莲。

钟义把带头抗征民团整训粮草和钟亮要整训民团的情节向钟阿公等人解释：王家骏的部队和民团守了这么多天进山的路，并没有发现山上有红军的蛛丝马迹。国民党兵刚撤，钟亮就提出把民团拉出去整训，恰好给红石村一个真空期，便于红军伤病员下山调养，转移到更安全的地带。小雷同志也已经交代，已经恢复了战斗力的红军战士，可以去联系赣南特委。需要继续留在红石村养伤的伤病员，可以再选择一个更安全更长久的养伤计划。至于乡亲们出点粮草，只是平衡一下王继业的心态。他自打从吉安回到红石村，并没有得到他所希望的乡亲们退给他的粮食，他只能是借一切机会讹诈老表。经钟义这么一解释，众人似乎明白了钟亮的良苦用心。

钟阿公也幡然醒悟，他要约钟亮到钟家祠堂的密室一见。钟阿公要当着钟亮的面，证实钟亮到底是清白的，还是污浊的？否则，钟阿公真要将钟亮驱逐出钟氏家族。

钟亮叔叔虽然与我们近在咫尺，却也不是说想见就能见到的。他的每一步行动都格外小心谨慎，他不但要保护自己，使王继业、赖德安对他少有戒心。更重要的是他还要根据上级的要求确保红军伤病员和留守红石村的红军的孩子们的安全。王家骏的部队是撤走了，但每天在钟亮住地值守的团丁像门神似的盯在那没撤。虽说晚上没有团丁把守，那赖德安会不会派人暗中监视钟亮呢？钟亮叔叔曾经叮嘱过钟义，没有特别紧要的事，轻易不要去找他。钟义哥不能去见钟亮，我和阿牛哥去也显然不合适，商量来商量去，最后还是让我和阿牛哥陪红莲姨去王家书院见钟亮叔叔，更便于见机行事。

第二天，我们到了书院一看，大门紧闭，两个团丁像树干似的竖在大门的两边。这时，红莲姨的镜子发挥了作用。我和阿牛哥假装在大门附近玩耍，分散值守团丁的注意力。趁他们不经意时，红莲姨用小镜子的反射光投向院里的树梢。不一会儿，书院的门真的开了，钟亮叔叔像要出来转悠似的，说时迟那时快，我掩护着阿牛哥，他手上的布包石"嗖"地一下朝钟亮飞去，击中了钟亮的布衫。我们看到钟亮伸着懒腰。我相信钟亮叔叔这一滴水不漏的动作，团丁是万万发现不了的。当然喽，那块石头是特制的，外面是大柱叔叔编的一个竹篾小球，石头和信就藏在小竹篾器的球里面，即便这种小球击中了人的皮肉，也不会流血。事隔多年，我回到红石村去寻找这种布包石，却再也没有找到。也许这种绝活，随着传人的消逝也失传了吧。

那天晚上，我们在密室等了很久，正分析着钟亮叔叔会不会如约来祠堂的秘室。他却悄无声息地进了祠堂，敲响了密室的砖头。钟亮叔叔神出鬼没的功夫真如红莲姨说的，是我和阿牛哥望尘莫及的。这或许是环境造就人的道理吧。

按照钟家的规矩，钟亮在祖宗面前发誓，他虽然跟王家走得很近，那是为了更好地保护钟氏家族的老表们，保护红军伤员和红军留下的孩子不受伤害，他宁可自己忍辱负重，也绝不会做对不起列祖列宗的事。任何时候，他都是一名信仰马克思主义，为共产主义理想而奋斗的共产党员。

钟亮叔叔叮嘱红莲姨他们，他带着民团去整训了，老表们一定要尽快的、安全稳妥地把伤病员接下山来，再次安置好伤病员，千万不能走

漏风声，出不得一点差错。

钟亮叔叔还摸着我的头，深有感触地说："你就是苏志海师长的儿子，苏小虎吧？"

钟亮叔叔告诉我，他不仅认识我父亲，在军校时，他跟我父亲曾经住在同一间宿舍。他对我说："虽然你阿爸没有特意叮嘱我要关照你，但我一看你那模样，就知道你是苏志海的儿子。骨子里透出来的稚气和机灵，如同当年的我，嫉恶如仇，恨不得抱着一挺机关枪，把看着不顺眼的坏蛋一扫干净。"

钟亮叔叔说得我直乐。

钟亮叔叔说："在复杂的斗争形势面前，我们还要开动脑筋。想想怎么保护好自己和身边的人，以及尽可能地为伤病员做点什么。光靠一个人的力量是推翻不了这个旧世界的，要用智慧团结更多的人，一道来推翻这个旧世界。人心齐，泰山移。"

我应道："明白了。"

我又问钟亮叔叔："学堂什么时候开学呢？"

钟亮叔叔说："民团整训完了就开学，我会安排王家大小姐王家音做些前期工作。"

红莲姨高兴地说："太好了，我们的孩子们有地方玩，也有地方认字了。孩子们在一起我们也放心。"

钟亮叔叔嘱咐大家："王家骏走了，我们还是不能放松警惕，我们要给红军一个圆满的交代。"

我也很兴奋，并充满期待地说："钟亮叔叔，我们在学堂可以学认字了。太好了！"

钟亮叔叔鼓励我们说："是的。我们有责任，尽可能地为你们创造学习的条件，等你们长大，要做一个有文化的红军战士。"

我告诉钟亮叔叔："常阿姨说，我已经是一名红军小战士了。"

钟亮叔叔拿出几块银元给钟义哥："这是我的积蓄。等我离开了，你再买一些粮食给家里困难的乡亲们送去。也算是我对他们的一点补偿。"

钟义哥不肯收："只要大哥你是真心为红石村的老表们做事，相信他们早晚有一天会理解你的心意。"

大柱叔叔也心生悔意："我说钟亮兄弟不是那种忘恩负义的人吧？你们在外面读书，比我们见多识广，懂得道理。我们一定会保护好红军留下的孩子和伤病员。"

钟亮叔叔叮嘱我们："王继业这个老贼心狠手毒，接下来的日子还不知道他会出什么歪招。我想尽快让学堂开办起来，让孩子们有个集中看管的地方。让他们可以在一起玩耍，又可以学习认字，心里也踏实。最关键的是，让红军的孩子跟老表们的孩子生活在一起，使外人区别不出。这样能尽可能减少红军的孩子在红石村的危险。"

我不好意思地向钟亮叔叔承认，自己和阿牛哥还用布包石打过他。

钟亮叔叔笑着说："你们跟我小时候一样，见着坏人总想着怎么治他一下。我知道你们躲藏在墙角，只是假装不在意，万一我去追你们，团丁见了怕发生意外。"

王继业跟赖德安交待了一番，留下家属，带着几个团丁，第二天就匆匆忙忙去吉安城，会他的相好小桃红。

王继业这么急急忙忙赶往吉安，除了会小桃红，还有另外一个差事——见小桃红的干爹、吉安商会的会长。

井冈山儿女
Jinggangshan Ernü

　　小桃红的干爹明面上是商会会长，背地里却是黑白两道的大恶棍。听小桃红说，王继业对她有意思，开始并没有往心里去。在他这个商会会长的周边，吉安周边像他王继业这样的土地主，一抓一把。王继业的财产入不了他的法眼。但当听说王继业的公子王家骏是国民党中央军的团长，便急忙要小桃红介绍来认识认识。

　　王继业为了巴结这个商会会长，在小桃红的授意下，备了份见面的厚礼。谁知，两人见面后，会长不但没有收王继业的礼，反而将自己心爱的一幅画作为见面礼，送给了王继业。当然，商会会长绝不是凭空让王继业受禄，他是念在其公子王家骏兵权在握，纵容王继业跟上海的某位有头有脸的人做几笔大买卖。他劝王继业不要整天盯在一亩三分地上，粮食收得再多，也只是个乡下的土财主。何不趁此机会赚点钱，搬到城里来住。通过儿子的关系，在吉安城谋个一官半职，那是分分钟的事。

　　商会会长的点拨，让王继业心花怒放。他要借助儿子王家骏的势力，大干一场。

　　他跟小桃红又是吃喝，又是学唱戏，快活得乐不思蜀。

　　在小桃红的指点下，王继业假模假样地学唱戏。

　　王继业演示了一遍下来，问小桃红："我的声音和扮相，是不是有几分像？"

　　小桃红奉承道："老爷你进了梨园，我们这些苦命人就得卷铺盖回家，喝西北风了！"

　　王继业沾沾自喜地说："你这张小嘴，甜得像蜜似的。"

　　小桃红道："我说的是实话。凭老爷你的天资，那真正是一块唱戏的好料。只是你的命比我们的金贵，不是干这一行的。"

　　小桃红的一番话，乐得王继业一把将小桃红搂在怀里。

　　恰在这时，门外有人敲门。

王继业问道："谁呀？"

门外的人应道："老爷，是我。"

王继业听声音就知道是赖德安，他让小桃红去开门。

赖德安每隔两三天必定上门向王继业报告红石村的情况和民团整训的事。王继业要随时掌握钟亮的动向，表面上看，他是百分之百地信任钟亮，但暗地里还是担心钟亮。怕钟亮趁他王继业不在家，跟红石村的老表搅在一块呢！王继业坚信，钟亮血管里流的毕竟是钟家人的血。

他问赖德安近来村里有没有什么异样，赖德安则尽挑好听的为自己脸上贴金。除了他的眼线水根每天会在村里转悠，他自己回了红石村也会突然袭击去那些还没有还粮给王家的人家催要。尽管这些人家没有按规定的时间交粮，却总还是见到了粮。

王家音也把学堂收拾好了，民团整训结束后，就等钟亮来给孩子讲课。

王继业听完汇报，说："看来这个钟亮还是有在红石村扎下来的念想。"

赖德安应着："看架式，钟亮一时半会不打算离开。"

王继业感叹："他钟亮还真是没闲着。"

钟亮当然不会闲着，他要趁民团整训，王继业又不在红石村的空隙，让山上的红军伤病员回到红石村，得到充分的休息和补养。钟义就成了钟亮与红石村老表、红军伤病员的秘密联络员。

钟亮站在山岗上，远远地眺望红石村。那里有他日夜想念的阿爸，他的家，还有他童年的梦想，以及他眷恋的老表们。如今，他又多了一份牵挂。牵挂从山上下来的伤病员恢复得怎么样？他们哪些人留下？哪些人去追随红军？留下的人怎么安顿？这些都是他的牵挂。他虽然与他们未曾谋面，也不知道他们的姓名，可他和他们是同一条战线不同战壕的战友。他恨不得用自己的生命，去换取这些不相识的战友的片刻安宁。他宁可用自己的生命，为他们铺平追随红军的平安大道。他所付出的一切，

都是为了使他们能平平安安、充满信心地走出这座大山，去改变这个旧世界。他对自己遭受的任何负面影响、误解，都没有丝毫的埋怨。他心里只有一个梦想，这个社会早日换了人间，他就心满意足。他沉浸在自己的遐想世界，以至于站在身边的钟义连叫他两遍，他才回过神来。

钟亮问钟义："你说什么？"

钟义又说了一遍："钟亮哥，趁这个空档回去看看你阿爸吧？"

钟亮摇了摇头，他何曾不想回去看看阿爸，看看草儿妹妹，还有红石村的老表们，跟他们一起畅快地喝一通客家人自酿的米酒。但现在还不是时候。

他又问道许护士和伤病员情绪，钟义说："同志们都很轻松。村里的条件虽然也很艰难，但是比起山上的条件还是好多了。每天可以见到阳光，喝到有温度的水，可以踏踏实实地睡觉。"

钟亮分析道："这种事情可一不可二。王继业、赖德安也不是吃素的。赖德安三两天要离开一次整训队，肯定是回红石村之后，又去了吉安向王继业报告。"

钟义接着汇报情况："这回虎子他们儿童团可立了一大功。凡是进村的要道，白天都是儿童团值守，天黑以后，我们农会会员晚上轮流值岗。红莲和钟阿公专门负责红军战士们的休养。"

钟亮关心地问钟义："赣南特委有回信吗？"

钟义回答说："派去的人，这两天应该回来了。"

钟亮提醒钟义，千万不可麻痹大意。等赣南特委的指令到了以后，没必要再向他报告，立即行动起来，归队的同志立刻出发，需要留下的服从安排。红石村并不是久留之地。赖德安的眼线，随时可能盯着。

钟亮又问钟义："水根近来有什么动向？"

钟义说："他还是老样子，有时清醒有时糊涂，我已经试探了他几次，告诉他如果赖德安再问红石村的事，就说平安无事。"

钟亮提醒钟义："他当面可能会答应你，一切很正常，但转眼他又忘得一干二净。"

钟义欣慰地说："我叮嘱了虎子，让他们留意水根与赖德安的每一次接触。"

别看我们跟钟水根接触得不多，但他却时常在我们的视线范围内活动。我发现，钟水根除了会远远地盯着红莲在外的行踪，还会时不时地站在远处看我们玩耍。有几次，当团丁出现在往红石村的路上，他会有意地躲避，直到团丁的身影消失了，他又神不知鬼不觉地不知从哪儿冒出来。有一次，好像是王家骏的部队撤走不久，我们假装在池塘边捞猪草，钟水根似乎离我们很近，仿佛担心我们出什么意外。突然，团丁从王家方向朝村里走来，他赶紧闪进了路边的茅厕。我们乡下的茅厕大都与猪圈相连。隔了一阵子，钟水根估计团丁往其他方向去了，提着裤子出了茅厕。谁知那俩团丁站在离猪圈不远的地方守着他。钟水根一见团丁，转身想跑，没走几步，裤子掉了下来，摔了个嘴啃泥，被团丁围着看笑话。我们也一轰而上，起哄地喊道：

"水根叔光屁股！"

"水根叔快跑呀！"

团丁也忍不住笑道："穿上裤子跟我们走一趟。"

钟水根坐在地上一面驱赶我们，一面问团丁："去……去哪？"

团丁甲调侃道："去哪还用问，肯定是我们的赖团长又想你了呗！"

团丁乙打趣道："赖团长请你喝一口。"

钟水根急得结结巴巴地说："我……我拉肚子。"

团丁甲逗他："那就去王家的茅厕闻闻香气，总比这破茅厕爽！"

钟水根无奈，只好从地上站起来，一边系着裤带，一边跟着团丁往

王家走去。

我们虽然没有跟在后面看热闹，却有模有样地回到池塘边捞猪草。大家的眼睛却时不时瞟着王家方向。估摸着不到一顿饭的工夫，钟水根就从王家那边出来了。

我和阿牛哥悄悄地迎了上去，拦住他问道："水根叔，'癞皮狗'给了你什么好吃的？"

钟水根没好气道："'癞皮狗'哪是叫我喝酒，他是问我，大少爷走了，村里有什么动静？"

我关切地问道："你说了啥？"

钟水根眼睛望着天："这两天我拉肚子，在屋里的金丝被里躺着，今天略微舒服了些。"

我和阿牛哥悄悄地向他伸出了大拇哥。

不料钟水根突然跳了起来，双脚分别踢向我俩，落地时还站得挺稳的。

回到家，我们把当时的所见所闻告诉了红莲姨和大柱叔叔，看得出来，他们听了我和阿牛哥的话，还是有几分欣慰的。

钟亮叔叔还交待钟义："你回去以后，代表我问候归队的红军战士，我阿爸和红莲一定要保证分散到周边村子红属家养伤的伤病员和老表的安全。伤病员是革命的星星之火，是红石村的种子。老表家里有什么困难我们要帮助他们解决，不能给老表增加负担。"

钟义哥回到红石村，向红莲转达了钟亮的意见。

许护士也想随红军战士归队，可是她却很为难。她的女儿彩霞刚刚两岁，带着去赣南特委，显然不可能。如果把彩霞留在红石村，又有一定的危险。

红莲姨希望许护士把彩霞留在红石村，说："彩霞还小，你带去赣南不现实，在我身边，一定不会让孩子受委屈的。"

许护士很感激，但不想给红莲家添麻烦："那怎么行？你家孩子多，容易引起敌人的怀疑。再说，多一张嘴就多一份负担，也多一份责任，更增加你们的危险。虎子和秀秀已经给你添了不少麻烦。"

红莲姨说："许护士，红军和我们都是一家人，不说两家话。红军是我们的救命恩人。恩人有什么难处，我们老表以命相换也值得。"

我在一旁听了，也像大人似的："许阿姨，你就放心把彩霞留下吧，我已经是小红军，我也有责任保护她。"

阿牛哥也帮着说话："只要有吃的，就饿不着彩霞。再说了，我们还可以到小河沟抓小鱼，上山挖野菜。"

细妹也小声地说："许阿姨你放心，我有一个小妹妹了，我会带她一块玩，不会欺负她的。"

许阿姨经我们一番劝说，又跟红莲姨商量到下半夜，再三权衡之后，还是把彩霞留在了红石村。她守着彩霞一晚上没睡。第二天天不亮，就随归队的红军叔叔离开了红石村。

从许阿姨身上，我仿佛看到了我的父亲母亲离开我的头一天晚上，他们难以入眠，整整守了我一个晚上。

红石村的红军伤病员，再次安顿后没两天，在吉安的王继业和整训的民团，几乎是前后脚回到了红石村。

王继业这次回村里，不像上次回来那么张扬，却带了很多东西回来，好像显得很忙，没顾上红石村这边的情况。

钟亮叔叔履行了他的承诺，没几天学堂就开学了。

学堂除了王寻，附近村里地主老财的孩子也来上学了，我、阿牛和细妹，还有红石村的一帮孩子都进了学堂。说是去学堂认字，但更多的时间我们还是在学堂玩耍。到了书院，钟亮叔叔以上课认字为名，把我们关在学堂里，实际上是为了我们的安全，不到放学的时间，不许回家。

有的时候，王寻的姑姑王家音也会来学堂，看钟亮给我们讲课，教我们认字。多半时间王家音来了学堂，钟亮叔叔就陪着她去书院的后院，我们就在课堂里念文天祥的诗。以至于很多年很多年以后，我随口就能背出好多首文天祥的诗。

有一回，我们背着文天祥的诗，赖德安突然溜进了学堂。我们都没有理他，故意大声喧叫。

赖德安无趣地问王寻："钟亮先生呢？"

王寻故意拖腔拖调："在后院。"

赖德安似乎想去后院看看，走出去了又折返回来，问道："后院还有别人吗？"

好一会没人理赖德安，后来还是王寻接了话："先生和姑姑在后院。"

赖德安在门口站了好一会，仿佛把学堂里的孩子都看了个遍，这才在趁我不注意时，哧溜一下，又不见了。也不知他回去怎么向王继业打的小报告。

听说王家音回家以后，王继业很生气，但不是生家音的气，而是生钟亮的气。他责怪钟亮，有挂羊头卖狗肉之嫌，说是办学堂，王寻和地主财主的孩子有认字学书的地方，这下倒好，学堂把红石村老表的孩子全招来，成了吃王家的大户来了。在他看来，老表的孩子只能世世代代给他当佃户，一旦认识字有文化，就不会听他的忽悠，甚至会反过来忽悠他，王继业没有指名道姓说钟亮，但意思是明摆着的。

王家音知道是赖德安去了学堂，打了她的小报告，听着不乐意，态

148

度却很明确："让红石村的孩子也来学堂认认字是我说的，跟王寻玩的人没文化，王寻也会变得没文化，跟王寻相处的人认识字，他们在一起认识的字就会多起来。就像阿哥，他愿意跟钟亮交往，那是钟亮有他需要的东西，而阿哥就不愿跟你身边的某些人为伍，阿哥也担心，自己成为你身边的某些人！"

王继业又抱怨："那我们总不能让他们在书院白学认字？"

王家音怼了回去："那钟亮还在书院白教孩子呢！"

王继业无语了。

王家音接着说："阿哥常年征战沙场，王寻天天关在王家深院，得不到父爱，也没有母爱。整天只有阿爸你和奶奶的溺爱。他一个男孩子，谁都陪不了他一辈子。等他成人了，没人疼他，爱他，他还要不要生存？要不要继承王家的祖业？如果不学点东西，不认识字，又不跟老表的孩子生活在一起，熟悉他们，他会失去他赖以生存的土壤。别说守王家的家业，怕是连他自己生活都困难！"

王继业听不得王家音说这些不吉利的话，他相信王寻将来也会像家骏一样长江后浪推前浪，不但能保住红石村王家的祖业，还可以到吉安城里开疆拓土。

王老太听了王继业的一番理论，就知道王继业打什么主意。

王老太教训王继业："看来你是被那个戏子小桃红迷上了。红石村是安不下你的心，要把我这把老骨头弄到城里去！"

王老太明确告诉王继业："我哪也不去，死也要死在红石村。你要喜欢小桃红，你自个上吉安城快活去。我只要还有一口气，小桃红就别想进王家的门。"

一席话，把王继业给堵得没有回话的余地。

王继业赶忙给自己找台阶下："阿妈，我不是那意思。我是说他钟亮，

拿着王家的家业去做人情，在王家的屋子里教老表的孩子认字，我们王家的风水会被外姓人破了。"

王老太每天过着深居简出、吃斋念佛的生活，她有自己的人生道理：外姓人分享王家的风水又何妨？舍得，舍得；不舍，哪来的得？王家让老表三分，老表明年交租，敬你一分，你就积德积福了。如果他们一分都不敬你，全给你生事，你总不可能把红石村的老表全得罪了吧，你还怎么在红石村待下去？

王继业说："我看他们谁敢给我使损招，除非他们是活腻了。"

王老太说："家骏都走了，你还耍什么威风。整天动不动就是刀枪棒子，没有一点善念，你再这么一个心眼狠下去，满脑子都是仇恨，老天爷都饶不了你。"

王继业知道自己在老太太面前说话占不了上风，干脆避开她的锋芒："成，成，你老回屋里歇着，你说的话我记住了。"

他使着眼色让王家音赶紧扶老太太回屋，他还有事跟赖德安商量。

王继业交代赖德安，他得出去十天半月的，家里的事由他打理。

赖德安让王继业放宽心，有他守着王家，绝对平安无事。但他心里却念着，你老人家一去不回才好呢！他赖德安早就垂涎成为王家的主人！还有那令人朝思暮想的王家大小姐，赖德安也想占为己有！

赖德安有点想入非非。

王继业告诉赖德安，等他办完事回来，一定会好好奖赏他。

我在学堂听王寻说，王继业又要出远门了。而且从家里装了满满一车的东西出去，像是在做什么大买卖。当时我就想，有机会一定要进到王家去探个究竟，看看他在做什么大买卖，弄得那么神乎其神。

可是等啊等啊，等到的是另一种特殊的形式，进入王家，但不是我，而是阿牛哥。

　　那天大柱叔叔带着阿牛和我去吉安城卖山货。大柱叔叔编的篾器竹篮和篓子很好看，也实用。听说要上街，我和阿牛都很兴奋。红莲姨也将我们俩打理得整洁干净，像过新年走亲戚一样。

　　红莲姨说："我们家虽然穷，但上街得穿得清清爽爽，不能让城里人说我们乡下人又邋遢又穷。"

　　不光是红莲姨为我们整理着装，就是我和阿牛哥，我们互相之间，出门之前都相互检查彼此的衣服和草鞋是不是穿着得体。

　　到了吉安街上，沿江路是最热闹最繁华的地方。吃的玩的商铺，五花八门，令人眼花缭乱。我和阿牛就像刘姥姥进了大观园，见了什么都稀奇、新鲜，没见过的东西都要驻足看一会儿。

　　大柱叔叔见我对米糖做的小人很感兴趣，宽慰道，等他卖了竹篓、竹篮，就给我们买米糖小人。

　　红石村后山上的毛竹长得青翠欲滴，加上大柱叔叔的手巧，他编的竹篮和竹篓还带着毛竹的清香，闻着都让人陶醉，价格又公道。等我们看完热闹回来，大柱叔叔的东西都卖得只剩下几个了。

　　大柱叔叔叫我和阿牛守会儿摊，他去药店配点药，有几个分散在外村红属家养伤的红军伤病员的药用完了，钟阿公家的药配不齐。我和阿牛正盼着大柱叔叔买了药回来给我买米糖小人。

　　等了一会儿，突然一帮带枪的团丁朝我们扑过来。我一看，他们是追着大柱叔叔奔我们而来。

　　大柱叔叔叫喊道："你们快跑，别管我。"

　　我和阿牛哥一看，是赖德安带着团丁在抓大柱叔叔，我俩也顾不上那么多，冲上去跟团丁撕打在一起。

　　大柱叔叔依然叫我们赶快跑，回红石村告诉钟阿公。

　　阿牛哥也对我叫到："虎子，你快回去告诉我姨，我跟姨父来对付

他们。"

见团丁们纠缠大柱叔叔不放，我趁机冲了出来，闷着头朝红石村奔去。

我一路紧跑慢跑，终于跑回了红石村。

红莲姨见我一个人跑了回来，衣服也撕烂了，额头上也有血迹，慌张地问道："虎子，出什么事了？"

我将在吉安城看到的一切告诉了红莲姨，红莲姨带着我去钟阿公家商量对策。

钟阿公听了事情的经过，觉得很蹊跷，王继业不在村里抓大柱，为什么在吉安城里抓他呢？他们是以什么理由抓大柱叔叔呢？分析来分析去，钟阿公估计赖德安见钟大柱买了不少药，怀疑他有通红军的行为，以此为理由抓人。如果是这样，我们去王家要人也站得住脚。说大柱叔叔的药是替阿公买的。

钟阿公吩咐红莲去喊钟义、三叔，一起到王家要人。他带着老表们义愤填膺地朝王家涌去。

钟阿公、红莲、三叔、钟义走在前面。钟水根也跟在众人的后面吆喝着："快，去王继业家救人。"

一路上，去王家的人越来越多，有的人手里还拿着农具、棍棒。

众人到了王家，叫喊着要人："把大柱和阿牛放出来，他们犯了什么罪？为什么要抓人？"

过了好一会儿赖德安才出来。赖德安看了看站在面前的老表们："老表们有话好好说，用不着动这么大的气。"

钟阿公气愤地问道："赖德安，不要跟我们打哈哈，钟大柱犯了什么罪，你们随便说抓就抓，还有没有王法？"

赖德安正色地说："他到吉安买那么多药……"

钟阿公坦然地说："是我让他去吉安买的，我这儿的药配不齐，老表治病没有药了。"

王继业从里面走了出来，看了看站在门口的老表："今天我们是抓了钟大柱，他上街买那么多药，有通红军的嫌疑。"

红莲也不甘示弱："刚才钟阿公说了，他是替钟阿公买药，老表们要治病。"

赖德安威胁道："那也不行，我们要问清楚。"

钟义故意提高嗓门嚷道："你们无权抓大柱哥，我们要你放人。"

众老表看钟义一吼，跟着叫喊道：

"放人！放人！"

"不放人，我们今天就不走。"

"王家凭什么抓人！"

王继业见老表们的架势强硬起来了，有点儿不知所措。

赖德安靠近王继业，低声地："老爷，要不要叫钟亮来对付他们？"

正说着，钟亮从人群后面走了出来。

钟亮问赖德安："怎么回事？"

王继业快速向钟亮介绍了情况，钟亮低声跟王继业商量了几句，只见王继业犹豫地点了点头。

钟义带头喊道："钟亮放人！"

众人随之喊道：

"钟亮放人！王家放人！"

"不放人我们就不回。"

钟亮跟王继业低语商量后，转过身："老表们！"

众人安静了下来。

钟亮有意提醒众人："王老爷说钟大柱买药，有通共嫌疑。"

钟阿公依然不松口："是我叫大柱去吉安买药的，我腿脚不便。"

钟义放开嗓门叫道："药是阿公买来给老表治病的。若是王家人病了，阿公手上缺药，你们可别怪阿公见死不救啊！"

赖德安瞪着钟义："钟义，你嘴巴说点好听的行吗，王家人有病会去吉安看大夫。"

钟阿公有意强调："别把话说绝了，人病不由人，老天要你的命，就得让你生病。我们什么时候都不要说过头话。"

钟亮不动声色："那好，你们谁敢为钟大柱担保他不是给红军买药？"

钟亮不经意地看了一眼钟义。

钟义义正辞严地说："我愿为大柱哥担保！"

三叔立刻附和道："我也为大柱担保！"

随之，老表们接二连三地叫道：

"我也为大柱担保。"

"我也保证大柱是为我们买药。"

众老表们一个个都喊着为大柱担保。

钟亮见为大柱担保的人越来越多，他看向王继业。

王继业无奈点点头。

钟亮趁机把话往有利于老表这边引："好，王老爷看在乡里乡亲的面子上，放了大柱和阿牛。"

钟亮故意停下来强调："如果发现大柱有通红军的行为，你们这些担保人是要承担责任的。"

钟义看了众人一眼："我们一起为大柱担保。"

赖德安不得已，只好顺着台阶说："今天看在钟老先生的面子上，放了大柱和阿牛，如果我们发现他们通红军，我们就要今天在场的老表一起负连带责任。"

不知谁说了一句："快放人，少废话！"

众人一看，是钟水根。惊讶之余，转而窃窃私语。

赖德安盯了一眼钟水根，朝大门里叫道："把钟大柱和阿牛带出来。"

当大柱和阿牛出现在门口时，红莲和三叔、钟义等人都怔住了，赶紧迎上去扶住他们。

红莲气愤地质问："赖德安，我家大柱犯了哪家的王法，把他打成这个样子？"

钟阿公扶着阿牛："王继业，阿牛还是个孩子，你们狠得下心往死里打？"

钟义义愤填膺地说："王继业，你们还是人吗？"

众老表们一起围了过来。

团丁们也从院子里冲来，用枪对准想往前走的老表们。

钟义气恨地叫道："要王家赔偿。"

众老表喊道：

"对，要王家赔偿！"

"王家不赔偿，我们今天不走。"

王继业有点慌了神。

赖德安示意团丁们举起枪瞄准站在前面的老表。恐吓道："你们谁要是再上前一步，我就开枪了！"

钟亮眼明手快，从团丁手上夺过一把枪，朝天放了两枪。然后喊道："大家都别吵了，大柱和阿牛先回去养伤，等伤好了再说别的事。"

钟亮举枪朝天示警，一下子把场上的老表们给怔住了。老表们还没有回过神，只见钟亮给红莲、钟义使眼色，那意思分明就是说：赶快把大柱、阿牛扶回家。

红莲与钟阿公迅速交换了眼色，扶着大柱、阿牛起身离去，钟义则悄悄地朝着老表们呶了呶嘴，老表们这才有点儿不情愿地散去。

　　我这回跟着大柱叔、阿牛哥进城，兴致勃勃而去，却无端地被王继业、赖德安整了一出。如果不是钟亮叔叔在红石村下了一着险棋，还不知道会整出什么结果。看来王继业、赖德安对红石村的老表们还是一直怀恨在心，找机会给红石村的老表们一闷棍，而且这一闷棍最有效的杀手锏就是"通红"。如果被定性为私通红军，又得到官府的认可，我们就得遭殃了。

　　用钟亮叔叔的话说，令王继业没有想到的是，这回红石村的老表表现得这么团结，没有一个人退缩，而且不惧受"通红"罪名的连累，聚集起来向他提出放人。

　　这在以前是不可能的。

　　王继业事后也不得不当着钟亮的面感叹：这世道真的变了。

　　王继业低估了这两年红石村的老表与红军处得像一家人一样。他哪里知道，红军大部队转移竟然将自己的孩子、伤病员托付给红石村的老表，有什么比将自己的家人托付给人照顾更亲密，更信任的呢？尤其是那个血雨腥风的年代，这是何等深厚的情谊凝聚成的重托。

　　王继业也不可能察觉，在那双方对峙的紧要关头，钟亮会做出息事宁人、鸣枪示警的险招，既消除了一场不可预测的事件，也让王继业有了下台阶的机会，维护了他的面子。

　　正如钟亮叔叔事后分析的，倘若事情闹大了，真闹到县政府去，其结果可想而知。王继业就是一口咬定大柱叔叔买药属"通红"行为，县府的官员们也不敢怠慢这事，而且他王继业后面儿子王家骏，还有那些不可见的和在明处的反动势力。万一到了那一步，钟亮叔叔也控制不了局面。各退一步，事情到此为止，是最好不过的收场。无论是王继业，还是老表们都交代得过去。

　　但是，我发现，这回钟亮叔叔也真是经受着焦虑和担忧的双重煎熬。好在红莲姨和钟义跟钟亮叔叔配合得很默契。

6

第六章　红莲舍亲救我命

那是阿牛哥被赖德安的民团殴打之后，第一次来书院。我们这些秘密儿童团员们都为阿牛哥这么快恢复了而高兴。

阿牛哥那天也很开心，好多天没与小伙伴们见面。我们想着怎样为阿牛哥庆贺一下，我们儿童团要团结起来跟王继业作斗争。

小广东建议："大家要团结得像红石村的老表一样，我们人虽小，大家的心一定要齐，才不会被坏蛋欺负。"

我们商量着，中午放学了，都不回家，到小沟里抓鱼和螃蟹，到滩地上去烤着吃，庆贺阿牛哥到学堂来了。

屋子门口突然出现了王寻的身影，他快步朝我们跑过来，还叫着阿牛的名字。

这天送王寻来学堂的不是王家音，而是赖德安。这种情况可是极少见的。

赖德安站在门口，观察王寻跟我们说话。

王寻只要来学堂，都会带些家里的点心分我们吃，实际是讨好我们，要我们跟他玩。

我觉得赖德安站在那儿，好像是监视我们。

我悄悄地暗示小广东、阿牛哥等人朝那个方向比赛扔石子，看谁打得准。

石子打在墙上劈哩叭啦，赖德安呆不住了，站了一会儿就走了。

他转身时，那眼神似乎注意盯了我一眼，我无意中也看了他一眼。

赖德安今天来学堂没挂他那个盒子炮，平时在村里见着他，那盒子炮一准挎在身上，唯恐别人不知他有枪似的。那个年头，有枪是很酷的哦。

赖德安那天的举动我并没有往心里去，过了些日子发生的事，证明了赖德安是在打我和小广东的歪主意。

王寻无意中向我们炫耀，他爷爷王继业在做大买卖，挣了好多银元。

钟亮叔叔好像有什么公务，有几天没见到他人。又碰上红石村的习俗，学堂放农忙假。王家音姐姐告诉我们，大家玩累了，可以回家。第二天开始，可以不来学堂。

我想问佳音姐姐钟亮叔叔去了哪儿？但转念一想，她也不一定知道，知道了也不会告诉我。我们小孩子是问不到大人的事的。学堂下课了，我和阿牛哥等小伙伴只好回家，没有去小河沟抓鱼。学堂放假了，我们约着改天再去。

我不知道钟亮叔叔去哪儿了，但钟义哥肯定知道，我要把王寻说的事告诉钟义哥。

王继业在城里住了些日子，又带了好多东西回家，是什么东西呢，回家的路上我一直想着这事。

钟义哥听了我说的情况，交给我们秘密儿童团一个任务，每天去王家周边放牛，注意他家都进出一些什么人。看看王家每天有什么新情况。

所以我们每次去王家附近玩，我和阿牛哥、小广东也像赖德安盯着看我们一样，时刻也盯着王家看。

我发现，那些天在王家外围巡逻的团丁不停地在外面转悠，我们靠近了一点，团丁会叫我们去别处玩。晚上是不是也有团丁巡逻，就不清楚了。

自从王继业回了村，赖德安就吆喝着晚上不让村里人走动。尤其是他们上次打了大柱叔叔和阿牛哥之后，红莲姨就更不允许孩子们晚上出去玩了。

　　过了些日子，有一天，王家音姐姐和赖德安到红莲家来，找红莲姨，他们聊了一会就走了。

　　起初，我还以为是家音姐姐来找红莲姨学针线活呢。

　　家音姐姐当着阿牛哥的面，曾经说过想向红莲学针线活，红莲姨在红石村做针线活是出了名的灵巧。她们女人衣服上绣的花、家禽和绣在鞋垫上的花草像真的一样。村里常见的猪狗牛鸡，在红莲姨的针线描绘下，虽然没有那么丰富的色彩，但看上去却活灵活现。红莲姨说，她很想给我的衣服上绣只小老虎，但她却没见过老虎。等以后见了有老虎的画，她一定记下来给我绣在衣服上。

　　赖德安走了以后，我和阿牛哥问红莲姨，家音姐姐是不是来学针线活的。

　　红莲姨说不是。

　　原来，学堂放农忙假，王继业带着王寻去吉安住了些日子，回到红石村以后，王寻整天闹着要上村子里来找我们玩，王继业不同意王寻出门，他就不吃饭。王继业无奈，跟王寻约定，只要有人去王家陪他玩，他可以不出家门。

　　王家音比较来比较去，觉得还是红莲家的人可靠，他们要我们去王家陪王寻玩。王寻却要我和阿牛哥两个人去，王继业不同意。

　　红莲姨和大柱叔叔赶到钟阿公家商量去还是不去，怕王继业出什么损招。

　　钟阿公以为不管王继业出什么损招都得去，如果不去，反而会引起他的怀疑。但让谁去王家，红莲姨和钟阿公却很纠结。

　　如果他们盯上了我，叫阿牛哥去陪王寻，他们肯定不干，要换人，这样反而容易暴露我是红军孩子的身份。如果我去，红莲姨怕他们对我使坏。阿牛哥去也不合适，前不久那档事还不了了之呢。

我主动提出来我去王家，我还真想去看看王继业到底是在做什么大买卖。家里家外还有团丁巡逻。

钟阿公、红莲姨、钟义哥同意了我去王继业家，并且千叮咛万嘱咐，叫我陪王寻玩完了，天黑之前尽可能早点回家。

他们叮咛的话，我都一一记在心里。

到了与赖德安约定的日子，红莲姨和大柱叔叔一道送我到了王家，是赖德安开门来迎我的。

白天我陪王寻玩时，身边有两个团丁跟随着我俩，吃饭却是分开的。王寻和家人在正屋，我和佣人在后厨吃饭，但吃的是与王家人不一样的饭菜。

快天黑了，我提出要回家，谁知赖德安却不许我回家，要我住在王家。

我说我跟红莲姨约好了，天黑之前她会来接我。

赖德安却说："我已经叫他们回去了，你就住在王家，不用天天跑来跑去。"

我问他："那我什么时候回家呢？"

赖德安对我说："你哪天回去要看情况。"

我问："看什么情况？"

赖德安神经兮兮的："到时候再说吧！"

说是在王家住，却不是跟佣人住在一起，而是住在佣人屋子外面的

一个茅棚里。

我奇怪，他们干嘛让我一个人住，后来我才发现，赖德安除了白天要我陪王寻玩，晚上还要为王继业服务。

晚上，王寻去睡了，赖德安要我端水给王继业泡脚。他守在一旁指点我给王继业捏脚。

捏着捏着，赖德安突然问我："你叫什么名字？"

我不假思索地答道："我叫钟小虎。"

王继业阴阳怪气地问："那你叫红莲什么呀？"

我说："她是我姨。"

赖德安狠狠地："胡说，阿牛才是红莲的外甥，你不是，你是……"赖德安没有把话说明。

我说："我是红莲的外甥，阿牛也是红莲的外甥，我叫阿牛做哥。"

赖德安："你多大，阿牛多大。"

我说："阿牛哥比我大一岁，我今年 12 岁。"

王继业："那你属什么的。"

我说："我属虎呀，所以叫小虎。"

赖德安没有好气地说："我看你像小狗，是条会咬人的狗。"

我说："红石村的狗专门咬坏人，不咬村里人。"

"啪"的一声，赖德安一巴掌打在我的后脑勺上，打得我眼睛直冒金星。

我停住了手，喘了一口气。

赖德安："快给老爷捏脚。你就不像是红石村人。"

我不服气的："我是红石村人。"

赖德安："不对，你是红军崽！"

我狡辩道："你们知道啊，我阿爸阿妈都不在了，所以我从店前村到红石村姨妈红莲家来的。"

赖德安没吭声。

赖德安："看来你这小兔崽子口风还挺硬气的。"

我只有忍着不搭理他们，免得因嘴生事。

红莲姨叮嘱过我，千万别去跟他们顶嘴，王家人什么手段都使得出来，一定要保护好自己。我想，我只能忍着服软，我是带着任务进王家的，我要向钟亮叔叔学习，阿公批评他，他都没有暴露自己的身份。

我只能是不作声地给王继业捏脚，没理睬赖德安这只癞皮狗。

王继业试探地向我打听："你们一起玩的，有几个红军崽？"

我摇了摇头，装傻："红军崽，没听说过。"

一连几天，王继业、赖德安白天要我跟王寻玩，晚上他俩就用红军崽的话题来套我的话，我时不时用装傻来搪塞他们，心里一直盼着红莲姨早一天来接我回去。我担心王继业会从我身上看出什么破绽来，因为村里有些人知道，红莲姨的姐姐、姐夫都是被王继业逼租给逼死的，正因如此，阿牛才托付给了红莲姨。而我的出现，只能说是阿牛的堂弟。

白天我和王寻推铁环满院子跑时，看到有团丁在一个大房子前值守，我带着王寻故意往屋子靠近，但团丁会客气地叫我们别靠近。我试探性地问王寻，可他也不知道里面有什么东西。

后来我才知道，我进王家的第三天，红莲姨就和钟阿公商量着如何赎我回去。起初他们设想，用我母亲留下的三块银元来赎我，但觉得三块银元太少，王继业不会动心。后来，红莲姨又用家里的地契来赎我。

可令红莲姨没有料到，她将地契给王继业时，王继业却耍流氓手段，说我的阿爸阿妈红莲姨的姐姐、姐夫还欠王家的田租没有缴清，等把田租抵清了才可以放我回去。

红莲姨问："那得等到什么时候？"

赖德安厚颜无耻地说："先呆着呗，在王家养着，总比回去连饭都吃不上强。你外甥还不一定愿回去呢！"

赖德安把红莲姨的地契收了，也不还，气得红莲姨咬牙切齿却无可奈何。

我也曾经设想怎样从王继业家逃出去，可是我即使逃出了王家，他们会更怀疑我不是红石村的人，是红军崽，会以各种理由来抓我。我想，如果钟亮叔叔能早点回红石村来让学堂开课就好了，王寻可以去学堂玩，我也就得到解放了。可是，钟亮叔叔去哪了呢？他们大红军和地下党的事，我们小红军是不能打听的。

王家音姐姐也跟王继业说了几次，让我晚上回家，白天来陪王寻玩。

可是王继业却责怪王家音胳膊肘往外拐："你陪好老太太就行了，我们做长辈的要对王寻的安全负责。这孩子天天回家，万一带了什么病毒来，在王家院子里传播，你能接受吗？"

王家音本身就特爱干净，她虽然住在王老太对面的厢房，但王老太的房间却很少进。她跟我们说话的距离，起码隔两个锄头把那么远，但是她跟钟亮叔叔说话却靠得很近。

那天在学堂，我在茅房尿尿，透过茅房可以看到钟亮和王家音姐姐两个人伏在后院的池塘栏杆说话，离得很近很近，看着看着我忘了时间。他们还以为我掉茅房了，派王寻来找我。

我和王寻从茅房回来，他说他从不进茅房，在家里上厕所，都是佣人拿着坐桶跟着他。我跟他说，我们男人上厕所就得像个男人，上厕所还要佣人拿着桶在身边守着，多丢份？自那以后，他就佩服上我了。

王继业一直怀疑我是红军的孩子，但又拿不出证据。他和赖德安曾经想通过水根的嘴得到确切的信息，谁知水根装傻充愣说阿牛是红军的孩子，虎子是红莲的孩子，阿牛是哥哥，虎子是弟弟，气得赖德安要抽他。

赖德安到学堂偷偷看了我两次，有一次被我发现了他在偷看我。原来他是暗地里在将我和阿牛作比较，认为我比阿牛和小广东机灵，更像是红军的后代，而阿牛却缺少机灵，小广东是阴精灵，说阿牛不像是红军的孩子，是红莲的外甥。他将自己的发现在王继业面前吹嘘了一番，弄得王继业劲头十足，要趁机向吉安的国民党政府表功，捞取政治资本。如果从红石村搜出了一个红军崽，不但能为他在吉安谋个一官半职加分，而且还可以得到五百大洋的奖赏。五百大洋，在当时来说，可不是一个小的数目，据说，这笔钱足够红石村的全村老百姓躺着吃一年。

看来王继业这个老贼，在红石村搜不出一个红军崽，是不肯罢休的。

有一天晚上，我给王继业按摩足底时，他突然问道："你是红莲的外甥，去过毛峰尖吗？"

毛峰尖是后山最高的山峰，说去过毛峰尖并不是指去那儿的山顶，而是指去过那座山，到了半山腰的人也都是说去过。一般外村的孩子，肯定是去不了那么远的山上，一去一回得走上一天，还得赶早。天没亮就得出门，才能赶在看到月亮时回村。

我随口应答："去过啊！"

王继业追问道："你去那儿送信？"

赖德安在一旁威逼我："是不是去给毛峰尖的红军伤病员送信？"

我打岔道："毛峰尖有红军伤病员吗？"

赖德安追问我："你知道？"

我也不含糊："刚才听你说的。"

赖德安仍不放过我:"那你去毛峰尖干嘛?"

"我去山上捡尖栗子,当饭吃。总不能在家等着挨饿吧?"我向他们诉苦。

赖德安试探地:"那儿有尖栗子?"

我故作轻松地说:"我们也不知道,我和阿牛哥跟着大柱叔叔和钟义哥满山找去的,到了那儿才知道到了毛峰尖。"

赖德安自以为对后山上的山货很了解:"骗人去吧,捡尖栗子要走那么远?"

我再次向他们重申:"近处的栗子都被老表捡完了,老表家都没粮食了,捡栗子的人才往远山走,那边去的人少。"

赖德安眼睛直瞪瞪地看着我说:"你这么点大就敢去那么远的大山捡栗子?"

我重复地说:"我刚才不是告诉你了,有大柱叔叔和钟义哥带着,有什么好怕的?"

王继业显然对钟义不太了解,问赖德安:"钟义是什么人?"

赖德安卖弄地讲给王继业听:"钟义是钟大贵最小的崽。他阿爸上山狩猎,一去没回之后,他就学武练拳的,要当红石村的守山人。经常一个人独自出没后山,发誓要找到他阿爸钟大贵。"

王继业似乎有点儿好奇:"结果呢?"

赖德安凑近王继业说:"找了有七八年了吧,阿爸没找到,他倒是练就了一身攀爬如猿猴的本事,使鸟铳准如布包石的本事,一般一两个人接近不了他。"

王继业问道:"那怎么没把他弄到民团来当个小管事的?"

赖德安瞄了我一眼,低声地:"钟义已经喜欢了独来独往,是头顺毛驴,没人能调教的了。只能顺着来,谁倒着理他的毛,他跟谁急。听说……"

赖德安见我在一旁，把下半句话咽回去了。

他一边打发着我："去，去你那金丝铺上享福去，我陪老爷聊会天。"

我利落地端起洗脚盆走到屋外，将水泼出去，故意弄出点声音。看看有没有暗哨什么的。一看，什么反应也没有。我心想，你们聊你们的，我还有任务呢，才不稀罕听你们聊的话题。

我慢慢悠悠地将洗脚盆放回原处，猫着腰一步一步地朝白天有团丁看守的大屋子摸去。

果然，当我一拐过屋角，黑暗中有红光时隐时现，一看就知道是两个放哨的团丁在抽烟。一个人抽了一口，又把烟斗递给对方抽，那红光马上又暗了下来。

"这天天值夜，要值到哪一天？"

"昨天我听赖队长跟老爷说了，再有两天，老爷就得把这批货运走。"

"运哪儿去？"

"老爷的事我哪知道，反正是去换袁大头的地方。"

"老爷就是老爷的命，不仅守着这份祖宗的家业，还有这么一个争气的儿子，为他发财保驾护航。要落在我们头上，早搬到吉安城去享福了。还守着这日无闹市，夜似坟场的红石村，活得有什么劲。"

"你知道老爷不想去古安呀，说不定他做完这一单生意，就搬到吉安去享福呢！"

"那我们也可以进城潇洒了？"

"谁去谁不去，还不是他赖德安一句话。"

"那倒是，老爷就信他那张嘴。"

听到这，我故意咳嗽了两声，停住了脚步。

两个团丁立马吼道："什么人？站住！"

我答道："是我虎子。王寻的玩伴。"

一团丁："你，你怎么在这？"

"我刚给老爷洗完脚，回茅棚睡觉。"

两个团丁见我是个孩子，白天也打过照面，也就没在意。

我假装着回茅棚，却悄无声息地绕到屋子后面，瞄了一眼看看有没暗哨。还好没发现有团丁值夜。我想好了，等天见光的时候，团丁肯定也困了，我再过来看看，这大屋子里到底放了什么值钱的东西，犯得着院外院内、白天黑夜都有团丁值守。而且听两个团丁说，里面的东西可以给王继业换回白花花的袁大头。

这也正是我进王家的目的之一。我一定要探个究竟，告诉钟亮叔叔，让他快点通知游击队来收拾王继业这老贼。

我回到茅草棚，伏在草垫子上，两眼直瞪瞪地望着屋外的星空，盼着天快快见光，我好去看看大屋子里堆的东西。

望着满天的星空我就想起了我的父亲母亲，还有跟他们在一起的红军叔叔、阿山叔叔。他们现在转移到了什么地方？睡了吗？是不是跟我在一个星空下面，看着同一个星空？还是有两个不一样的星空呢？此时此刻他们在干什么？是不是也会想我呢？

想着想着我居然睡着了，而且做了一个梦。

我梦见跟红军叔叔一道，在战场上跟"白狗子"打仗。可是我手里没有枪，不能直接与"白狗子"交火，急得我满头大汗，我想我一定得帮他们做点什么。看他们一个个被战地上的烟熏得满脸是汗，光着上身，他们一定很热。我四下寻找，发现战壕边上有一只小木桶，一看，木桶是空的，我拎着小木桶去给红军叔叔找水喝。我拎着小木桶飞快地跑到山沟里，山沟里有一条小沟，里面虽然有水，但是木桶却舀不上来。我想到了红莲姨将米饭藏到我夹袄里的情景，赶紧脱下衣服，浸泡到水里，而后又将衣服里的水用力拧到木桶里，我拎着小半桶水兴奋地朝战地跑去。突然一阵巨响，一股气浪冲来，把我和小木桶掀倒了。

我睁开眼一看，原来是做梦。我摇晃头，明白了自己依旧是睡在茅草棚里，就一骨碌爬了起来。

村里的鸡打鸣了。

我赶紧溜出茅草棚，佯装着撒尿悄悄地向大屋子靠近。

这时，天只有蒙蒙亮。我贴着大屋子的木板墙，好像听见屋里有人打呼噜的声音。我围着屋子转了半圈，看看能不能看见屋里的东西。可是整个屋子被封得严严实实，密不透风。当我来到大屋子正门时，随手轻轻地推了一下，不料门被推开了一条缝，这回可以清楚地听到屋里的呼噜声。我眯缝着眼睛朝里看了看，只见一个个箩筐码得整整齐齐，堆得与我人一般高，我重重地吸了几口气，仿佛闻到了一股盐和黄烟的味道。我蹑手蹑脚地将门合上，看了看周围，一片寂静。一路小跑回到了茅草棚，赶紧倒头装睡。

睡梦中，我被一阵疼痛弄醒。

我睁眼一看，赖德安蹲在我头边，揪着我的耳朵，疼得我直想叫唤，却又不敢叫。

赖德安还不松手，揪着我的耳朵："你小子到王家来享福来了？太阳晒到屁股还睡觉呢，赶紧起来干活去！"

我扒拉下赖德安的手："王寻还没起床，我一个人没事可干呀。"

赖德安："哟哈，你人小心还不小，敢跟小少爷比命，怕你是活腻了吧！快起来，给我劈竹子去！"

我睡眼蒙眬地随着赖德安朝后院得厨房走去。

红石村一带，用废毛竹当柴烧，只有有钱的人家才能烧得起，一般老百姓都是自己上山砍柴回家当燃料。而富有人家则需要长工上山专门找头一年冬天雪压倒的毛竹，捡回来当燃料。烧废毛竹比烧柴烟小，另外废毛竹燃烧完以后，还能堆在一起做炭火用。炭火冬天可以在屋里取暖，没有烟，保持有火的时间长。木炭虽然冬天也可以取暖，但木炭在屋里烧时间长了，人会头晕，而废毛竹燃烧后的余火不但可以继续供人取暖，还可以煨东西。它的火力很平稳，没有人照应，也不会烧坏火上煨的东西。

我以为赖德安让我去劈竹子，自己就离开。谁知他却成了我的监工，端着他的水烟壶，守在我身边。

赖德安："你知道你家钟大柱的小名叫什么来着？"

他不把钟大柱称为"你姨父"，而直接说"你家钟大柱"。可我一边劈着竹子，一边想着怎样把大屋子看到的情况告诉红莲。

赖德安冷不丁的一问，我没听清。

我故意停下手里的活："你说什么？"

赖德安又问："钟大柱的小名你知道吗？"

我又接着挥刀劈竹子，假装没理他。

赖德安："我料你也不知道，你压根就不是红莲的外甥，'虎子'这个名字也是冒名顶替的，是不是？"

我也冷不丁冒了一句："柱子，我姨父的小名叫柱子。"

赖德安看了我一眼："你姨的小名呢？"

我反问道："我都不知道我姨还有小名，你说来听听。"

赖德安又使诈："虎子，我也是红石村的人，你骗不了我。你知道我家的老屋在什么地方？"

我说："你是红石村的人？你是红石村的人，干嘛对红石村人那么仇恨？那你也跟钟亮一样，是个忘恩负义的东西！"

赖德安气急败坏地："你小子敢跟我犟嘴，你肯定不是虎子，不是红石村的人。"

我回嘴道："我不是红石村的人，你说我是哪里人？"

赖德安："你就不像红石村的人，是红军的崽。"

我漫不经心地说："你见过红军，那我去告诉王老爷，说你见过红军。"

赖德安捡起地上的竹片，狠狠地抽了我几下："你小子还有胆量跟我玩花招，八成是红军留下的种。"

我跟他狡辩道："那你是白军留下来的种。"

赖德安又狠狠地抽了我几竹片："你小子嘴硬，看我怎么收拾你！"

说罢，丢下竹片，愤愤地走了。

我见赖德安走远了，放下竹刀，将劈好的竹片码到墙角下。

忽然，我听到墙角下有"嘭嘭嘭"的敲击声，我放下竹片蹲下身好奇地听着。只听到外面有人小声叫道："虎子、虎子！"

我循着声音在码放竹片和柴的墙角下发现有个狗洞，蹲下身一看，

看见了阿牛哥的脸。

我惊奇地问阿牛哥和小广东："你们怎么来了？"

阿牛哥小声地说："姨不放心，叫我来守了好几天，今天终于见到你了。你能不能赶快从从王家逃出来，我们躲到后山山洞里去。他们找不到我们。"

我说："我不能跑。赖德安刚才还在试探我呢，问我是不是红军崽。万一我跑了，他就更怀疑我是红军崽，也会牵连红莲姨。"

小广东问我："那怎么办？"

我说："他们把我当成了阿牛哥，还没被怀疑。我好不容易进来了，要多了解一些事情。你先告诉红莲姨，王家的大屋子里面存放着一箩筐一箩筐的东西，有点像黄烟和盐的味道。"

我跟阿牛哥约定，白天日头当午的时候，我在后院厨房吃饭，有什么事就往后厨房顶抛几个石子，我听到声音就知道是他们来了。

阿牛哥和小广东见了我的面以后，赶紧告诉隐蔽在附近的红莲姨、大柱叔叔。

红莲姨见我一时半会还出不了王家，急得不行，她打发大柱、阿牛先回家，独自一人到书院找到王家音，拼着命也想进王家来看看我。

王家音也不明白，王继业干吗非要把我扣在王家不放。名义上是说陪王寻玩，但实际上每天陪王寻玩，也就一两个时辰，更多的时间是找各种各样的活来折磨我。后来，我才慢慢觉察到，王继业和赖德安是观察我像不像红军崽。另一方面，也是在测试红莲姨对我的关注度。如果红莲很在乎我，说明我就是红莲的外甥，如果红莲不关心我，我有可能就是红军的崽。还有另外一个原因，他们还在考虑用什么样的借口或手段直接认定我是红军的崽。

王家音原本就对红莲姨有好感。红莲姨在红石村做针线活是一绝，她缝制的衣服不但针脚密细、均匀，而且手上活儿快、利落，缝出来的衣服没有巴巴绉绉的痕迹。除此之外，红莲姨还会绣花花草草、十二生肖，绣得栩栩如生，像真的一样。有一年王老太做寿，要赶制一件新衣，做完之后穿在身上总觉着少了点什么。王老太把红莲姨请了去，红莲上下打量了那件衣服，给绣了一个王老太的生肖在衣服上，那衣服就如有了魂一样，王老太穿着十分满意，见了的人都夸那衣服上的生肖得体、有神。

从城里回来的王家音，陪着红莲姨熬了半夜，说是要跟红莲姨学针线活，熬到后半夜，熬困了。等到一觉醒来，图案就缝制好了，就认为红莲姨是故意等她睡着了，才使绝活，就非要跟红莲姨学针线活。

王继业出面阻止了女儿的好奇心。在他看来，针线活应该是下人做的，哪有大户人家的女孩子学针线活的？王家音虽然没有跟红莲姨学成针线活，但却从红莲姨的针线活里看到了红莲姨的为人。所以，当红莲姨找到了王家音，提出想到王家看我时，王家音二话没说："你随我去就是，别着急。"

红莲姨跟着王家音进了王家，由赖德安陪着进了客厅。他跟王继业讨好道："老爷，大小姐带红莲来了，说要看虎子。"

王继业倒也挺给面子的："哦，姨妈来看外甥那是人之常情，乡里乡亲的咱们还是以乡情为重。如果有人借乡情，胆敢欺骗我王继业，那就另当别论了。"

红莲姨赶紧应道："那是。"

王继业："德安，带红莲去看她外甥，看看那孩子是不是在王家养好了，

让她心里踏实。"

赖德安低头哈腰地应答:"是,老爷。"

王继业并不想让红莲姨单独跟我见面,他要赖德安守在我身边,听我们说些什么。

正在劈竹子的我,远远地看见王家音和红莲姨随赖德安朝我走来。

我看见红莲姨离我越来越近,停下了手里的活。

红莲姨快步走来,想上前抚摸我,却被赖德安叫住了:"就这么站着说说话。人也看到了,可以放心了吧?"

王家音打断道:"赖管家,天色不早了,有活明天再做,让红莲带虎子回家歇一晚吧。"

赖德安不肯:"老爷有交代,今天的事必须今天做完。我也只是理事的,一切都得听老爷的调动。这停下手里的活,权当是休息。"

王家音又问:"不是说了,叫虎子到家里来是陪王寻玩吗,怎么又当长工使了?"

红莲姨接过话:"赖管家,我家孩子当不起王家的伴当,也吃不起王家的米,今天我还是把孩子领走吧。"

赖德安还是推脱:"这我做不了主。当初他阿爸阿妈在世时还欠着王家的债没了,人不在账还在,父债子还,这是中国的古训。你要想把孩子领走,先得替他阿爸阿妈把债还清了。"

红莲姨问:"他一个孩子怎么还得清上辈人欠的债?"

赖德安继续说:"哪天还清了,哪天才能出王家的门。"

红莲接着问:"那哪天才能还清呢?"

赖德安再次推脱:"这得问老爷,他们家欠王家多少债?"

我一语双关地说:"姨,我阿爸阿妈欠的债我慢慢地做工还,我会照顾好我自己,你放心。"

我顺势用眼神示意了不远处的大屋子。

红莲姨点了点头，还想说什么。

赖德安在一旁催促道："行了，人也看到了，话也说够了，这下可以放心回了吧？"

红莲姨拿出一个小布包包着的红薯干给我说："虎子，姨还会再来看你的，这些东西你饿的时候填吧填吧。"

"你给阿牛哥吃，我还行。"我没接住，红薯干掉地上了，我捡起来在衣服上擦了擦，放进了嘴里。

赖德安在一旁插嘴："在王家帮工，饿不着他。天底下哪有这么好的东家，管吃管住，还有小孩陪着玩，这哪叫打工还债，分明是享福。"

红莲姨气不打一处来："有这么好的差事，也叫你侄儿来做。"

赖德安被怼得一时说不上话。

红莲姨抱怨道："同一个村的人，白天黑夜被关在院子里见不着人，跟坐班房有什么区别？"

赖德安不干了："什么，什么，你说老爷家是班房！"

王家音听不过去了："赖管家行了，红莲嫂子也是有气这么说的，你别较劲。把一个孩子关在王家不让他回家，这事传出去，还不知道村里人怎么咒我们王家。"

赖德安不服输地说："那有什么办法，这是他们家祖上没烧好香。"

王家音安慰道："红莲嫂子，你先回吧，我有时间会来看虎子。"

红莲姨这才安心了些："家音妹妹，有你这话，我就放心了。"转而又对赖德安："赖总管，我姐就这一根独苗苗，你多积点德。"

赖德安不耐烦地说："我做的都是积德的事，你放心。"

红莲姨无奈地和王家音走了。

王继业却没有半分松懈，他问赖德安，我跟红莲姨见面时他是不是一直在身边，我们说了些什么话。

赖德安："破绽倒是没有，虎子这小子劈竹子那模样和手法有几分像是生在红石村的人样。倒是……"

王继业追问道："倒是什么？"

赖德安："我倒是觉得红莲很着急的样子，恨不得让虎子现在就跟她回去。还怕他在王家饿着，带了一小包红薯干来那小崽子吃，那小东西还挺通人性的，要红莲把红薯干带回去给阿牛哥吃。"

王继业："你没有孩子，不知道爹妈的疼。一个孩子关在别人家的院墙里，看不到摸不着能不急吗？"

赖德安支吾着："可是……"

王继业："你怎么说半句留半句的，有话一气说完，谁会割你的舌头！"

赖德安把我和红莲姨推让那包红薯干，掉了几块在地上，我捡起来在身上擦了擦就嚼了起来，这个生活细节，根据自己的理解，分析给王继业听。

如果是一般人家，孩子把吃的东西弄脏了或掉在地上，少不得要挨打，即使虎子不是红莲的亲生儿子，挨一顿骂也是少不了的。可是，红莲见红薯干掉在地上，不打不骂虎子，甚至还宽慰虎子，这就令人蹊跷了。

王继业认为赖德安分析得有道理："如果虎子是红军的崽，老表们才会把他们当菩萨供着，如果是自己的崽，肯定是会随手打骂的。"

王继业和赖德安商量来商量去，决定再扣留我一段时间，叫我像成人一样，下地去做农活，再观察观察我。另外，还布置赖德安再到书院去转转，看看还有谁像红军的崽。他们判断，红军不可能留下一个红军崽，要留可能会留几个，而我只是其中一个。

可是，他们忘记了，钟亮离开了书院，书院暂时由王家音在打理。但是王家音也是为了寻找一个清静的去处，一个人常去书院看书。

王继业想等他从外面回来后，再收拾红军的崽。

没过两天，赖德安让我跟着王家的佣人去地里种菜。

赖德安自以为设计得很合理，让我去地里干活，就可以看出我是不是红军的崽。但是令他没有想到的是，我在王家的地里挖了不一会的地，阿牛哥、细妹、涛涛、小广东，我们的小伙伴每个人都拿了自己干活的工具，上地里帮我干活来了。他们把我当成了稀罕物，一边围观，一边假模假样地挖地，弄得赖德安傻了。

王家音却借着话题说开了："赖管家，在我们王家是我阿爸做你的主，还是你做王家的主？"

赖德安被王家音问蒙了。

王家音："我阿爸也太糊涂了吧，虎子个头还没有锄头把长，你们却偏偏没事找事，要他下地干活，弄得这帮孩子都来声援虎子，你们这么做有意思吗？"

赖德安只好把责任推给他的主子："大小姐，我这全是按照老爷的旨意照办。"

话说了一半，赖德安逮着一旁发愣的我要威风："你看什么看什么，除你的草，我跟大小姐说话，与你何干？"

我装模做样地除着草，王寻和那帮孩子也围着我在一起又玩，又起哄。

闹得带我下地的佣人叫道："小祖宗们，你们到别处玩去吧，把我的菜地都踩平了。"

在一旁守着我的团丁也哭笑不得。

一个团丁笑道："赖头，这谁出的傻主意。要是这帮小崽子磕着碰

着了什么的，红石村的老表来找我们的茬，还真是没处说理去。"

赖德安瞪了他一眼："就你有能耐，不说话，会把你当哑巴卖了不成。听老爷的，还是听你的？"

团丁看着王家音："肯定是听老爷的。"

赖德安一时也没了主意，只好在一旁盯着我和阿牛哥除草。小伙伴们和王寻在地里开心地玩耍。我趁着人们闹哄哄的机会把我在王家看到的情况告诉了阿牛哥，让他回去报告钟义。

佣人在一边指点我们干活。

秀秀向王家音请教："王老师，这是什么草？"

秀秀一问，还真把王家音给问住了。她虽然在饭桌上吃到许多美味佳肴，可是这些美味长在地里是啥样子，她还真不知道。

红莲姨在一旁接着话："这是红薯藤，也可以当菜吃。我们吃的红薯是长在泥土里的，上面的叶子长得像枫树叶。"

涛涛指着玉米秸秆问道："王老师，这是玉米吗？"

王家音看着孩子们渴望的眼睛，说道："是的。"

说罢，她顺手掰下几个玉米，在场的孩子人手一个。

团丁见了，想急忙阻止："这这……"

赖德安："地是老爷的，有大小姐在，我们就别瞎操心。"

有的孩子接到玉米，顺手把玉米衣剥了，直接吃上了。

王家音鼓动孩子们："吃吧，你们想吃就吃。"

红莲感激地说："谢谢大小姐。"

红莲姨告诫孩子们："生玉米打打牙祭可以，但不能吃得太多，吃多了闹肚子，玉米要煮熟了才能吃。"

见红莲姨跟孩子们说话，我停下手里的活，趁机凑了过去。

红莲姨见赖德安没盯着我们，低声向我问道："那大屋子里堆的是什么东西？"

我悄悄地说："不知道。但闻着像盐和烟的味道。王寻告诉我，过两天就要送到很远很远的地方去卖。"

红莲姨叮嘱我："你要好好保护自己。"

我说："红莲姨，你放心，有王老师在呢。"

一句话提醒了红莲姨，她拜托王家音："大小姐，拜托你多关照我外甥。"

王家音："红莲嫂子，我心里有数。"

赖德安可能也感觉到孩子们围在地里闹哄哄的，根本干不成活，请示性地问王家音："大小姐，我们回吧？"

王家音："王寻，我们回家了。"

王家音看了一眼红莲，走近赖德安："赖管家，虎子好长时间没回家了，今天就让他跟他姨回一趟家，歇一个晚上。"

赖德安模棱两可道："这怎么行，老爷没发话。"

王家音说："我阿爸不是不通情达理的人，如果阿爸怪罪下来，就说是我的主意，回去我向阿爸负荆请罪。"

赖德安还支吾着："有大小姐作主……"

没等赖德安把话说完，王家音抢过话："就这么定了，多大点事，磨磨唧唧的，哪像个管事的。"

红莲感激道："大小姐，谢谢你了！"

王家音又说："要谢还得谢赖队长，要记住赖队长这份情。"

红莲赶紧说："谢谢赖队长的关照。"

我见王家音给我使眼色，赶紧说道："谢谢赖队长。"

赖德安挂着个脸："明天晌午之前必须回王家来，不然我没法向老爷交待。"

王寻在一边闹着，要跟我一道去阿牛哥家住。

王家音没同意，王寻还想要赖，赖德安指使团丁把王寻带走了。

可能赖德安自己都没有料到，自己策划得好端端的一台戏，却砸在了自己手里。用红石村老表的话来说：新屋上木梁，砸了自己的足。

我一回到红莲姨家，大柱叔叔见了我兴奋地抱着我转了两个圈。放下我以后，他又围着我打量了一番，连声说："回来就好，回来就好，终于逃脱王家这个狼窝，虎子别回王家了。"

红莲姨也说："起先我不敢死磕去救你，是怕暴露你的身份。现在你回来了，我再也不能让你回去！万一有个好歹，我怎么向你阿爸阿妈交待呀？"

草儿姐也在一旁帮腔："对，你不能回王家，到山上躲几天，我去吉安找我哥，叫他去给王家求情，你不能再进王家那个牢门。"

我却不同意他们的说法："红莲姨，我不回去不成。我躲王继业、赖德安，他们更会怀疑我的身份，还可能要逼着你交人，甚至会抓家里的任何一个孩子去抵押。我这次能回来看看，全是家音姐开了口，赖德安是看在家音姐的面子才无可奈何的。我如果不回去，连家音姐都得罪了。她以后也不敢帮我们说话，为我们打抱不平了。"

他们几个听了我的话，有的赞同，有的也为难。

阿牛哥说："如果要去，就让我去顶替虎子。反正有人陪着王寻玩就得了。"

红莲姨直接否定："那更会暴露虎子的身份，说我们用阿牛去换虎子，是早就计谋好了的。虎子说得有理，如果他不回去，家音妹子今后都不会相信我们。"

我说："如果钟亮叔叔去说情，求王家放我，那钟亮叔叔也会被暴露。钟亮叔离开书院时告诉我，要做好在险恶环境下保护好自己、保护好老表们的准备。看来我是要作好各种准备，不能让王继业那个老贼来逼我们大家。"

忽然，院外有人敲门。

大家静下来听了听。

草儿："肯定是我阿爸来了，他敲门才这么斯文。"

草儿说着话赶紧跑出去开门，只听她在院子里叫了声："是我阿爸来了。"

我们一起走到屋外，接钟阿公。

钟阿公见了我，抚摸着我的头："回来了就好，回来了就好，王继业那狗贼心狠手毒，这回没动你？"

当着钟阿公的面，我没说在王家受虐待的那些事，只说了在王家的所见所闻。

众人七嘴八舌的要听钟阿公的主意，我到底要不要回王家。

在那个特殊的年代，我和阿牛哥这些不谙世事的孩子们，无形中也加入了只有成年人才有资格去应付的复杂而又恶劣的社会环境。

钟阿公听了大人和孩子们的想法后，让红莲打发孩子们先睡，让我留下来陪他安静地想一想，怎么来下这一盘棋。

等阿牛哥他们都进屋睡了，钟阿公才冷静地问我怕不怕。

我告诉钟阿公，开始进王家还真有点害怕，在王家待了这些日子，知道了王继业要扣住我的目的，我反而不怕了。这说明他想从我身上找到突破口，在红石村，还有附近的村子找红军留下的孩子。只要我这一

关吸引了他们的注意力，我就没什么可怕的。由于我跟阿牛哥像亲兄一样生活了两年，对红莲姨家的情况了如指掌，他们找不出我是红军孩子的把柄。再说了，王家音姐姐在暗暗地保护着我，有时我在王家大院里除了陪王寻玩，还显得蛮自由的，更方便了解他王家的内幕。

钟阿公听了我的想法，觉得我成熟多了，是个大孩子了。他鼓励我："按照赖德安设定的时间回到王家去，里面有什么情况，阿牛哥每天会在既定的时间，用丢石子的方法跟你联络。"

同时，钟阿公还特意叮嘱我："在王家不要示强，不要去顶撞王继业和赖德安，尽量先要保护好自己，不要跟他们动气。"

我把钟阿公的叮嘱牢记在心里，美美地在红莲姨家睡了一觉。

第二天晌午，红莲姨没有去送我回王家，而是让大柱叔叔送我去王家的。也没有让阿牛哥他们跟着，免得赖德安那个狗鼻子又生出事来。

我来到王家大院外，团丁不让我自己敲门，把我拦下来，又搜了搜我的身，确认我没有带任何危险的东西，才领着我去敲门。

佣人开门一看是我，很是意外。他以为是团丁把我叫回来的，我告诉他是我自己回来的，门外遇上团丁，还被检查了一番，才让进门的。

也许团丁是为了讨好王继业，一直将我护送到王家的正厅门口，正好遇上赖德安。

赖德安见了我，皮笑肉不笑地说："你小子够意思，还知道准时回来，看来你还真有点胆量，敢再次踏进王家的门。"

我说："是你赖德安要我这个时辰回来的，否则我就不回来了。"

赖德安："呦呵，在你姨家过了一昼夜长本事了，夸你两句还上杆子了。"

我像往常一样往屋里走，赖德安把我叫住。

赖德安："你小子倒是挺熟门熟路的，也有资格进大堂，先去后厨帮厨去，等小少爷起床了，喊你再过来。"

说着话，叫佣人带我去了后院厨房。

我刚转身要走，里屋的门开了，王继业站在门口，怔怔地盯着我。

王继业道："你小子回来得还挺准时。"

我看了一眼赖德安："是他叫我这个时辰回来的。"

赖德安："这小子鬼精鬼精的，在老爷家有吃有喝，这年头上哪家有这福份。"

王继业故意挑逗我："你嚷着要回去，回去了就没想不来呀？"

我说："老爷跟红莲姨说，我阿爸阿妈欠你的债还没偿清，我不能离开王家。"

王继业装腔作势地："我说过这话吗？"

我说："当时我、红莲姨、赖队长都在场。"

王继业："我看你就不像是红石村的人，要不，敢这么跟我说话吗？"

我说："这可是老爷你说的话呢！"

王继业："得，得，得，赖子，带他下去，按你的安排，该干嘛干嘛，别让他在王家享福就是了。端了我王家的碗，就得遵守王家的规矩，我王家从来不养吃白饭的闲人。"

赖德安毕恭毕敬道："是，老爷。"

赖德安推了我一把："还不快谢老爷。"

我只好生硬的说了句："谢谢王老爷。"

赖德安拉着我朝后院走去。

　　我跟在赖德安的身后，边走边四处打量着王家的院子，并尽力记住走过的地方的特征。

　　我们到了厨房，厨子说我帮不上忙，只会添乱，弄不好还会坏事。

　　想想也是，王家一家大小，院里院外的人，从嘴巴进去的东西都是从这出去的，万一被使点什么药引子，那王家还不炸锅了，他厨子也担待不起呀。所以他们不要我帮忙才是对的，否则遇上什么事了，分不清责任。

　　赖德安听了厨子的话，觉得有道理，便把我领到清扫院房的大爷手上，院子一天要清扫两遍，王寻起来了需要人陪着玩，就得随时去陪。

　　赖德安走了，大爷这才给我介绍王家大院的情况，后院只要两个时辰就能清扫完，并且告诉我后院哪些地方有人经过，哪些地方常年没人去，你到了那就知道。我循着大爷指的路，拿起扫帚和铲子，顺着后院扫去。

　　王家的后院吧，说好听是后院，但实际上他王家圈的地方太大，人又不多，除了王继业住的那一块较为集中以外，后院比较有人气的地方，一个是后厨，一个是民团住的小院子。后院有一堵墙将后厨、民团的住房分开，实际上是两个活动区。民团的驻地看上去是在后院，但中间有堵墙，墙上开了扇小门。据说，这门是专给赖德安留的，只有他一个人享受这个通道，其他团丁只能从王家的院墙外面由西向东进入王家。而后厨也是厨子往王家正房去的多，王家的人一般不进厨房，有什么事也都是赖德安或王继业的贴身佣人直接到厨房去吩咐。家音小姐有时会去后厨看看新鲜。为了方便后厨的实物能顺利进入正房，后厨到正房的路上还修了个风雨走廊。除此之外，后院还有几间风格不同的大屋子，大都是木制的，只有一幢是砖结构的，看上去里面应该有人住，好像是放着什么东西。

我见四下无人，壮着胆子一边四处巡视，朝那砖房靠近，一边漫不经心地扫地。突然，我发现地上有一块小木屑，我捡起来闻了闻，有一股怪怪的香烟味。我蹲下来将小木屑片装进口袋。而后又继续慢慢悠悠地一路扫去，忽然，我看到前面那栋砖房也有团丁在把守。

我赶紧躲到一旁察看，除了四个拐角处有人站岗，而且围着房子也有团丁在巡视。

过了一会儿，屋子的大门响了，王继业从屋里出来，锁上门，把钥匙放自己口袋里，边跟赖德安说：“你们再辛苦两天，东西运走你们可以好好休息几天。”

赖德安：“老爷你放心，一只蚊子也别想飞进去。”

王继业：“到时候我会慰劳慰劳你们。”

赖德安：“谢谢王老爷。”

看着王继业和赖德安渐渐远去，我才想起了自己的职责，心不在焉地打扫院落。

忽然，我手中的扫帚被什么东西卡住了，我抬头一看，是家音老师。

王家音老师关切地问我：“虎子，在想什么心事？”

我望着家音老师，傻傻地说道：“没想什么，只是越扫越没劲。”

王家音提醒道：“我让你回家，就是不想让你再进这个家门。可你

那么老实，自己又回来了。我阿爸和那个'癞皮狗'肯定没安什么好心。"

我说："家音老师，我知道你是为我好，如果我不回来，老爷和赖德安肯定会怪你，也不会放过我。"

家音老师不解地问："那你……"

我说："我如果出了这个院门，不再回来，说不定他们会找红莲姨要人的，到时候遭罪的还是我姨。"

王家音突然地问："虎子，你给我一个准话，你到底是不是红莲的外甥？"

我仰着头看着王家音，说："家音老师，你看我不是红莲的外甥吗？"

家音老师说："也许是我多心了，我也观察了你许久，你不像是红石村的孩子，说哪儿不像我也说不清，但你跟红石村的孩子放在一起，我感觉就是不一样。"

我笑了："也许家音老师是对的，我阿爸阿妈去世以后，红莲姨才将我从前店村接过来抚养，因为我父母不在身边，当然跟红石村的孩子有那么一点不同，但我确实是农家人出身。"

家音老师和我说："虎子，我对你并没有恶意，你是我的学生，我对每个学生都有保护的责任和义务，这是钟亮离开时交给我的任务。我也答应了他，一定尽全力照顾好书院的每一个孩子。"

家音老师停歇了一下："当然也包括你。不管你是什么身份，但毕竟是一个未成年的孩子，是一个书院的孩子。"

"谢谢家音老师。"我深深地向家音老师鞠了一躬。

王家音看着我，像是特别叮嘱："在这个院子里，无论发生了什么事，你尽可以告诉我，我会尽我的一切来保护你。虽然我不能说服我阿爸放你离开这个院子，但是保护你的能力还是有的。"

我说："家音老师，我知道了。"

那天，我回到王家以后，红莲姨和大柱叔看见赖德安进村找钟水根。红莲姨招呼阿牛暗暗地盯着他俩，亲眼看见钟水根进了王家大院。

红莲姨知道水根被叫进了王家，知道王家要使招了。

钟水根和红莲是发小，红莲有几个孩子，谁是她外甥，钟水根一清二楚。别看他平时傻傻的，前话不搭后话，他的话往往令人难辨真假，但有些事，他心里还是清楚的。但谁知道钟水根进了王家的门会放什么话呢。为防不测，红莲姨和大柱叔赶紧去找钟阿公出主意，一定要把我正正当当地救出来，免得在王家夜长梦多。

钟水根进了王家，被赖德安带到王继业跟前。

他们三个人在客厅观望着在庭院扫地的我。

王继业问水根：“你看这个扫地的孩子是谁呢？”

钟水根胆怯道：“老爷，我眼神不好，看不清。”

王继业叫钟水根靠近了看我。

赖德安拽着钟水根靠近我。

我有意停下扫帚看着他俩，叫了声：“水根叔，是我姨叫你来看我的吧？”

钟水根支支吾吾地没说话。

赖德安却接嘴：“算你小子有能耐，没让你说话嘴还挺乖巧的。”

赖德安说罢，拽着钟水根进了堂屋。

赖德安当着王继业的面问钟水根看清楚了没有。

王继业威胁到：“你想清楚了再开口，如果你说了假话，我王继业会有什么法子处罚你，你应该清楚。”

赖德安在一旁诱导：“水根啊，平日里王老爷待你不薄，有好吃好

喝的都嘱咐我留一口给你，你要是不说实话，我也保不了你。"

钟水根说："这孩子我认识。"

王继业问道："哦，那你说这是谁家的崽，叫什么名字？"

钟水根很干脆地回答："他是红莲的外甥，小名叫虎子。"

王继业口气有点儿强硬地说："错，他是红军的崽，大名叫虎子。"

钟水根又说："他真是红莲的外甥，红莲的姐过世了，红莲姐就把这孩子领回红石村来养了。村里人都知道。"

赖德安插道："那怎么有人说这孩子是红军的崽呢？"

钟水根装傻充愣地："赖管家，这话可是你说的，这孩子的阿爸阿妈怎么死的，你们……"

钟水根的话显然揭了王继业的伤疤，气得王继业吼道："滚滚滚！"

钟水根吓得站在一旁不敢动弹。

赖德安讨好地："老爷，难道……"

王继业有点不耐烦了："还不叫水根出去！"

赖德安打发水根从后院离开。

王继业来气了："逮住这么一个老表的小崽子，白白浪费了我那么多的粮食，你还有什么可说的？"

赖德安拿不定主意："老爷，那这孩子……"

王继业把水烟筒放在桌上："去去去，回去再说。"

说罢，王继业气得端着茶壶走了。

钟水根出了王家后门，回头看了一眼，没人跟着自己，他转过身撒腿就往村里跑。钟水根刚一进村，就被等候多时的红莲和大柱吆喝住了。

钟水根一见红莲和大柱，急得语无伦次："你，你，你们这是……"

红莲宽慰钟水根别紧张，他们并不恨他，他们小时候是吃一口锅里的饭长大的。用老表的话说：是一个窝里孵出来的鸟。

钟大柱却直言不讳地问："你刚从王继业家里出来？"

钟水根胆怯地问："你们，你们怎么知道？"

红莲："我们一直在等你呢。"

钟水根一听红莲一直在这里等他，立即添了几分紧张："我，我没做对不起你们的事，我对天发誓。"

红莲平静地，好言好语地说道："我们又没怪罪你什么，只是问问你去王家干了什么。"

钟水根耷拉着头："他们，他们问我虎子是谁家的孩，孩子，叫什么名字。"

红莲追问道："你怎么对他们说的？"

钟大柱紧张地问："谁问你的？"

钟水根终究还有几分清醒地说："是王继业和赖德安那狗日的东西。"

红莲责怪大柱打岔，她急于想知道钟水根是怎样辨别孩子身份的。

钟水根闷声闷气地说："我还能说什么，虎子是红莲的外甥，这是全村人都知道的。"

红莲着急地问道："你没说别的？"

钟水根清醒地回答说："他们只问我虎子是谁家的孩子，叫什么名字，我就告诉他们什么。除了这，我还能说什么。"

红莲听水根这么一说，心里的石头才落定了。

红莲宽慰钟水根道："水根，我跟大柱先谢谢你了，改天请你喝酒，我俩还有事。"

说着话，红莲拉大柱急急忙忙朝村外走去。

钟水根看着红莲远去的背影，长长地叹了口气。

红莲和大柱赶到书院，守门的团丁告诉红莲，书院没有人。

红莲问团丁："家音小姐在吗？"

团丁告诉红莲："大小姐回家了。"

红莲和大柱又往王家赶。

钟大柱劝说红莲别去找王家音。

红莲叫大柱先回去，大有不接我回去，必定在王家扎下来的气势。

可是，当红莲姨来到王家正门时，巡逻的团丁却不允许红莲姨靠近王家的大门。她提出要见王家音，跟团丁磨了好一会的嘴皮子，团丁也不愿意帮她通报王家。

红莲只好在院墙外大叫王家音的名字，闹得团丁左右为难时，王家音开门出来了。

团丁看王家音出了门，这才慌忙向王家音报告。

正当这时，赖德安也出现在门口。

王家音见赖德安在身后，只好拉着红莲姨在一边说话。

红莲姨几乎用恳求的口气，要家音小姐帮忙。

王家音劝红莲姨："你有话慢慢说。"

红莲将自己的担心，又对王家音说了一遍，甚至到了乞求的地步。

王家音似乎有了怜悯之心："红莲姐，你先冷静一下。我问你一个问题。"

红莲："你说。"

王家音开门见山问到："红莲嫂子，你能不能给我说实话，虎子到底是你什么人？他真的跟红石村的孩子不一样。"

红莲沉着地说："他是我外甥。虎子和阿牛都是我姐的孩子。我姐和姐夫……"

红莲没有将姐姐和姐夫是被王继业害死的话说出口，她相信，王家音知道这个经过，不愿去戳王家的软肋。

王家音似乎相信了我的来历，对红莲姨说："我知道了，我现在就去见我阿爸。"

红莲："大小姐，拜托你了！我在这等消息。"

当时我正在给正堂的器皿擦灰。

王继业却要我放下手里的活，用小木锤子给他捶腿。

我只好放下手里的活，用小木锤给他捶腿。

我一边锤，一边心想，如果这是一把大铁锤，我一下把他的腿锤闪了，让他没法走路，看他还能不能对老表们那么凶狠。

而王继业却在我耳边唠叨："赖德安这小子，把你弄回来，还以为请了个不要钱的帮工，现在还得用粮食养着你这个米虫。"

我说："那老爷放我回红莲姨家吧。"

王继业："想得美，你走了，你阿爸阿妈欠的债谁来还？"

我说："我长大了，有力气了就能还你。"

这时王寻跑了过来。

王继业要赶走王寻，王寻却偏偏要接过我手上的小木锤给王继业捶腿。

我拗不过他，只好将小木锤给王寻。

王继业刚夸完王寻给他敲腿敲得好。又指着茶几边上的另一把大点的小木锤："用这个给我敲敲肩和背。"

王寻给王继业敲了几下就在一边玩。

我拿起那木锤给王继业敲着背。敲着敲着，我看着王继业光秃的后脑勺突然就想用尽全身吃奶的力气对准他脑门子用力敲下去。

正当我出现某种意念的幻觉时，突然听到一声清脆而又温柔的呼唤声："虎子，你姨来看你了。"

我举着木锤的手凝住了，抬眼一看，家音老师不知什么时候站在我对面，微笑地看着我。

我轻轻地叫了声："家音老师。"

王家音缓缓地走过来，对王继业说："爸，我来给你敲敲。"

王家音走到我身边，接过我的小木锤，一边给王继业敲着背，一边给我指导："敲背的力气不可太大，但要均匀，而且左肩敲几次，右肩也要敲几次，要慢慢地敲，不要着急，否则你的手臂容易疲倦。"

正说着话，赖德安恰好从外面风风火火地进了屋，他想说什么，一看我在，王家音又在给王继业敲背，赶紧走过来，讨好地说："大小姐，这活哪能让你来做，本是我为老爷服务的。"

王家音见状，叫我带王寻到屋外玩去。

赖德安似乎不放心，阻止的眼神看着王家音。

王家音充满期待地看着我："虎子，你陪着王寻去玩，千万别出院子。"

我赶紧答道："家音老师放心。"

原来家音老师是有意支开我，她有话要跟王继业和赖德安说。

王家音当着王继业和赖德安的面说："阿爸，我不出门不知道，我们王家跟红石村的老表，有几代人的渊源关系。"

王继业问道："又有谁找你攀亲来了，打的什么主意？"

王家音诚恳地说："阿爸，赖队长也不是外人。我们王家，在红石村一带是排得上号的大户人家，大户人家肯定是要多种花，少栽刺，花多了善果就多，刺多了，就会留下恶的名声。"

王继业默默地听着，假装在享受敲背的舒适。

赖德安一边有一搭、没一搭地给王继业敲腿，一边等着王家音的后话，他不知道王家音的后话是要达到什么目的。

王家音敲打着赖德安："赖管家，你是我阿爸的心腹，王家外场的事都是你出面，你也应该为王家在红石村立足多做些善事，少树敌，少得罪老表，他们是土，王家是泥，没有土哪来的泥？"

赖德安嬉笑地说："大小姐高看我了，虽说我是管家，但说到底我还是个下人。王家的事，做主的还是老爷，我们哪有多嘴的份。"

王家音有意抬举赖德安："都是你们捧着他、惯着他，弄得他都不知道自己姓什么。"

赖德安提醒王家音："大小姐，这两天你就别惹老爷不高兴，老爷明天要……出门。"

王家音使着性子："出门好啊，把触霉头的事剪掉了，干干净净出门，才能事事顺心。"

王继业止住赖德安的小木锤："这话我爱听，你们帮我想想，眼前有什么触霉头的事。"

王家音小心翼翼地问："阿爸，我的话你可听得进？"

王继业也耍小滑头："那要看是什么话，什么事？"

王家音挨近王继业："阿爸，我也是为了我们王家后代大富大贵永存，为您老发财顺心才说的。"

王继业倒像是有几分诚意："你想说什么直接说，用不着给我绕口。"

王家音鼓足了勇气："那我真说了。"

王继业显得有点不耐烦："你再不说，我也没工夫听了。"

王家音一本正经："虎子的阿爸阿妈都不在了，是他姨红莲把他接过来抚养，他才比王寻大多少，可跟王寻的生活比，那可是一个天上一个地下。"

赖德安在一旁凑趣："他们的命，怎可跟小少爷的命比？"

王继业依然保持那股狠劲："他们这些贱人，生来就该活这个命。"

王家音放缓了语气："所以说，还是让虎子回到他命中注定的地方去，在王家呆了这么长时间，也不是他命里有的。"

王继业一听，皱起了眉头。

王继业明知故问："那你的意思是？"

王家音实话实说："红莲找了我好几回了，要接虎子回去，他在我们王家呆着，终究不是长久之事。"

王继业模棱两可地说："我怀疑虎子是红军留下来的崽子。"

王家音肯定地说："我当面问过红莲和虎子。"

赖德安也想从王家音嘴里听到什么，追问道："他俩怎么说？"

王家音故意轻描淡写地说："红莲说虎子是她外甥，红莲是虎子的姨。"

赖德安带讥讽的口吻说："傻子才会说自己说了假话，连水根这样头脑时好时坏的傻子，我都怀疑，他说的都是假话。"

王家音摆出了自己的主张："她如果说的是假话，我们可以派人盯着她呀，实在不行，隔三差五地去红莲家，查虎子还在不在。"

王继业似乎松了口："万一虎子是红军的崽，他跑了呢，红莲敢担保吗？"

赖德安说话的语气显得不那么自信了："谁又能保证红莲不会跟虎子一起跑呢？"

王家音镇定地说："如果我来给他们担保呢？"

王家音话一出口，自己也觉得有点突兀。虽然她也对虎子的身份抱有疑虑，她也略知一二"通红"可能带来的后果，但她说这话是下意识的，并没有考虑放了虎子的后果，她凭的是对红莲的一份信任，凭的是对钟亮那种说不清道不明的精神所感染。

而赖德安在一旁听了，却惊了一跳："什么，你作担保人？万一虎子跑了，你阿爸怎么向你要人？"

王家音说话的语气显得很随性，仿佛她并没有将红军崽一事看得很严重："那我就找红莲要人呗，我相信红莲不会骗我，她没有骗我的理由。"

王继业沉默了半晌，看着王家音："按你的意思……"

王家音说话的口气依然显得很平静："放虎子回去。"

赖德安显得对王继业很忠心的样子反问王家音："那他阿爸阿妈欠王家的账谁来还？"

王家音又语出惊人："我替虎子还。"

王继业讥讽地说："你还，你在这说天书呢。你的钱还不是我王家的钱。"

王家音见王继业似乎松了口，接着说："那就记着，等虎子有能力的时候再还。"

赖德安不屑地说："你指望他能还王家的账？"

王家音自信地回答道："只要把话跟虎子说清楚了，我相信他和红莲会明白的。"

王继业仿佛信了王家音的话，说道："德安，你去把那个小崽子叫来，当面把话说清楚喽。"

王家音这才露出了底牌，问王继业："阿爸，虎子的姨，红莲在外面，要不要让她进来？"

赖德安不敢吱声，看着王继业。

王继业摆出一副不可一世的架式："我王家的事，不要外人插手。有家音你在，这个宝押在自家人身上，比押在外姓人身上更踏实。"

赖德安出门，把王寻和我带进了屋。

王家音叫王寻到王老太的屋里待一会："大人有话要说。"

王寻倒也挺听家音的话，进了王老太的屋，而且把房门关上了。

王继业问道："你是叫虎子吗？"

我不知道他们三个大人要干嘛，怯生生地点头："我是虎子。"

王继业又问："红石村的红莲是你什么人？"

我很诚恳地回答说："红莲是我姨。"

赖德安威逼着我："你在说假话，你是红军的崽。"

我不明白他们下面还会问什么，带着询问地眼神看着王家音。

王家音也用严厉的目光注视着我。

我肯定地回答："我阿爸阿妈不在了，是红莲姨养我，我在姨家过日子。"

这时，王家音说话了："虎子，我阿爸已经同意放你回家，你必须保证你不是红军的崽，而且不准离开红石村。赖德安随时会去你姨家找你。"

赖德安接着说："如果你逃走了，不但你姨的一家人脱不了干系，连大小姐也得受老爷的处罚。是大小姐为你担保，你才能离开王家的，记住了吧。"

奇怪得很，当他们同意放我回家，我却似乎有点不情愿离开王家，因为我的任务还没有完成。正当我心猿意马时，王继业问："赖管家的话你记住了吗？"

"我记住了。"其实赖德安的话我只理解了大概的意思，并没有完整的记在心里。

王家音："虎子，快谢谢王老爷。"

我赶紧连声说："谢谢王老爷。"

赖德安狠狠地说："你在王家住了这么些日子，出去以后，不许对外人说。"

我应道："知道了。"

只见王家音跟王继业点了点头，王家音示意我随她朝大门走去。

我跟在王家音身后朝院门走去，边走，王家音边说："虎子，你姨在外面等你呢。"

我激动地问："家音老师，真的？"

王家音又盯着我："我已经向我阿爸保证了你不是红军的孩子，你是红莲的外甥。回去了不能随便乱跑，赖德安随时会去红莲家找你。"

我记住了王家音的话："我回了红莲姨家，不会随便乱跑。"

院门打开了，我像出笼的小鸟从门里蹦了出来。

红莲姨真的在门口等我。

红莲姨小跑过来，一把把我搂在怀里，泪水滴在了我的脖子上。

王家音看见我跟红莲这么亲热，眼睛也湿润了。

红莲姨对我说："虎子，快，给家音大小姐跪下，是她救你出来的。"

王家音赶紧上前扶我："使不得，使不得，你们能团聚我就满足了。"

红莲姨："大小姐，今日的恩情，我记在心里。有朝一日我一定会报答你。"

王家音说："都是一个村的人，别说那么多客套话。要说的，老爷已经跟虎子交代了。你们俩快回吧。"

我跟着红莲姨快步离开了王家这块是非之地。

我边走边回头看，远远的家音老师还在晚霞中向我挥手。晚霞映衬下的家音老师是那么好看，那么迷人。我突然想，她跟钟亮叔叔可真是天造地设的一对。

我离开王家的那天晚上，赖德安约钟水根两个人躲在厨房喝了一顿酒，赖德安对着半疯半傻的水根大倒苦水。

赖德安没有想到，他为王家卖命，就像王家的一条狗，他王家的难事全是他赖德安顶雷，却没有得到王家相应的报答。王继业第一次去上海，带着赖德安，虽然没有捞到报酬，却混了个好吃好喝，开了个眼界，他王继业挣了多少钱，赖德安分文未得。过两天王继业又要去上海送货，他要赖德安在红石村查清虎子的来路，查不清就别在王家呆了。

钟水根却说了句明白人才能说出来的话，他赖德安在红石村遭人恨的程度比王继业更甚。

赖德安喝了几两"马尿"，当着钟水根的面发誓：他王继业对我不仁不义，要过河拆桥，我就要让王家没有好日子过！

赖德安怪罪大小姐王家音，随随便便就把我放了，却要他查出我身份的真伪。这哪是人做的事啊！

钟水根这时才明白，每个人活在世上，各自有各自的难处。

王继业同意放我回家，显然大小姐王家音的担保起了关键作用。其中更深层的原因，可能连赖德安事先都不知道。我离开的第二天，王继业家来了一位贵客。倘若我在王家，他们的一举一动会暴露在我的视线范围之内，能及时打发我走，又是王家音作保，他王继业也算是做了个顺水人情，里外他都占理。事后，他又令赖德安暗中调查我的身份。

亲临王家的贵客，是小桃红的干爹，吉安商会的会长，我在王家时，王寻曾经告诉我，家里这两天有客人来，至于什么人他也说不清。

原来会长是亲自来王家催货的。前不久，王继业去上海送货，在途中遭遇了游击队的拦截损失了一些货，他在家等这批货到齐了就送出去。可是会长坐不住了，上海方面要货的人又是电报，又是电话催他尽快把货送到上海，王继业按兵不动，会长还以为王继业故意囤货，准备抬价呢。

会长认为王继业所言货物遭游击队袭击一说有水分。王继业出货的时间是绝对保密的，消息是怎么透露出去的，游击队又是怎么知道的，这里面肯定有内鬼。

会长和王继业分析，疑点集中在赖德安身上。

会长建议王继业狠下心，把身上的肉刺拔掉，王继业却认为证据不足，没法除掉这个人。所以，这次出货的时间他谁也没说，准备来个突然袭击，明天就出货，趁着会长在，当面让会长看看自己做事的程序，至于如何收拾赖德安那是后话。

那天，我虽然回到了红莲姨家，可我心里总觉得有什么事没做完，压在心上不甘心，没有真正了解大屋子的秘密，如果王寻说得是真的有贵客来，那贵客说不定与大屋子里面的东西有关系，我离开了王家，王继业放心，他的戒心肯定会放松，我一定得回去看看。我的不安和躁动引起了阿牛哥的注意。

阿牛哥问我："虎子，你有什么事，怎么心神不定？"

我骗阿牛哥："我妈留给我的一个宝贝落在王家了，我想回去找找。"

阿牛哥紧张地说："你不要命啦，王家是你想进就进，想出就出的地方吗？"

我告诉阿牛哥，我睡的那个窝棚后面就是赖德安住的地方，只要赖德安不在意，一般不会有人注意那个地方。

阿牛哥提出要随我一起去，两个人可以相互照应，万一出事，还有人回来报信。

我劝阿牛哥回屋去睡，别告诉红莲姨。王家我熟门熟路，找到东西后我立马就回来。

我躺在床上，望着漆黑的天空一边想着我的阿爸阿妈，一边屏住呼吸听红莲姨和大柱叔叔是不是睡着了。等我确认他们都睡着了，我悄悄坐了起来，又静静地听了听周边的安静程度，这才光着脚蹑手蹑脚地下床，溜了出来。

出了红莲姨家的门，我蹲在地上朝四周看了看，没有发现异常的情况。我弓着背走一段停一段，听听身边有没有其他的声音。出了红石村，我便一路小跑朝王家大院跑去。

到了王家的后厨院子外面，我快速地移出那块墙砖放在脚边时，突然出现一个黑影向我移动过来。我心里一紧张，两手握着墙砖等到黑影走近了准备砸过去。

黑影朝我低声叫道："虎子，是我。"

我一听是阿牛哥的声音，才喘了口大气。心想，看来我做事还是不够周全，身后有人盯梢都没有发现。

我告诉阿牛哥，我先进去，他在院子外面的田埂下等我，万一有什么情况，他好回家报信。

阿牛哥问我进去要多长时间，我也说不清。

我对阿牛哥说，万一等到天亮了，我还没有出来，你就回家告诉红莲姨，我进了王家，白天我知道哪儿可以藏身。

阿牛哥问我怎么会要去那么长时间，我说那要看王继业老贼今晚有什么动作。

我进到王家院子，先到王继业的正房外探听了一会，隐约听到屋里有人说话，听声音是王老太，却没有赖德安的声音。

听他娘俩好像聊到小桃红、赖德安什么的。我心想通常情况下赖德安应该在场，如果他们避着赖德安说话，那赖德安应该在自己屋里了。如果是那样，王继业有什么事还是对赖德安信不过的。我想先去赖德安住的屋探个究竟。就知道王继业今晚有没有什么行动。

我摸到赖德安住的地方，看见他屋子里还有微微的亮光，我小心翼

翼地朝他的屋子靠近。

越靠近，隐隐约约地听到里面有争吵声。我蹲在地上，慢慢地朝屋子爬过去，生怕弄出一点响声。

当我贴近墙角下时，听到一个陌生的声音："赖团长，我能有今天，全都是仰仗你的筹划。这么多年，你现在来跟我念叨说你没钱，谁信啊！"

赖德安的声音："老弟啊，你是有所不知，现在的处境不如从前了，王家对我也不如以往，村子里自从红军撤离以后，油水也干了，老表们也不像以前那么容易啪呼。"

陌生的声音："哥我真的是手头紧，山上还有一帮兄弟要活命，若你不助我过这个坎，我只有直接去抢王家。如果王家知道了你我的关系，料他王继业也饶不了你。"

听这人说话的来路，我想莫非是山匪田螺。我虽然没见过这个人，但是上次盗抢红石村过小年食物的土匪头子，就是田螺，而且还挟持了红莲姨和阿牛哥做人质。难道赖德安私通山匪不成？

赖德安像是思虑了片刻："老弟，你这话就严重了，有什么事我们哥俩都商量着来。老哥我手上的确是没有钱，这么多年什么时候委屈过你。不过呢……"

田螺："我相信大哥总会有办法，不会对小弟见死不救的。"

赖德安："不过王继业这些天又悄悄地把货补齐了，这两天可能会出手，这是你下手的一个机会。"

田螺问："怎么个弄法？"

俩个人接下来的话，我就听不见了。

我趴在地上，听他俩说悄悄话时，突然被什么东西重重地碰了我一下，一个人倒在我身上。

我一看是阿牛哥。

　　他见我许久没出去，也从狗洞钻了进来，一进来就晕了。见这边有光，就过来看看，恰好被我的身体绊倒了。

　　我窜起来，拉着阿牛哥就往后院厨房跑。我感觉赖德安和田螺在身后紧追着我俩。

　　当我们蹲下来，再想从狗洞出去，已经来不及了。尽管我们使劲力气做最大的反抗，终究还是斗不过两个成年人。我俩被五花大绑，塞住嘴带到了赖德安的屋子里。

　　阿牛哥被按在屋里的床边，我却紧靠着门，面对面地看着赖德安。

　　赖德安一见是我："怎么是你小子？"

　　站在赖德安身边的田螺用布蒙着眼睛以下的部位，瓮声瓮气地："这小子是谁，力气挺大的，看给我挠的。"

　　赖德安："他是红莲的外甥，我说的就是他。刚被老爷放出去，吃错药了，自己又从狗洞里钻进来了？"

　　我争强地说："我是飞进来的。"

　　赖德安："好，你嘴硬，等着我来收拾你。"

　　田螺的两只眼睛在我身上扫来扫去："他是红莲的外甥？"

　　赖德安问："怎么啦？"

　　田螺摇了摇头："不像，当时我在红莲家看到的不是这小子。"

　　田螺的一句话提醒了赖德安，他端着灯举到阿牛哥的面前，问田螺："这个呢？"

　　田螺定睛看了看阿牛哥："这个像是。"

　　赖德安："你眼睛没毛病吧？"

　　田螺："哥，你说这话也不怕我咒你。小弟我穿梭于山林，难道说连野鸡和斑鸠都分不清吗？"

　　赖德安来了情绪："那这小子是谁呢？"

田螺："这我哪知道！"

赖德安得意地说："这明摆，这俩小子其中必有一个是假冒的外甥，反正红莲和大柱自己是没有生带把的种。"

赖德安一把将我推向角落："一边老老实实呆着去。"

他转而从口袋里掏出几块银元交给田螺，示意他快走，此地非久留之地。

田螺接过赖德安的银元，还想说什么，赖德安急忙阻止他："你等我的信。"

田螺："一言为定。"

赖德安拉开门，出去看了一眼，转身回到屋里，示意田螺可以走了。

田螺似一阵风地闪出门外，还真有点儿山匪来去如风的匪气。

赖德安将我和阿牛哥拎到一块，得意地说："真是山重水复疑无路，柳暗花明又一村。这回你们两个够我掏一勺子了。"

赖德安吆喝着我俩出了屋子，径直朝王继业的主屋走去。

阿牛哥用肘子碰了碰我，示意逃跑，可是他忘了这是在王家大院，深院高墙围着，无处可跑。万一惹急了赖德安，他开枪伤人，那就更麻烦了。我在黑暗中摇了摇头，也不知阿牛哥理解了没有。后面的事只能是见机行事。

赖德安敲了敲王继业的房门，王继业在里面惊疑道："谁呀，这么晚了。"

赖德安赶紧答道："老爷，我是赖子。"

不一会，门开了。王继业诧异地看看我，又看看阿牛哥，不解的眼神又投向赖德安，仿佛在说，这是怎么回事？

赖德安恭维道："恭喜老爷，这回你可发了。"

王继业不解："我发了什么？"

赖德安："政府出了告示，抓到一个红军的孩子，可以奖五百大洋嘛。"

赖德安看着阿牛哥，用手指着我："据我的线报，这个才是红莲的外甥！"

王继业有点儿蒙了，眼睛盯着我说："红莲吵着要放你回去，你倒好，又自投罗网进了我王家大院。这回可是你自己送上门来的。"

我狡辩道："我回来找我阿妈留给我的护身符，阿牛哥是陪我来的。"

王继业看了看阿牛哥，又看看我，似问非问地："你也是红莲的外甥，他也是红莲的外甥，难道红莲有两个外甥？"

赖德安赶紧接嘴说："她只有一个外甥。"

王继业似乎来了精神，围着我和阿牛哥转了一圈，停在了我面前："嗯，之前就觉得你这小子有点冒，今天听这么一提醒，果不其然。红莲怎么会蹦出两个外甥，他俩之间肯定有一个是假冒的，说不定有一个是红军的崽。"

赖德安奉承："老爷英明！"

王继业夸奖道："赖管家能弄到这么有价值的情报，可是立了一大功劳呐。"

赖德安赶紧拍马屁地说："都是老爷福星高照。"

王继业有点儿高深莫测地说："我想给你赖团长功上加功，一箭双雕。"

赖德安心怀鬼胎地说："老爷的意思是……"

王继业："吉安城贴告示，但凡抓到红军崽、红军，抓到一个就赏

五百大洋，有这五百大洋，一个人的半辈子就够了。我明天一大早就出门，这事你就办了。只要你从他俩小子之间，查出一个是红军的崽，那你以后的日子就大富大贵，在吉安就是名人了。"

赖德安内心快速盘算着，若真有大富大贵的事，你王继业会让给我？早就揣兜里偷着乐去了。你明天送货，说走就走，之前也没有听说吱一声。你这一走，把得罪人的事全推给了我。我赖德安把红石村的人得罪光了，不被老表们生吞活剥了才怪呢！

赖德安也没说办，也没说不办："老爷，这事虽有苗头，但却没有落实，万一捅出去，有个闪失，可是人命关天的事，咱们王家也丢不起这个脸呢……要不你走的这几天我先查他个水落石出，等你回来了再具体处置。"

王继业："莫非这到手的鸭子，你就甘心让他这么飞了？错过这个村，就没这个店了。"

赖德安一听王继业的话里带着一种双关语，只好乖乖地认了下来："一切听从老爷的吩咐。"

赖德安叫来两个团丁，将我和阿牛哥押进我住过的窝棚。他又继续跟王继业商量着什么。

我和阿牛哥进了我原来在王家睡的窝棚，团丁将我俩分别捆在两根柱子上，俩团丁就坐在我们对面守着。我心想，这下完蛋了，不知道王继业和赖德安会使什么招来治我和阿牛哥。

我气悔交织，真不该那么任性。白天红莲姨和家音老师好不容易说动王继业放我回去，晚上我却自投罗网被赖德安逮了个正着，而且还害了阿牛哥。一心只想杀个回马枪，想探探王家当晚来了什么重要人物，自以为自己无所不能，能与大人斗法。可现在看来，个人的力量的确是有限的。钟亮叔叔曾经叮嘱过我要团结儿童团员的力量跟国民党反动派作斗争，而我却把他的话当成了耳旁风。

黑暗中，我发现阿牛哥在示意我们逃跑。可是我俩都被绑得严严实实，我尝试着挣扎了几次，都无济于事。再说了，我们跑出来了又能怎样呢，跑得了和尚跑不了庙。天亮了赖德安找红莲姨要人，红莲姨和大柱叔叔岂不是要为我们背黑锅。看来这一回我是死定了，要杀要剐随王继业，我一个人做事一个人当，与阿牛哥毫无干系。无论王继业他们说什么，我都认了，杀头坐牢就认命吧。只是我从此再也见不到我的父亲母亲了。

听钟亮叔叔说，红军转移到了一个叫延安的地方，离我们井冈山很远很远。我的父亲母亲也到了延安吧。如果有一天他们来红石村找我，红莲姨、阿牛哥肯定会告诉他们我是怎样牺牲的。牺牲了的人肯定不知道自己牺牲以后，这个世界发生的变故。活着的人告诉牺牲者，牺牲者会听得到吗？我只要知道王继业、赖德安他们被我们打败了，红莲姨、阿牛哥、大柱叔叔、三叔三婶、钟义哥、草儿姐、钟亮叔叔，对了，还有王家音老师都生活得有吃有穿，我牺牲了也值得。

我又仿佛看见钟亮叔叔严厉地批评我：我叮嘱过你一切行动要听指挥，要跟大人商量。可你就是不听，个人英雄主义给我们造成了多大的悲痛。我却悄悄地告诉钟亮叔叔："我发现了一个秘密。"

钟亮叔叔并没有往日的笑容，问道："什么秘密？"

我说："我们发现赖德安跟山匪田螺有来往，不信你问阿牛哥。"

钟亮叔叔惊讶地说："哦！"

想着想着，我就迷迷糊糊地睡着了。

直到赖德安把我们踢醒。

他看着我和阿牛哥，不无得意地说："你小子挺会享受的，死到临头了还这么能睡。"

我心想，死也是睡，活着也是睡，就这么睡着有什么不好。

我和阿牛哥两个人被团丁押着出了王家大院。

阿牛哥问道："你们带我们去哪儿？"

团丁甲揶揄地说："去好玩的地方。"

我想弄个明白，问："什么好玩的地方？"

团丁乙说："就在村子里，到了你们就知道。"

我似乎猜到了，我们可能要去的地方。

事后听红莲姨说，她半夜醒来，发现我和阿牛哥不见了，发动草儿姐、三叔三婶、钟义哥，找遍了整个村子也没有看到我们的人影。他们在红莲姨家一边等着天亮再去找我俩，一边分析着我俩可能去了哪。直到天亮后团丁敲着锣在村里转悠，叫老表们去晒场集中，赖德安故意在红莲姨家院子外面停下来重重地敲了几声响锣，直把红莲姨的心震得要从胸口蹦出来，她似乎感觉到要出大事了。

红莲姨他们刚出院子门，钟水根就慌慌张张跑出来，紧张得连话都说不出来，他一边手指着晒场方向，一边嚷到："阿牛、阿牛、虎子……"

红莲姨一听，顾不上多问一个字，疯也似地朝晒场奔去。大柱叔叔他们跟在后面往晒场跑。

眼前的一幕把红莲他们惊呆了：我和阿牛哥分别被吊在大樟树下，不远处燃着一堆柴火，火势正旺。

红莲姨差点晕了过去，好在草儿姐、三婶扶着她朝我们奔来。团丁却用枪架着不让红莲姨靠近我们。

他们隔着团丁和熊熊燃烧的柴火，不知道昨晚发生了什么，也不知道王继业要干什么。

赖德安将我和阿牛哥分别吊在晒场大樟树左右两边的枝干上。

我们面前架着一堆燃烧的柴火。

王继业站在晒场中央，看着全村的老表们："我抓到了两个红军崽，请你们来看看。给我证明一下，哪一个是红莲的外甥，哪一个是红军的崽。如果没有人出来证明。我就把两个小崽子，全部当红军崽送到吉安，让官府来处置。"

那堆柴火烧得噼里啪啦的炸响。

老表们不知道王继业葫芦里卖的什么药，都没有吭声。

有的人眼睁睁地看着红莲和大柱，不知道他们会做出什么选择。王继业盯着红莲说："我的耐心是有限的，等这堆柴火的明火烧没了，再没有人出来认领这两个小崽子，我就把他们一起送到吉安的官府去！"

王继业故意拖腔拖调地说道："你们想清楚了，谁家还私自收养了红军崽的，赶快给我坦白交代。如果我查出来了，就连这家的大人一起抓起来，按私通红军治罪，私通红军是要坐牢的！"

王继业慢慢地扫视了一遍场上的村民。然后对着红莲说道：

"红莲，你想清楚了。谁是你外甥？谁是红军崽？这两个小崽子，你只能认一个。另一个，我要把他当着红军崽送走。"

老表们在钟阿公、钟义、三叔等人的带动下缓缓地向树下聚集了过来。

赖德安一看，示意民团端着枪迎了上来。

老表和民团在那堆燃烧的柴火边，无形中形成了两排对阵的人墙。

我被吊在树上，看到人群中的红莲姨的眼睛来回扫视着我和阿牛哥。

我大声地叫到："王继业，我跟你们去吉安，你把阿牛哥放了。"

我刚说完，阿牛哥也接着叫道："你们放了虎子，我跟你们去吉安，

我是红军崽。"

我冲着赖德安喊道："你们放了阿牛哥，我是红军崽。王继业，我跟你们走。"

王继业似乎有几分得意："红莲，你自己做决定，两个小崽子你留下哪一个？"

阿牛哥叫道："红莲姨，你带虎子回家，我跟他们去吉安。吉安我还没有玩够呢！"

我又叫道："王继业，你放我下来，我随你们去吉安！"

赖德安看看王继业。

王继业抬头望着天上："红莲，柴快烧完了。谁是你的亲外甥，谁是红军崽，你只能领一个回家，你自己做决定。要不然，两个小崽子，我全都送到吉安去！"

王继业见红莲姨似乎没有反应，便吼道："谁检举村里有人私自收留红军崽，我王继业赏他一百块大洋！"

晒场上柴火堆的火势弱了下来。

红莲姨走出人群，朝我这边走来。

赖德安也跟着走了过来，讨好地说："红莲，你想好了。谁是你的亲外甥，谁是红军崽，这俩个你只能带一个回去。"

红莲坚定沉着地说："你给我把虎子放下来，我要带虎子回家。"

赖德安看了看王继业。

王继业盯着红莲厉声地说："红莲，你想好来，这可是没有后悔药吃啊。"

红莲坚定地："赖德安，你给我把我外甥虎子放下来。"

赖德安看着王继业，王继业似乎深深地吸了一口气，对赖德安点点头。赖德安无奈地走到树下，把我放了下来。

　　我一落地，赶紧跑到红莲姨跟前，红莲姨紧紧地搂着我，抚摸着我。我和红莲姨站在树下，看着吊在树上的阿牛哥。那一刻我真想冲上去把阿牛哥换下来，红莲姨却紧紧地抱着我。我想哭，却没有眼泪，我怒视着王继业、赖德安。

　　赖德安示意团丁驱赶我和红莲姨回到老表们中间去。

　　我突然想到，如果钟亮叔叔能像上回那样从天而降，阿牛哥就有救了。但是，奇迹并没有出现。回到老表们中间，我看见红莲姨眼里噙着泪光。

　　我再回头看了看，依然吊在树上的阿牛哥。他仿佛也看到了我的眼神，朝我点了点头。

　　我们站在晒场上，眼睁睁地看着赖德安他们把阿牛哥从树上放下来，带回王家。

　　那一刻，我真想冲上去，用我自己把阿牛哥换回来。红莲姨和草儿姐在两边死死地拽着我。

　　阿牛哥回头看了一眼我们，就被团丁的身影挡住了。直到他们的身影看不见了，我们才缓缓地往家走。

　　等回到红莲姨家，我终于忍不住了，扑到红莲姨的怀里叫道："红莲阿妈，我对不起你，对不起阿牛哥。都怪我……以后你就是我的阿妈。"

　　我和小广东几个人先后跪在红莲的面前，声泪俱下地喊着：

　　"红莲阿妈！"

　　"红莲阿妈！"

　　"红莲阿妈！"

红莲姨紧紧地搂着我们："你们哭吧，阿牛不会怪你们的，阿妈也不会怪你们。你们以后都是红莲阿妈的崽。王继业老贼，一定会得到报应的！"

刹那间，我感到我的后脖子上温温的，我明白，那是红莲姨流下的热泪。

我暗暗地发誓，我一定要找王继业、赖德安报仇。

我们几个孩子，同声喊叫着：

"报仇！"

"报仇！"

"报仇！"

第二天天还没亮，王继业带着阿牛哥、商会会长和他的那批货，离开了红石村。

7

第七章　我以我命换阿牛

起初，王继业是想杀一儆百，当着全村老表的面，活活将阿牛哥用火烧死，以震慑老表们，让他们再也不敢与红军有任何的瓜葛。但是王家音和王老太知道了王继业与赖德安的密谋计划后，认为这是伤天害理、断子绝孙的恶行，早晚有一天会遭到老天爷的报应。

王继业听了王老太和王家音的说法有些后怕，他们灭绝人性的行为有才所收敛，但贪婪的本性依然没有改变。他们要把阿牛当做红军崽交给吉安国民党党部，换取五百大洋的奖赏。

前些日子，他们抓到了下山来取药的常阿姨，就是当着全村老表的面，逼迫老表们指认常阿姨跟谁家有联系、是不是红军，不然一个陌生女人，怎么会无缘无故闯入红石村。可是，全村没有人指认常阿姨的身份，王继业竟然真的活活把常阿姨烧死了。

钟亮叔叔为没能救下常阿姨而深感愧疚。

他请求组织上给予自己处分，但是上级考虑到当时的政治形势，并没有做出处分决定。因为一旦钟亮的身份被暴露，不但不能挽救常阿姨，山上伤病员的安危也会处在一个十分危险的境地。而且，留在红石村一带的红军的孩子也会失去钟亮叔叔这个保护伞。就连钟亮叔叔本人也是岌岌可危的。

这次能不能救下阿牛哥，却也是我们难以预料的。钟阿公、红莲阿妈、钟义等人当然还包括我在内，都认为必须全力以赴解救阿牛哥。如果有必要，我真想用我自己去把阿牛哥换回来，无论我受什么样的罪我都毫无怨言，心甘情愿。

当然这只是我个人的一个想法，真要是这么做，红莲阿妈肯定是不允许的。这种不允许，如同当时在晒场上，王继业只允许红莲阿妈从我和阿牛哥两个人中间选择其中一个是她的亲外甥带离现场一样，是没有办法的选择。如果红莲阿妈不果断地做出选择，很可能还会殃及其他红军崽和老表的安危。

我的这些想法，并不是空穴来风，是我在钟阿公身边听他们商量如何救阿牛的方案时，做出的分析判断。

当然，以我当时的年龄，我只有旁边听的份儿，绝不可能有发言权。可就是这个权力，在当时那种特殊形式下，使得我们较同龄的孩子显得更为成熟，更需要承担一份责任。这些与我的年龄不相符的事情，在商量过程中令我懵懵懂懂地知道了我这个年龄所不应该知道的事。因为我当时还是处于成长阶段，处理事情的方法和手段大多情绪大于理智，对事情的后果也缺乏理智的判断，更不具备把握事情全局的能力。我只想着我必须去救阿牛哥，但是却没有想到我个人的力量是微弱的。我必须与红莲阿妈一道去救我的阿牛哥，因为他是替我被王继业抓去邀功领赏的。我要以我的命换回阿牛哥！

在我执着的请求下，钟阿公等人同意我与红莲阿妈一起去吉安城找钟亮叔叔，听听他如何救阿牛哥的意见、主张，这才是最安全有效的。

钟阿公对红莲阿妈说："虎子跟着你去吉安，就是你崽，也不会引起外人的注意。带着虎子在身边，可能还更方便，他一个孩子，不会引起旁人的怀疑，大人跟红莲去，反而容易暴露身份。而且我们这次去吉安城希望能见到王继业，求他放阿牛哥一马。

钟义哥告诉我们，自从钟亮叔叔离开王家的书院以后，他在吉安的白鹭洲书院见过钟亮叔叔一面。

　　在那个兵荒马乱的年代，能在白鹭洲书院念书的，不是官宦人家也是有钱的地主老财的儿女。钟亮叔叔在那儿是教书，还是别的什么事我们不知道，只是带着试试看的想法去白鹭洲书院找钟亮叔叔。

　　钟亮叔叔自从王家的书院放农忙假以后，就没有回过红石村。我记得，好像是康复后的那批伤病员归队、还有几个伤病员分散到老表家养伤后，我就没见过钟亮叔叔。他在白鹭洲书院当先生，也像教我们一样，教那些有钱人家的孩子背诗、识字吗？

　　听钟阿公说，白鹭洲书院是钟亮叔叔少儿时向往的地方，那是个了不起的去处，是庐陵人走出吉安的身份象征。那里自古以来就是出圣人的地方，像唐宋八大家的欧阳修、黄庭坚、曾巩等好多名人都到白鹭洲讲学，还写下了很多诗文。钟亮叔叔小时候就一直渴望去那读书，他看到王家骏每到放假了，回红石村跟他们在一块玩耍时的那股派头，便是羡慕不已。可羡慕归羡慕，钟阿公却付不起钟亮去白鹭洲书院念书的学费。有一年，钟阿公曾经向王继业开口借一担谷让钟亮去白鹭洲念书，王继业笑钟亮是癞蛤蟆想吃天鹅肉，说他只要老老实实在红石村种好田，娶个好媳妇过日子，为钟家多生几个儿子就是钟家的福分。钟亮叔叔不服气，凭在红石村念了几年私塾练得一手童子功的字和一身武艺，便去广州考取了黄埔军校。兴许钟亮叔叔有了走南闯北的阅历，依然忘不了对白鹭洲书院的梦想吧。

　　不知道钟亮叔叔还有什么特殊使命，选择在白鹭洲书院见了钟义。他的真实身份别说我们这些孩子不了解，就是钟阿公、红莲阿妈、王家音他们这些大人都不可能知道他的秘密。

　　等我长大了以后，关于我们在红石村的好多事情都忘记了，唯独红莲阿妈随身带的那面小圆镜子，是我永远不会忘记的。那镜子就像是红莲阿妈的护身符，可能只有大柱叔叔了解那镜子的来历。每每红莲阿妈掏出那镜子时，总是背着大柱叔叔。有一两次，大柱叔叔被屋里镜子的反光刺眼睛时，走出屋来，发现红莲阿妈在院子里玩小镜子想要夺回去时，红莲阿妈马上将镜子收回口袋，大柱叔叔也就没有了脾气了。有几次，当我和阿牛哥睡懒觉不得醒时，红莲阿妈也会用镜子来照我或阿牛哥。当一波一波的镜子反光刺醒了我们，我们就明白那天又睡了懒觉。

在红石村睡懒觉也是丢人的事，却也是幸福的。说幸福，那是说明红石村平安无事，我们才可以踏踏实实睡懒觉，红莲阿妈不用为我们的安危担心。万一赖德安进村了或其他什么情况，我们就得躲藏起来。虽然我们还是孩子，但是也是随大人一道起床，帮着做许多事情，如把鸡鸭赶出院子放养，趁早晨还有露水，看看地里能不能找到新长出来的野菜等可充饥的食物，还得照应家禽不要被黄鼠狼叼去。

我跟着红莲阿妈去吉安，她肯定会带上那面小镜子。上次红莲阿妈去王家书院找钟亮时，钟亮也是看到了树上的反光才出门的。也许红莲阿妈的镜子有什么特殊的功能，一照，钟亮叔叔就能看到。

阿牛哥被带走的那天晚上，我一个人躺在暖和的床上怎么也睡不着，看着床上只有自己一个人孤单地躺着，少了往日跟阿牛哥抢被子、蹬脚及疯闹的情景。此刻，不知道阿牛哥在监牢里过着怎样的生活。监牢的饭能吃饱吗？监牢有床睡觉吗？监牢有人玩吗？可以随便走动吗？想着想着我的泪水就出来了，渐渐地印在了枕头上面。自从我离开了父母，

成为红莲阿妈的外甥以来，还从来没有像这天晚上想得这么多，那么安静却难以入睡。如果阿牛哥在，我俩打闹累了，说不定我倒头就能睡着。可这一晚我却无法入睡。

我在想，王继业、赖德安会怎样折磨阿牛哥，钟亮叔叔会用什么办法营救阿牛哥呢？他当初回到红石村，忍受屈辱，不顾个人得失，用他的智慧和力量，既保护了伤病员，又保护了我们这些留在红石村老表家的红军孩子。

原来，钟亮叔叔陪王家骏回到红石村的第一天，着急回来看他的阿爸钟阿公，实际上是到红石村来看看红军伤病员是否都安全转移了。他见红莲等人都在钟阿公家，心里明白，伤病员们大都安排好了，但肯定还有一些扫尾工作因王继业回来得突然，肯定还有些伤病员没来得及转移和隐蔽。因此他只好婉言建议王家骏先封锁出村的路，等到第二天再进村搜查红军伤病员。他从小在红石村长大，知道从红石村进山有多条路，想以封路来阻止老表们进山，那只是掩耳盗铃。他的这一建议，为老表们转移和安置伤病员打了一个时间差。

后来，他见我们这些孩子被放任自由，容易引起王继业区别红军的孩子与老表的孩子，又设计与王家音一道开办王家学堂，让我们这些红军的孩子能与老表的孩子在一个相对安全的环境下成长，与老表的孩子打成一片，使王继业、赖德安对我们这些人看不出差别。

谁知道，王继业偏偏盯上了我和阿牛，以找我们到王家陪王寻玩为借口，将我们骗进王家。我相信，王继业的这一招，王家音小姐是不了解的。他们只有借王家音是我们的老师之口，用她的善良将我们引入王家，而将我扣留在王家，对我进行旁敲侧击。我相信家音老师是不知道他们的意图的，要不然，家音老师不会三番五次地站在红莲阿妈一边帮我们说话，让王继业同意我离开王家。随后，家音老师又担保我不会逃跑，救我离开了王家。唉，都怪我自己太莽撞，离开了王家，又自投罗网回到王家，结果却把阿牛哥给害了。

但那天晚上我潜入王家，却有了意外的收获。我终于发现山匪田螺和赖德安有勾结，怪不得那年小年夜饭的前两天，田螺会带人来偷劫祠堂的食物。我要把这个意外的发现告诉钟亮叔叔。他原来跟我说过，要我这个地下儿童团长多团结一些小伙伴，发挥大家的力量才能更有效地跟敌人斗争，但一定要听大人的指挥。想着钟亮叔叔的叮嘱，想着可能要见到钟亮叔叔，想着想着我一会儿就睡着了。

等到红莲阿妈叫醒我时，太阳已经照进了院子。我爬起来，喝了半碗红薯稀饭就跟着红莲阿妈急匆匆往吉安赶。说是红薯稀饭，其实就是碎米粒加红薯丁煮成的汤，为了有点儿浓，起锅前再倒一些用温水调好的葛根粉在汤里搅拌，那清澈见底的汤渐渐就成了稀粥。我惦记着去找钟亮叔叔救阿牛哥，根本没有心思吃东西。可红莲阿妈还是让我把剩下的粥全喝了，要不然，出了门就没有东西可吃了。

我们刚出村，走到王家院墙外时，却看到小广东在那玩。我和阿牛哥出事之后的这几天，小广东他们依然坚守在王家院外，看王家院内外有些什么变化。

小广东告诉我，自从前两天王继业、赖德安带着阿牛哥离开王家以后，王家院外就没有人站岗了。

我叮嘱小广东，天黑之前他们只要在外面就到王家那边来玩，尽可能过来看看王继业家有些什么人出入。

小广东听说我要去吉安，从口袋里掏出两条烘烤的小干鱼，塞给我让我带着路上饿了吃。我知道小广东特别爱吃这种烘烤的小干鱼，有时他带着这种鱼，出门就是一天，这小干鱼就成了他白天在外面玩的午饭。

我再三推辞，谁知小广东冒出一句："你见了阿牛哥，把这小鱼给

他吃，叫他不要怕，我们都想着他。"

听了小广东的话，我突然想哭，但看见红莲阿妈在前面等我，我就赶紧跑了几步跟上去了。

红莲阿妈问道："你又在给你的儿童团布置什么任务呢？"

我告诉红莲阿妈："我叫他们盯牢些王家，看看近几天王家都有些什么人进出。"

红莲阿妈夸奖我说："不错，是个小红军，像你爸妈一样，将来肯定有出息。"

我憨憨地笑了。

到了白鹭洲书院，红莲阿妈问了几位路上遇见的先生，向他们打听钟亮这个人，被问到的人似乎都没听说过钟亮这个名字。

钟亮？被问的人听了"钟亮"这两个字，都摇摇头。我也有些急躁不安地看着红莲阿妈。当她向陌生人解释，钟亮曾经上过黄埔军校时，那位先生却说："你可能走错地方了。"

我真想象我在红石村的地里那样，在白鹭洲书院打几个吆喝，直呼几声钟亮叔叔，可是这毕竟不是红石村，书院有书院的规矩，不能让你瞎嚷嚷。我们来这里是找人的，我巴不得早一刻见到钟亮叔叔，只有他才能直接去找王继业和赖德安，只有他才可能知道阿牛哥作为红军崽被抓到哪儿去了。即便是像王继业说的那样，把阿牛哥作为红军崽交到了吉安的坏人手里，我相信钟亮叔叔也会有办法。如果我没能救出阿牛哥，那我会后悔一辈子的。可是如果我和红莲阿妈直接去找王继业，肯定连王家的门都进不去。但是我又不敢催红莲阿妈，她比我更着急，我发现她问的几个人，都用疑问的眼光看着我们，眼泪都快要急出来了。红莲阿妈急中生智，想到了自己的护身符，从口袋里掏出她的那面小镜子，好在那天半阴着，太阳时而躲在云里，时而又露出半个身子，红莲阿妈用镜子对着那些有读书声音传出来的房间摇晃着，以引起人们的注意。这一招还果然有效，有几个跟我一般大的孩子跑到走廊上来看稀奇。他们也可能使用过这一招联系过他们的小伙伴们，当他们看到照镜子的人不是他们的伙伴时，扶着栏杆看了看我们，便扫兴地回到属于他们的屋子里去了，任由我和红莲阿妈以自己的方法寻人。

镜子反光找人的方法终于有了反应，有一位先生走出了学堂，他很有礼貌地朝红莲阿妈摆了摆手。那意思很明显，叫我们不要照了，会影响其他的孩子读书。

不一会儿，这位先生从楼上走了下来，走近我们身边问道："阿嫂，你是要找人吗？"

看来当时用这种方法找人的把戏很多孩子都玩过。

红莲阿妈终于找到了主动问她是不是寻人的人，看来这位先生儿时也用这一招来引起旁人对他的注意。

红莲阿妈说："先生，你们这儿有个叫钟亮的先生吗？"

先生想了想，说："好像是有这么一个人，但他已经离开白鹭洲书院有一段时间了。"

红莲阿妈急忙问道："你认识他，他什么时候离开的。你知道他去哪里了吗？"

先生问道："你是他家什么人，找他有什么急事吗？"

红莲阿妈说："我是他嫂子，家里有急事。"

先生说："哦，不久前我在沿江路的庐陵书店买书时碰见过他，但

他在哪儿栖息，我就没问。"

红莲阿妈立刻说道："谢谢先生，你见到他时隔了多久？"

先生说道："这我就记不清，也许有一个月了吧。"

红莲阿妈说道："谢谢你了先生。"说罢，她拉着我就走。

这回我跟红莲阿妈到吉安沿江路，不同上次我跟阿牛哥逛沿江路那么从容了。眼前的沿江路两边依然是各种吃喝玩乐的摊点，摊主们在街边吆喝着来往的路人，可我没有心情去看那些新鲜玩艺，只是紧跟在红莲阿妈后面，像小跑似的跟着，生怕走丢了。我们要找到在沿江路的庐陵书店，不管钟亮叔叔在不在书店，但最起码他要是来过这儿，可以向书店的老板打听到他的去向。我想：说不定钟亮叔叔认识书店的人呢！

虽然我认识不了几个字，可是"书店"这两个字还是认识的，可是我和红莲阿妈从街的东头一直走到西头，整条街都找过了也没有发现"庐陵书店"这几个字。

没有办法，我们只好停下脚步，站在路边毫无目的地等着，看着。

红莲阿妈对我说："我们在路边看看，你钟亮叔叔会不会在这些人里面。"

我两眼一直盯着从眼前走过的各色人，我们希望有奇迹发生，钟亮叔叔会突然出现在我们面前，或者是在匆匆忙忙的人中间。

但是，奇迹并没有出现。

我们在路边毫无目标地张望了一会儿，红莲阿妈瞅准一个戴礼帽的男人，迎上去问道："请问，你知道庐陵书店在哪儿吗？"

那男子看了一眼红莲阿妈，又看了看我，摸了摸他戴着的礼帽，连话都没说一句，又匆匆地赶自己的路了。

红莲阿妈焦急地看着过往的路人。突然，她迎着一位看上去有点像家音老师着装的大小姐，问她："大小姐，这就近有庐陵书店吗？"

这位大小姐用手指指着前面，说道："转进那条巷子，就能看到庐陵书店的大招牌。"

谢天谢地，总算有人知道庐陵书店在哪里了。

红莲阿妈深深地给那位小姐鞠了一躬："谢谢大小姐。"便朝着对方指的路口快步走去，仿佛没有在意我的存在。

我紧紧地跟在红莲阿妈身后，一步不落。

若干年以后，我和红莲阿妈去吉安找钟亮叔叔的情景深深地刻在我的脑海里，每每想到这一次去吉安的情形，就像放西洋镜一样，每个细节都是那么真切、清晰。

我记得好像是开春的季节，钟亮叔叔仍然穿着他那身洗得发白的衬衫，头发打理得很是整齐，如同我在白鹭洲书院见到的先生一样。我和红莲阿妈走进书店，向老板打听是否认识一个叫钟亮的人时，突然，钟亮叔叔不紧不慢地从楼上下来，他见到我们时显得很淡定，仿佛知道我们会来找他。但是，没等红莲阿妈开口，他就示意我们不要说话，赶紧随他走到书店的里间，将我俩藏在了书架后面的隔墙里面。这个藏人的地方，让我想起了红莲阿妈屋里的隔墙。正当我在隔墙里感到奇怪时，突然听到许多人闯进了书店。

赖德安表情复杂地看着眼前的钟亮。他是根据手下的人报告，说看见红莲和我进了书店，带人赶紧来检查书店的。上峰已经交待了，书店有可能是游击队接头的地点，但是他们监视了好一阵子，并没有发现书店的破绽。但他们不了解，书店早已挂出了不予接头的信号，门口摆着

一个花盆。可是红莲阿妈和我并不知道书店是游击队的秘密接头地点，只是找钟亮心切，冒然地走进了书店。

赖德安惊讶地说："钟亮先生，你也在这？这真是踏破铁鞋无觅处，得来全不费工夫。我们又见面了。"

钟亮放下手里的书："我刚从南昌回来，想在这里买几本书带回红石村去。"

赖德安"哦哦"了半天，不知说什么。

钟亮笑道："赖队长今天怎么也有雅兴来书店？"

赖德安："有人报告，刚刚看到红……有可疑的人进来了，我们就赶过来看看。"

几个便衣正在检查书店。

钟亮问道："赖队长在执行公务？我一直在书店看书，刚从楼上下来呀。"

赖德安随后问书店老板："老板，店里刚才有外人进来吗？"

老板从柜台后面探出头脑袋说："有啊！"

赖德安追问道："在哪，是个女……人呢？"

老板诙谐地说："在我面前站着呢，我只看见你们进我的书店啊。"

赖德安气急得想发作，却又不便："胡扯，有人明明看见有个女人红莲……进了这个书店。"

钟亮讽刺地说："也许是赖队长的手下看走眼了吧，红莲识不了几个字，她进书店，让书看她？"

一句话，逗得屋里的人忍不住笑出了声。

钟亮趁机说道："赖队长立功心切可以理解，要不要老板带你到书店里搜查一番？赖队长在这例行公事，钟亮我就不奉陪了。"

我听到钟亮叔叔走出了书店，而赖德安带着人对书店进行搜查。

忽然，我吓了一跳，我和红莲阿妈感觉身后的墙有动静，我们立刻站起身，紧张地盯着身后纸糊的墙。

一会儿，这墙露出了一条缝，轻轻的随着门缝越来越大，亮光也越来越强，这时我才发现，这是一扇门，钟亮叔叔站在外面。我们迅速跟着钟亮叔叔进了暗暗的通道。我们也不出声、不问去哪儿，一步不落地跟着钟亮叔叔沿着通道走去。我心里一股脑儿想，只要是跟着钟亮叔叔走我心里就踏实。

此刻，我打心眼里佩服起钟亮叔叔。表面上看去他有点儿软不拉耷，不动声色，很容易使人产生一种老实人、少言寡语的感觉。无论是在王家骏还是王继业身边，他都很少说话，即便跟我们在一起，他也是听得多说得少。可是这一刻，我却感到钟亮叔叔似乎无所不能，而且有胆量和策略，处理事情机智果敢，又恰到好处。上次王继业把大柱叔叔和阿牛哥抓起来了，为了不让事情闹大，避免老表们与王继业发生冲突，钟亮叔叔夺过团丁手里的枪朝天鸣枪的举动，和今天书店的胆大细心，处理事情行云流水，没有一点迟疑和破绽。

我当时已经十四岁了，我自认为我可以用成人的眼光评价钟亮叔叔，他做的事的确令我佩服得五体投地。

我想，那天赖德安肯定会说自己大白天撞上了鬼。手下的人明明看见红莲进了庐陵书店，但转眼却找不到人，而且搜遍了书店都不见人影。如果说那天没抓到小雷叔叔夜闯红石村，是因为红石村地人，一个人藏起来，还真不好找。但这回换了一个环境，书店进了两个大活人，转眼又不见了，还意外地碰到了钟亮。是机缘巧合，还是另有蹊跷？赖德安

是亲眼看着钟亮一个人离开书店的。如果赖德安确认自己的手下没看走眼，难道他钟亮使了障眼法将红莲和虎子带离了书店？这个钟亮怎么来得这么及时，这么到位，像上回放大柱和阿牛，而且脱身也及时，干净利落。这一切，可能是赖德安心里一个无法解开的谜。

出了暗巷，钟亮叔叔领我们到了一个屋子里坐下来问我们："你们是怎么找到书店来的？"

红莲阿妈说："我们急得没辙，病急乱投医。在白鹭洲书院听一位先生说曾经在书店碰到过你，我们这才来试试看的。"

钟亮叔叔告诉我们，书店是游击队的一个秘密联络点，但现在被敌人盯上了，所以，书店门前摆了一个花盆表示暂不联络作为暗号。但是我和红莲阿妈不知道，冒然闯了进去，还差点落到赖德安手里。他对钟亮现身书店肯定会有所怀疑，但却拿不出证据。钟亮叔叔借故离开书店，以表示书店与他没有任何关系，以证明他也是临时去书店看书而已。这样，即便赖德安怀疑，那也仅仅是怀疑，而不会知晓钟亮的身份。

钟亮叔叔已经知道了阿牛哥被王继业抓到吉安的情况，他正在设法通过关系首先保证阿牛的人身安全。钟亮叔叔担心王继业会从抓了阿牛这件事上打开一个缺口，等他从上海回来，可能会对红石村来第二次搜捕。钟亮叔叔表扬了我在王家探听到的情况，游击队伏击了王继业运送物品的车队，已经明确了王继业在跟上海的日本商人做生意。他将盐、大烟和大米运往上海，游击队会继续注意王继业的行动。

王继业近日又会运送一批货物去上海，钟亮叔叔要我趁王继业不在家，赖德安又在吉安，设法进入王家，摸清王继业的老巢，预防他返回红石村后，危害红石村的老表，加大对红石村剩余的红军伤病员、红军崽的搜捕力度，带来更大的危害。那时候，就不止是一个虎子，一个阿牛的安危了。

钟亮叔叔的话似乎提醒我们，王继业和赖德安会以阿牛哥为突破口，对红石村来一次更大范围的搜捕，这让我们感到事态的严重性。

王继业这次将阿牛作为红军崽送到吉安以后，不但得到了奖励，吉安县党部还允诺给王继业在商会弄个职务。王继业通过抓阿牛尝到了甜头，下一步他可能会变本加厉地疯狂搜查红军伤病员和红军崽。王继业为了自己能当官又发财连红石村的老表都不放过 。钟亮叔叔要我们作好思想准备，盯紧王继业在红石村的行动，防范于未然。老表们要团结起来，拧成一股绳，免遭不测。钟亮叔叔把阿牛哥的事情整出个眉目后，会给我们回信。

天黑以后，为了让我们能安全返回红石村，钟亮叔叔没让我和红莲阿妈从陆路返回，而是让我们搭上了去往赣南方向的船，从水路返回红石村。万一遇到赖德安手下的人，就以走亲戚的名义为掩护。

果然，下半夜我们下了船，进红石村时，发现路口还有团丁在把守，这在平时是不可能的。好在我们都是红石村的人，躲过了岗哨，安全地回到了家。

我们到了家，大柱叔叔才松了一口气，白天他急得大门都不敢出，只好吩咐细妹去钟阿公家，问我们是不是回了钟阿公家。

赖德安手下的团丁上门查找了两次，问红莲和我上哪去了，大柱叔叔说我们出去走亲戚了。怪不得赖德安这么上心，半夜了还在村口放了岗哨，守着我们是不是从吉安回来。

王继业把阿牛押到了吉安，他们得了奖赏，以为国民党会对阿牛作

为红军的嫌疑分子进行处置。可是国民党并没有处置阿牛，只是把他关进了监牢，等待需要的时候作为跟红军做交易的筹码。王继业如愿以偿，得到一笔奖励，却只给了赖德安一份赏钱。王继业却在小小的吉安土豪圈里，一夜之间出了名。当然也有人背地里说他傻，抓一个红军崽，得了五百大洋造孽的钱，会断子绝孙的。商会会长却不放过这个机会抬举王继业。

商会会长在自家经营的酒楼办了一个小范围的庆功宴，一是祝贺王继业抓到了一个红军崽，其二是恭喜王继业荣任吉安商会的副会长。王继业乐得喜笑颜开，还以为自己真成了一个人物。王继业升为商会副会长，那还不是会长大人的一句话？商会会长给王继业这么一个无权无利的职位，无非是想利用他儿子王家骏的这张牌，多做几单走私生意，利用王继业的权势多为自己搞点钱而已。

受邀参加商会会长小范围宴会的地主、商贾无形中分成了两派。一派是比王继业有更多土地的土财主们。在吉安这一带，哪个土财主有多少田，一年能收多少租，他们相互之间都非常了解。他王继业的财富要上台面还差一个等级，他只是抓了个红军崽就这么祝贺，那是伤天害理的！人家还是个未成年的孩子，就被当成红军崽抓来邀功，他王继业早晚会遭报应、遭天谴的。更何况红军和国军两军还拼着命相互争斗呢，恰如旧时的三国演义，时势难料，不到最后一刻，谁赢谁输，谁得了天下，还不好说。红军能上井冈山，能在井冈山有一席之地，后来又离开井冈山，说明红军还是有高人的。不到最后，还不能过早下结论。

另外一帮是守在城里的商人。这些世代经商的城里人，在吉安站稳了脚根，本身就看不起乡下的土财主，尽管他们有几亩地，有几个佃农，一年能收几升租，但毕竟是靠天吃饭的营生。他们在吉安城精打细算，积累了一些财富。有的拼搏了半辈子，有的是一两代人，但都没有弄个什么长，而他王继业却凭着儿子是国军的一个什么长，跟会长做成了一两单见不得光的买卖，就弄了个副会长。这帮人打心眼里就嫉妒、瞧不起王继业。心想，你王继业来吉安城活命，今后的路还长着呢，能不能有你的出头之日，还是模棱两可的事。

王继业并不了解吉安的商界和身边的财主们有那么多的小九九，在会长的吹嘘下顺着杆子就往上爬。他仗着几分酒兴，把前不久从小桃红那儿学的吉安采茶戏斑鸠调抖落了出来，逗得同桌的土豪和商贾们个个为他叫好，直夸他王继业是文武双全，又能发财又能文，日后必然飞黄腾达，财源滚滚，直把王继业抬举得连自己姓什么都忘记了。

会长想到明天还要去送货，适可而止收了场。等客人散尽，会长将自己心爱的一幅画送给王继业。王继业受宠若惊，吩咐赖德安将画收好，带回红石村挂在厅堂最好的位置。

赖德安见王继业吩咐他第二天把商会会长送的画带回红石村，心里凉了半截。原来他还指望王继业带他去外面的花花世界潇洒，天天泡在吉安的一亩三分地里，人都快要憋死了。而这下倒好了，王继业出了远门，留赖德安在红石村，王家就成了他赖德安的盘中餐。

这一次，他赖德安离目标越来越近了。

我从吉安回来的第二天，人像病了似的，头晕呼呼的，红莲阿妈以为我是病了，带我去看了钟阿公，钟阿公给我号了脉，说我没病，在家躺两天就好了。实际上钟阿公知道我得的是心病。阿牛哥替我被抓到吉安去了，我能好得了吗？只是他不明说，让红莲阿妈留我在家躺两天。

大白天的躺床上，我怎么也睡不着，心里总想着阿牛哥会不会遭遇什么不测，钟亮叔叔救阿牛的情况怎样？后来服了钟阿公给我煎的药，不知怎么就昏昏沉沉睡着了。直到身边有人叫我："虎子哥，虎子哥，你醒醒，醒醒呀！"

我慢慢地睁开眼，看着小广东他们几个站在我床边，这才意识到自己是躺在床上。我还以为自己在做梦呢，以往都是我们叫阿牛哥，没人叫我虎子哥，现在阿牛哥不在了，他们却叫我为虎子哥了。

我翻身下了床，问小广东："有什么事吗？"

小广东告诉我，天快黑的时候赖德安带着两个团丁回来了，好像还背了不少东西回来。

我心想，这个赖德安，趁王继业不在家一个人溜回红石村，会不会又使出什么损招来呢？那天晚上他跟田螺来往的秘密已经被我发现了，他们会不会又来接头呢？王家音老师还在王家大院住着呢。尽管她是王继业的女儿，却是我们的老师，而且还帮助我离开了王家，我得想办法保护她，也算是报家音老师的恩情吧。

我想着想着，把自己的想法告诉了小广东。

小广东也认为我的想法可行，等天黑以后配合我行动。

山匪田螺其实也是钟氏家族的后代。据红莲阿妈说，田螺父母早亡，他自己偷鸡摸狗，游手好闲，族里长辈也像待钟水根一样待他。可他不糊涂，却常常闹些恶作剧，往他看不惯的人家猪圈丢杂草，猪吃了直拉稀。更可恨的是有一年年关，田螺带着他的那帮小兄弟，把好几家老表家养的鸡一窝端了。有一个老表还以为自家鸡是被黄鼠狼叼了去，但他想黄鼠狼不会叼那么干净，一窝端。第二天，他到集市上，却看见田螺和他的小兄弟一道在卖老表家的鸡。老表不但没把自家的鸡要回来，还被田螺和他那帮兄弟揍了一顿。

钟家原以为田螺是本家族的人，不会祸害本家族的人。谁知，他还真专挑本家族的人下手。这一回本家族人火了，下决心要好好修理田螺。田螺得到信，吓得过年都没敢回村。自此，他似乎跟钟家的人结了怨，再也没有在红石村露过面。后来听人说，他纠结了一些他的同类，投靠了盘踞在鹰嘴岭的土匪"过山风"。

田螺与钟水根完全是两类不同的人。水根的傻是能博得村里人的同情，而田螺的好吃懒做却滑向了恶的一面。

红军到来以前，他们劫富不济贫的行为早已引起了政府的恐慌，官府担心他们演变成红军一样的队伍，要给予必要的打击。谁知道，这帮土生土长的无赖，对自家大山熟门熟路，官兵一出，他们早躲到大山里去了，让你寻无踪迹。官兵前脚跟刚走，后脚他们就成了土豪家的坐上宾，和睦相处，在那个年代这成了当地社会结构的怪圈，土匪与地方政府的武装成了和平共处的两方势力。自红军进驻红石村以后，无形的压力缩小了山匪的生存空间，所以才有了山匪抢劫钟家祠堂过小年的食物那一出。

我吸取上回和阿牛哥两人同时落入王继业之手的教训，跟小广东悄悄地商量，晚上我去王家探个虚实。我叮嘱小广东在外面等着我，千万不能进王家，万一出现了什么意外，也好第一时间回来告诉红莲阿妈。

　　这次去吉安见了钟亮叔叔我才知道，小广东也是红军转移时留下的孩子，至于是哪位红军叔叔的孩子，我没有打听。为预防万一，红军的孩子之间相互都不认识，也不能打听。这是我父母临转移时交待的，钟亮叔叔也叮嘱过我多次。为了掩护小广东的身份，我们都以为他是老表从广东人那儿买来的孩子，好在这家老表无儿无女，也不会引起旁人的注意。又由于他说的一口广东话，所以我们在一起玩都习惯叫他"小广东"。小广东与我们没有任何隔阂，但他的真实姓名和真实身份，可能只有钟亮叔叔才知道。这户老表对小广东如亲生儿子一样，但为什么赖德安在学堂还是会盯着我和小广东几个人不放呢？

　　在常人看来，我们实际上跟老表的孩子已经分不出彼此了，无论是衣着还是生活习性，即便是当地客家话，我们在一起时也能地道地相互交流。不是刻意地揣测和知道内情的人，想将红军的孩子与老表的孩子区分开来是很难很难的。但我们在说着悄悄话时，还是能相互分辨出不是地道的客家话的发音，如果不仔细分辨，的确很难从小广东、我身上找到与红石村老表的孩子讲话的不同之处。即便是王继业、赖德安也不便冒然地在我与阿牛哥之间作二选一的抉择，所以把这个锅甩给了红莲阿妈，让她来选。

　　当然，赖德安选择我下手毕竟还是在我与阿牛哥身上发现了蛛丝马迹，当田螺指认红莲的外甥是阿牛而不是我时，赖德安得意的神情，还是溢于言表的。他终于找到了可以在王继业面前邀功请赏的机会。

　　可是，王继业给予的奖励，并没有让赖德安达到自己价值的预期，有被主子耍了一遭的感觉。我在庐陵书店听赖德安跟钟亮叔叔说话时客气了许多，显然钟亮暂时离开了红石村，让赖德安舒坦了不少。但赖德安心里应该明白，钟亮是一口深不见底的井，尤其是在吉安，他想要跟钟亮斗绝没有胜算的可能。所以在书店赖德安偶遇钟亮，面子上也只能说是例行公务，但他这个公务也是天知道，经不起推敲的例行公务。从红石村跑到吉安城来例行公务了，这又加重了我对赖德安身后还可能有更大阴谋诡计的猜测。

好在当时钟亮叔叔为了尽快摆脱赖德安的纠缠，及时抽身将我和红莲阿妈带离书店那是非之地。你想，如果我们不能及时从书柜的后墙离开，万一赖德安要强行检查书柜的书，甚至书柜后面的隔墙，发现我们和钟亮叔叔有单独见面的机会，那钟亮叔叔的身份与我们的关系就全部暴露了，那我们通过钟亮叔叔救阿牛哥的计划也会全部泡汤。好在钟亮叔叔给我和红莲阿妈安排了从水路回红石村。上船之前他交待我的事我也一直记在心里。

钟亮叔叔提醒我说："阿牛不在身边，你们有什么事可以邀着小广东一起干。"

我为难地说："他满口的广东话我们听不懂。"

钟亮叔叔开解道："你可以慢慢地教他呀，你刚到红石村时也说不了客家话。你是小红军，又是秘密儿童团团长，应该团结一切可以团结的力量。红军战士也是来自五湖四海，说哪里话的人都有，但是为了一个共同的革命目标，我们走到一起来了。"

我问道："那我以后有什么秘密行动，他也能参加吗？"

钟亮叔叔说："你们除了各自回家睡觉，睁开眼不就一直在一块玩吗，有什么秘密行动不能让他参加的？"

我又问："那小广东的爸爸妈妈也跟我的爸爸妈妈一样……"

后面的话我没问。我知道，那是我不应该知道的。谁是红军留下的崽，这都得保密，小孩子更不能打听。

钟亮叔叔说道："他爸妈是他爸妈，他是他。"

我从和钟亮叔叔的对话中，猜想小广东跟我是同一类身份的孩子。

　　我跟小广东商量好，吃了晚饭我们就到村口的大樟树旁边最大的草垛子见面，而后我进王家，看看赖德安到底在干什么。但他必须听我的安排，在外面等我。我们约好早去早回，免得让家人操心。

　　那天还真是奇怪，太阳下山得特别慢，仿佛有意跟我作对似的。我到屋外看了几次，太阳才下山。每家的炊烟都升起来了，可我们家的厨房还没有点火。我被小广东叫醒来以后，没见红莲阿妈和大柱叔叔。他们可能是去钟阿公家商量营救阿牛的事了。我在家里边找事做，边等红莲阿妈回家。一直到天全黑了，红莲阿妈才回来。她好像有什么心事，见我起床了，精神也不错，她也显得很高兴似的，特意给我熬了大米粥。可我没心思喝，只拿了一个红薯就出门了，说是跟小广东约好了出去玩。红莲阿妈可能不知道赖德安回了红石村，要不然，她肯定不会让我出门。临出门时红莲阿妈还叮嘱我，早点回来，不要去王家那个屋场。

　　可是我们偏偏去的就是王家屋场，但这不能告诉红莲阿妈。

　　在以后的日子里，我时常想，如果那天小广东没有提供赖德安回了红石村的情报，不是我一心想着要了解赖德安的勾当，如果不是为了救阿牛哥，我没有执意潜入王家，会是一个什么样的结局呢？

　　我觉得，许多事情的结局和发生，都有它的偶然性和必然性，只是我们有的时候，触到了这个偶然与必然的拐点，才使事情有了必然的、意想不到的结果。而这一结果是任何力量都无法预先设计的。

　　在当时的那个年龄，我的记忆应该是完整的，清晰的。我知道哪些事是危险的，哪些事可能要付出生命代价。但在当时的环境下，阿牛哥因我而被王继业抓走了，所以一切的冒险都不是险，我只是想以我的努力挽回我的过失，所以也就没有所谓怕的感觉，更没有想到过什么死亡之类的词。况且，我对死亡的概念是模糊的。

更何况我身后还有红莲阿妈、钟阿公、钟义哥、草儿姐、三叔这样一批红石村的老表在护佑着我们这些红军留下的该子，组织上还有钟亮叔叔在暗地里给我们保驾护航。所以，什么死亡不死亡的意识，全然没有。我总觉得我们做的事方向是不会有偏差的，是大人们认可的，只是他们想做而不能做得出来。有些事需要人去做，但他们又不可能把我们往火坑里推。成人看问题的思维肯定与我们孩子想事情的思路是不可能百分之百相向同行的，我只有凭自己的直观感受和思维方式，探究这个复杂的成人世界。

那天晚上，王家大院非常安静。用"非常"来形容是相较于王继业在家时的四处灯火通明，而且主屋四周一片漆黑，只有堂屋里王老太点的那盏长明灯亮着。王老太说了，要想王家的大业永续长存，这香火和油灯是不能省的。因此，无论是白天还是晚上，都可以看到堂屋的油灯是点着的。白天的香味和着空气中的杂味，很难闻到香味的特别气息。但到了晚上，万籁俱寂，没有人间烟火时，才能感觉到那飘散的香气有点儿醉人。闻上去，那种清香，可以一直吸到人的大脑里面去，有股别样的味道。

我不知道家音老师和王老太睡在哪儿，但屋内安安静静的，没有一点声音。奇怪的是，晚上值夜的团丁也睡了似的，只有一个小马灯挂着。

我正猫着腰想往后院去看看赖德安那儿是个什么情况。没走几步，突然发现有个人朝我走来。我立刻靠近身边的大水缸蹲下来。这水缸据

王寻说是王继业特地用来布置风水的器物，没想到，它成了我避险的档箭牌。我擦了擦眼睛，想看清是什么人这么晚还来院子里巡查。王继业不在家，还这么尽职。

当这个黑影走近了，我才发现是赖德安。我正嘀咕：这个赖德安……

也许是赖德安的脚步声惊醒了在院门房值夜的团丁，他大声叫道："谁呀？"

赖德安应道："是我，赖德安。"

团丁赶紧将挂在门口的灯油拧亮了，拎着灯凑近赖德安看。

只听到"啪"的一声，可能是赖德安给了团丁一巴掌，"看什么看，老子的声音你都听不出来，王家的饭你白吃了？"

团丁解释道："赖团长误会了，我拎着灯是给你照路的。"

赖德安没好气地说："照路把灯举这么高，刺得我眼睛都睁不开，还照路，明明是照人。"

团丁连忙说："对不起，赖团长，小人糊涂了。"

赖德安问团丁晚上有没有什么情况。

团丁告诉赖德安，晚上一切正常，王老太、王家音都睡了，还连忙讨好地说："赖团长这么晚了还出来查夜，辛苦了。"

赖德安："辛不辛苦，人不知道，只有天知道，人是看不到的。"

团丁没有接赖德安的话。

忽然，门外传来敲门声。团丁似乎有点紧张，举着灯，看着赖德安。

赖德安侧身一听，有规律的敲门声又响了三声。

赖德安朝门口走去，团丁拎着马灯紧随其后，问道："什么人，大晚上的上王家来？"

我躲在水缸后面直朝门口望着。心里正想着：赖德安也不问来人姓氏名谁就去开门，莫非……

还没等我往下想，门开了，涌进来几个蒙面的黑衣人，如那天晚上在赖德安的屋里见到的田螺一样打扮，将赖德安和团丁围住了。

不知他们说了什么，只见两个黑衣人用刀捅向团丁。

团丁没来得及反抗就倒在地上，马灯也掉在地上。

这时赖德安急了："不是说好了劫财不伤人的吗？"

黑衣人甲："管不了那么多，少一个活口，多一分安全，难道你还想留在王家？"

赖德安说道："我留不留下来单说，但你们今天来是要东西不要人的。"

黑衣人甲嘿嘿奸笑道说："你小子心还不小啊，看来你还想把大小姐留到自己碗里不成？"

赖德安厉声道："道上有道上的规矩，谋财不害命。"

黑衣人甲："但他撞我枪口上来了，我这刀可是不认人的。他活着，我们都得死！"

正当赖德安跟黑衣人甲嘀咕着，主屋的门突然开了，我清楚地看见王老太披着一件外衣，手里柱着一根棍子，有点像香台上供着的神一样站在那儿。虽然我看不清她的面相，但却能感受到她有几分阴森的威严。她目视着正在说话的赖德安，语气有点儿阴森恐怖地呵斥道："是赖子吗，你今天终于下手了？"

王老太刚说完话，只听得"啪啪"两声枪响，王老太倒了下去。

顷刻之间只听得王家音的声音从屋内传来："奶奶，奶奶……"紧接着是撕心裂肺的哭喊声。

与此同时，赖德安带着黑衣人涌进了主屋。

我趁他们进了屋翻抢东西的时刻，迅速冲过去捡起还在地上亮着的马灯，远远地看见赖德安与哭喊的王家音在拉扯着。

屋里传来翻箱倒柜的声音。

我拎着油灯来到后厨外面，将我劈的枯竹子和柴禾点着，直到火势起来以后我大喊着："着火了，着火了，快来人啊，游击队来了。"

我这一喊，把后院住的佣人都叫醒了。趁着后院的混乱，院子里又响起了枪声。

我又返回主屋，躲在团丁守夜棚子后面。兴许是后院的火势和嘈杂的声音惊住了那些黑衣人，他们一边毫无目标地朝屋外火光处开枪，一边拎着东西怆惶逃出了王家主屋。

赖德安仿佛还有什么不舍似的，虽然被两个黑衣人拉扯着往外逃去，边跑还边回头张望。

我仿佛听到院子外面有人敲着东西"乒乓"作响，朝王家院子奔来，并且有人的呼喊声。

王家音却趴在王老太的尸体上嚎啕大哭，一边喊救命。

事后，小广东告诉我，他在院子外面等得不耐烦，正准备学我的样从狗洞钻进王家，忽然听到院子里传来枪声，他赶紧发疯似地朝村子里跑去找红莲阿妈。红莲阿妈和钟阿公他们听到了枪声，正在一起议论着，以为是游击队跟王家的团丁交上了火。突然见小广东慌张地跑来向他们报告，我又进了王家院子。这时，恰好王家的院子着火了，钟阿公招呼着众人朝王家跑来看个究竟。

等钟阿公等人进了王家大院，黑衣人早已跑得无影无踪了。老表们在钟阿公的指挥下，一部分人去救火，一部分人直奔王家主屋。人们齐心协力把火扑灭了，这才回到主屋，发现王家音在王老太的尸体边昏迷过去了。红莲阿妈她们七手八脚将王家音抬到厢房，钟阿公给王家音号着脉。三婶等人则帮着收拾王老太的尸体。

我虽然经历过了战争的场面，也看到了许多负伤的红军伤病员，但还是第一次看到一个我认识的人在我面前死去。即便我在王家陪王寻玩的那些日子，也很少看见王老太出现在我们面前。有时在主屋，也只是听见她屋子里传来的有节奏的敲木鱼的声音和隔着门缝飘出来的袅袅香烟。那香味也不觉着难闻，但闻着还是有点儿格格不入。

王老太是我见到的第一个熟悉的人死去。原来，人死了什么都不知道了，任由活着人想怎么处理就怎么处理。如果我死了也会是这样的吧？

我不敢看死人，尤其是中了几枪的王老太，但我还是忍不住远远地看着红莲阿妈、三婶等老人们是如何按照红石村的风俗边商量，边张罗着王老太的后事。

他们商量的结果，还是等王家音小姐清醒过来以后由她拿主意。

如果是红石村的人，钟阿公跟几个年长的人议一议，就按钟氏家族的规矩办了。但王老太则不同，他是王继业的母亲，是王家音和王家骏的奶奶，可这两位主事的人都不在身边，家音又是个女孩子，还没有成家，属于王家的第三代，自然就没有安葬王老太的权力。更为重要的是王老太是怎么死的，王家到底发生了什么，大人们全然不知道。后院的佣人也说不清，而王家音却昏迷不醒。

我刚要说我看到了王家发生了什么，钟阿公和红莲阿妈却用眼神制止我说话。

是呀，王家发生的一切，只能由王家音来说，她是王继业最信任的人，她才能代表王家说话。而我仅仅只是一个孩子，当有人问到："你

当时怎么在现场？大晚上的，你到王家干吗来了？你是怎么进王家的？"
这一连串的发问，真会把我问得哑口无言。

在旁人看来，我如果说出了我所看到的，可能说是我编出来的一套
鬼话，甚至说我是大白天说梦话。所以在这个场合，在王家音醒来之前，
我只能保持沉默。而且如果我说出当晚真实的经过，相信红石村的任何
人都不会相信，这场悲剧竟然是王继业最信任的管家赖德安导演的。而
且守夜的团丁永远不会给我作证。而我却成了一个真正的、却是一个不
可思议的、值得怀疑的证人。在王家音清醒之前，在赖德安还可能出现
之前，王家所发生的一切只能是一个谜，只能是一段不被人知的故事。

不过我心里感到踏实的是我有小广东可以为我作证，我所看到的、
所说的与他所感受到的完全可以用时间线索联接起来，只是我们现在不
能说。我们应该说给相信我们、理解我们的人听。我相信，听这话的人
一定是信任我的，一定不会怀疑我和小广东是在撒谎，更不是瞎编。要
不然钟阿公和红莲阿妈怎么会用眼神叫我别说话呢？

是啊，这可是人命关天的大事，而且是王继业家的大事。弄不好会
招来杀身之祸。一切的一切，只有王家音大小姐清醒了以后，她说的话
才是真正令人信服的。在他们看来，在王继业面前点头哈腰的赖德安怎
么会对他的主子下得了这么狠的手呢？

由此看来，我虽然跟随父母在部队经历了那么多，离开父母以后，
又在红莲阿妈身边曾充当了一个小红军的角色，做了一些成人才能做的
事，但是由于我的阅历还非常有限，单凭着一股冒险的精神，在复杂的
对敌斗争中还有很多很多要学习的东西。

在回家的路上，小广东埋怨上我了，说我进了王家就没有了消息。只听到院子里闹哄哄的，又响了枪，吓得他赶紧跑回家告诉红莲阿妈。他们不可能知道王家大院发生了什么，但红莲阿妈一听说我又进了王家院子，便不顾一切要赶过来。钟阿公则招呼着钟义多喊几个老表。忽然，又见王家着火了，红莲阿妈更是急得不行。

"又是枪声，又是火的，虎子会不会有事？"红莲阿妈急得没了主意。当时谁都不敢吱声。

钟阿公说了："你们放心，虎子对王家熟悉，他会有办法的。说不定是游击队跟民团的人干上了。"

可是，等他们赶到王家，既没有发现游击队，也没有看到民团的人，而是另外一番场景。

红莲阿妈一见到我，一把将我拉到她的怀抱，紧紧地抱着我，生怕我从她怀抱里跑掉似的。

我想告诉红莲阿妈我晚上看到的一切，但她捂着我的嘴："先不说，等到了家再说。"

在王家，我每走一步都在红莲阿妈的视线下，如同当时三婶守着阿山哥一样。事后想想，平日整洁、干净的王继业的客厅，当时一片狼藉。就像赖德安带着民团到老表家催租一样，弄得屋子里乱七八槽，老表哭爹爹求奶奶，他们却无动于衷。现在倒好，这一幕却出现在王继业的客厅，而且躺在地上咽了气的是他的母亲，在一旁哭晕了的却是他自己的女儿。在他家导演这场悲剧的却是表面上对他服服帖帖、俯首听命的管家赖德安。如果王继业知道了这出悲剧的真相，看到了自己家破人亡的惨状，会作何感想？这就是他作恶多端的报应吧。

　　我和小广东在忙碌的成人中间，虽然也有些恐惧和害怕，但是看到红莲阿妈他们张罗得井井有条，而且并没有像王继业对待老表那样对待王家音和那咽了气的王老太，我都有点不可理解。

　　我不知道王老太的后事是怎么处理的。那几天，红莲阿妈不许我们出门，生怕会出现什么意外，怕王继业到村里进行报复。但是王继业去上海了，并没有赶回来。过了几天，王家音清醒了，红莲阿妈向王家音提出请她帮助解救阿牛的事，王家音却不肯出面。她觉得自己受了莫大的侮辱，不愿去见人，更不愿见王继业。她要在红石村为她奶奶守孝，让红莲自己去见王继业。她给王继业写了一封信，要我们带上她的亲笔信交给王继业。

　　红莲阿妈带着我又一次进了吉安城，我们终于在白鹭洲书院的一个宿舍里见到了钟亮叔叔。他听了我那天晚上的所见所闻，决定让我和红莲阿妈在宿舍休息一个晚上。他要考虑考虑，找人商量出一个解救阿牛的周全的方案。但是钟亮叔叔没有告诉我们他要跟谁商量。

　　第二天，钟亮叔叔跟我和红莲阿妈交待了如何找到王继业的住所，如何告诉王继业家里发生的一切，并把王家音的信当面交给王继业。他叮嘱我们千万要镇定，不管遇到什么突发情况，他会及时地帮我们避难。至于他怎么帮我们避难却没有说，但要求我们必须按他说的去做。

　　我跟着红莲阿妈，按照钟亮叔叔说的路线，找到了王继业的住处。可团丁却不让我们进门，说老爷家来了贵客，不见任何人。红莲阿妈一再求团丁转告王继业说我们是从红石村来的，见老爷说上几句话就走。

团丁见没法打发我俩，只好进去通报。

令我们没有料到的是，与团丁一道出来开门的竟然是赖德安。只见赖德安吊着一只负伤的手。

我不知道赖德安是否看出了我异样的表情，但他却装作一幅很悠然自得的神情，好像跟往常一样伺候在王继业身边。

赖德安阴阳怪气地说："红莲嫂子今天有何要事来找老爷？"

红莲阿妈说："我们有话要当着老爷的面说。"

赖德安似乎有点紧张问道："什么大事，能不能透露给我听听？我好帮你说说话。"

红莲阿妈回答道："一会见了老爷你就知道了。"

赖德安见我们径直要去见王继业，并没有想跟他搭话的意思，只好硬着头皮带我们去见王继业。

进了王继业的客厅，红莲阿妈和我都大吃一惊，钟亮叔叔正坐着和王继业说话呢。我心里似乎明白，又有点看不懂。钟亮叔叔并没有说今天他也会在王继业家。现在是当着我和红莲阿妈以及赖德安的面，他这是唱得哪一出呢？他只是叮嘱我们，见了王继业一定不要慌张，把该说的话都说透了，说清楚来，孰轻孰重让他王继业自己去掂量。我们的目的只有一个，请王继业高抬贵手，把阿牛放出来。

谢天谢地，王继业这一回总算说了几句人话，他对红莲阿妈、钟阿公和村里的老表们表示了谢意，感谢他们帮他安置了王老太，并能不计前嫌地帮他照顾王家音。他恶狠狠地说："红军游击队洗劫我王家的账，我记着，早晚有一天，我会跟他们算得清清楚楚。"

而后话峰一转问道："红莲，你今天找我有何事？"

红莲阿妈说道："我今天来只为一件事，请老爷行个方便，把我外甥阿牛放了。"

王继业看了钟亮一眼："钟亮贤侄今天也在这，我们打开窗户说亮话，阿牛是作为红军崽交给了政府，我哪有那本事放了一个红军崽？"

红莲阿妈抢着话说："阿牛是不是红军崽，还不是您王老爷一句话的事？"

赖德安在一旁插嘴道："你说阿牛是你的亲外甥，那你身边站着的这个虎子又是你什么人呢？"

红莲阿妈镇静地说："虎子也是我亲外甥，都是我姐的儿子。"

王继业说："你姐有两个儿子，你怎么不早说？"

红莲阿妈说："我说了你们不信，非要认为阿牛是红军崽不可。"

赖德安问道："那你怎么证明阿牛和这个虎子都是你亲外甥，总不能……"

我听了，忍不住说道："那你又怎么证明阿牛不是我哥呢？"

赖德安嚣张地说："唷呵，你当着王老爷的面敢这么说话，我看你八成就是红军崽。"

我气一上来，脱口说道："那我看你也像土匪，跟田螺他们是一帮的！"

我注意到，我说这话时，王继业盯了赖德安一眼。

赖德安气急败坏地说："你小子敢胡说八道，老子一枪崩了你，信不信。"说着话，掏出枪对着我。

就在赖德安的枪正要对准我的那一刻，说时迟那时快，只听见"呼"的一声，钟亮叔叔手中的布包石就打中了赖德安的手。

手枪"嘭"的一声掉在地上。

赖德安正要弯下身去捡枪，钟亮叔叔一个箭步冲上去，一脚把枪踢了出去。

赖德安还想跟钟亮叔叔动手，钟亮叔叔一掌把赖德安推倒在地。

屋外的团丁听见屋里的声响，立刻冲了进来。

钟亮叔叔对着团丁喝道："立刻给我把他捆起来，当着老爷的面竟敢动枪！"

团丁到底是接受了钟亮叔叔的训练，虽然不情愿，但还是照钟亮叔叔的话做了。

钟亮叔叔威武地说："你们几个给我把他押下去，看好来。要是他赖德安跑了，你们拿自己的脑袋来见老爷。"

团丁们看了王继业一眼，王继业点了点头，团丁将赖德安押了下去。

钟亮叔叔的整个行动过程看上去行云流水，是一套完整的组合拳，一气呵成。让人不得不暗暗佩服。

王继业可能也是第一次见钟亮处理事情的机敏和利索，也看得有点儿胆战心惊，眼花缭乱。他仿佛被钟亮这突如其来、闪电般的行动惊住了，怔怔地坐着，动都没动一下。

钟亮叔叔不卑不亢地说："老爷，您受惊了。"

王继业木讷地端起茶杯喝了口水，嘴里含糊其辞地应了两声："嗯，嗯。"

钟亮向红莲使了一个眼神。

红莲阿妈心领神会地掏出王家音小姐的信给王继业。

王继业接过信，有气无力地问道："这是什么？"

红莲阿妈看着王继业说道："这是家音小姐给你的信。她说务必要交到你手上。"

王继业颤颤巍巍地打开信，看了几行，立刻又合上了。用疑惑的眼光扫视着钟亮、红莲和我。

红莲阿妈看着我，鼓励道："虎子，你把那天晚上在王家大院看到的事，给王老爷说一遍。"

王继业看着我，又看看钟亮。

钟亮叔叔不动声色地说："你是叫虎子吗？"

我点头说："是的，我叫钟阿虎，小名虎子。"

钟亮镇定地说："像你红莲姨说的，你把你在王家大院看到了什么，一五一十告诉王老爷，看到了什么说什么，不许添油加醋。"

王继业坐在一旁，像木偶似的一直点着头。

红莲阿妈也用期待的眼光鼓励我，说："虎子，你把自己看到的说给王老爷听。"

我心里只有一个念头：只要能救出我阿牛哥，就是把我抓进去才把阿牛哥放了，我也心甘情愿。更何况有钟亮叔叔给我作主，又有红莲阿妈的鼓励，我将我那天晚上在王家大院看到的所发生的事情，凭着我的记忆告诉了王继业。

8

第八章 宝塔山下见双亲

后来，赖德安被王继业关进了牢房。王家骏返回吉安以后，亲手把赖德安给毙了。

我和红莲阿妈从王家出来后，就返回了红石村。我俩一路走，一路设想着，钟亮下一步怎样才能把阿牛救出来。设想归设想，在那个年代，要想把一个认定为红军崽的孩子从监牢救出来肯定很难很难。我们离开王家时，钟亮叔叔只跟我们说了句："拜托红莲回去后，费点心替王老爷关照王家音小姐。"这话是跟我们说的，其实也是说给王继业听的。

其余的话却不能跟我们说。钟亮叔叔只是用眼神示意红莲阿妈，可以走了，后面的事他会去处理。

进村之前，红莲阿妈特意带着我去看了王家音。家音老师虽然渐渐恢复，但见了人，还是恍恍惚惚，眼神里充满了戒心和怨恨。唯恐他人对她图谋不轨。即便红莲是她知根知底的人，她跟我们说话时两只眼睛还是紧张地瞪着，仿佛要把我们从里到外看透一样，弄得我们都有点儿紧张，生怕引发她做出令我们无法防御的举动。

听钟亮叔叔说，王老太出事以后，家音老师的精神一直高度紧张，整天提心吊胆，谁也不愿见。即便是王继业或王家骏去见她，也是打个照面就离开。对她来说，仿佛来看她的人，都是会谋财害命的凶手。王继业曾经要接王家音去吉安的医院住一阵子，换个环境，调理调理，王家音听了却把门关得死死的，还堆很多东西堵上门。

王家骏也想接她去南昌看看大夫，但根本说不上话。王家音说，她要在家为王老太守灵，守一辈子，哪儿也不去。整天只有王老太的贴身佣人陪着她。王家骏希望钟亮去看看王家音，钟亮也愿意去，他相信自己能为王家音恢复对生活的勇气助她一臂之力。可是钟亮正在周旋解救阿牛的事，等这事有了眉目后，他会立马回红石村。

钟亮托红莲带了些报纸给王家音。红莲阿妈看着天书一样的报纸好生奇怪，心想，这些东西能治病？王家音连人都不愿见，她会去看报纸？报纸能给人治病，那钟阿公开的药方呢？我也好生奇怪。钟亮叔叔的表现，正是为了营救阿牛哥跟王继业暗暗地角力。古话说：解铃还须系铃人。只要王继业松了口，剩下的事钟亮叔叔就好办了。

而对于红石村老表在处理王家事情上的本色表现，我相信，王继业是无可挑剔的，只是他听信了赖德安的一面之词，把王家的劫难账栽赃到了游击队身上。要不是我们这么一抖落，游击队的叔叔们还得背这口黑锅。但在我提供的事实面前，王继业肯定要给自己找台阶下，不然他就不是王继业了。他是不是暗暗佩服红石村的老表，我不得而知，但最起码劫难之后，红石村的老表对孤身一人的王家音能够在红石村安生这一点，他王继业心里应该是清楚的。若不是红莲阿妈和我的出现，不是钟亮叔叔所导演的这出戏，王继业还对游击队耿耿于怀，还被赖德安蒙在鼓里，也不太可能想到他王家的劫难竟然是自己的亲信、日夜守护他王继业的赖德安勾结山匪造成的。幸好我们及时赶到了吉安，见到了钟亮叔叔，见到了王继业。

我自认为，无论王继业对红军、对红石村的老表有多大的偏见，何等的恶念，但钟亮叔叔导演的这次见面有两大收获：一是为解救阿牛起到了关键作用，让王继业知道红石村老表的善良和对待王家音的真诚；二是抖落出了隐藏在他身边的大无赖赖德安，断掉了他王继业在红石村的耳目，失去了遥控指挥的工具，致使他不敢再回红石村，而畏畏缩缩、老老实实呆在吉安。这对红石村的老表来说，是大快人心的大好事。也应了王老太生前说的，是老天爷对王家的报应。

　　红莲阿妈告诉家音老师，我们见到了王继业，并且把她那封带血的信交到了她爸手上。钟亮也在场。是钟亮命令团丁将赖德安绑起来等待发落的。我发现，红莲阿妈提到钟亮时，家音老师的眼睛闪现了一种特别的神情。钟亮带信来向她问好，过些日子回红石村来看她。听到这，王家音仿佛深深地舒了口气。

　　在我看来，王家音在心里受了很大的打击，但她的理智与情感还是很清醒的。从她对外界事情的了解和她目前的处境来看，并没有丧失理智。她还关心我们见到王继业以后，阿牛什么时候能放出来。

　　红莲阿妈告诉王家音，钟亮说现在国内的形势很复杂。蒋介石提出"攘外必先安内"，在国内继续"围剿"红军。共产党在延安通电：建立全国的抗日民族统一战线。全国各地的老百姓和学生都上街游行，强烈抗议，要蒋介石停止内战，要联合共产党一致抗日。我们在吉安白鹭洲书院也看到了有同学准备上街游行。

　　红莲已将钟亮带来的报纸交给王家音。只见她像找什么似的，一边迫不及待地翻阅报纸，一边喃喃地说："但愿钟亮能说服我阿爸放了阿牛。"

　　我一听，急忙说道："家音老师，能用我去换阿牛哥回来吗？"

　　王家音怔怔地看着我说："我打从一开始，就不相信你是红石村的孩子。"

　　我和红莲阿妈都没有话说了。

　　王家音叹了口气说："看这形势，再等等看吧。我是不想再见到我那阿爸了。"

　　红莲问道："家音小姐，钟阿公开的药还管用吗？这回阿公又让我在吉安给你配了几味药带回来。"

站在一旁的佣人说道："家音小姐吃了钟阿公的药，精神好多了。"

王家音一边翻报纸，一边说："谢谢你红莲大嫂，让你和老表们为我费心了。"

说罢，她看着报纸，不由自主地念道：停战协议和一致抗日通电。南京国民政府，军事委员会，全体海陆空军，全国各党派各团体，各报馆，一切不愿意当亡国奴的同胞们：自苏维埃中央政府与红军革命军事委员会组织中国人民红军抗日先锋军渡河东征以来，所向皆捷，全国响应……苏维埃中央政府与红军革命军事委员会特慎重地向南京政府当局诸公进言，在亡国灭种的紧急关头，理应幡然改悔，以"兄弟阋于墙，外御其侮"的精神，在全国范围首先在陕甘晋停止内战，双方互派代表，磋商抗日救亡具体办法，此不仅诸公之幸，实亦民族国家之福。如仍执迷不悟甘为汉奸卖国贼，则诸公的统治必将最后瓦解，必将为全中国人民所唾弃所倾覆。语云："千夫所指，不病而死"，又云"放下屠刀，立地成佛"，愿诸公深思熟虑之。

"看来阿牛有救了。"王家音喃喃细语。

红莲阿妈惊喜地看着王家音说："报上说了阿牛的事吗？"

我也不解地眼睁睁看着家音老师，想说什么，又不知道怎么说。

王家音问道："你们在吉安街上看到了什么？"

我赶紧说："看到了好多学生在游行，还有跟我一般大的学生崽。"

红莲阿妈也说："他们一边走，还一边喊：'反对内战，一致抗日，释放政治犯。'"

王家音憧憬地说："看来这个世道真是应该变一变了。"

红莲阿妈说："家音妹子，这个世道会变？钟亮也这么说。"

王家音拿不定主意，说："看样子是会有变的。"

红莲阿妈追问道："怎么个变法？世道变了，那我阿牛就有救了？"

王家音宽慰地说："嗯。正常来说，应该是这样。但吉安这个地方，怎么个变法，我就说不准。"

红莲阿妈又沉默了下来。王家音又问红莲："钟亮还说了什么？"

我插嘴说道："钟亮先生说，形势好转些，他会回红石村来看你。"

王家音轻轻地"哦"了一声。

红莲阿妈说："家音小姐，我请阿公再给你配几副药送来，你先休息，不扰你了。"

我和红莲阿妈从王家出来，朝村子里走去。刚进村口，就遇到了钟水根。看他那样子，好像是在村口等我们似的。这回钟水根没有躲红莲，而是耷拉个脑袋跟在我们身后，却不说话。

忽然，红莲阿妈停住脚步，问钟水根："你跟着我们干嘛？"

钟水根结结巴巴地说："我就想问问，阿牛什么时候回来？"

红莲阿妈没好气地说："你知道了，又去向'癫皮狗'讨酒喝？"

钟水根慌忙解释："红莲，我对你发誓，我没在赖德安面前说过你半句坏话。"

我插嘴道："你说了也没关系，'癫皮狗'的好日子到头了。"

钟水根说："那个'癫皮狗'做多了恶事，老天肯定要早早地收走他。"

红莲阿妈说："你别跟着我了，我心里烦着呢。"

红莲阿妈说着话，拽着我自顾自地往村里走去。

我走了几步，回头看了看钟水根，只见他沮丧地蹲在地上，远远地看着我们。

回到家里，钟阿公、大柱叔叔、钟义哥、三叔还有草儿姐都在红莲阿妈家盼着我们回来呢。

红莲阿妈见大家都在，便把在吉安见到钟亮、王继业的前后经过，以及钟亮怎样在王继业面前对付赖德安的事给他们说了一遍。

大柱叔叔有点沉不住气了，丢下手中正编着的竹篓，嘟嚷着："这个王继业，红石村的老表对他王家的人这么好，他还不知好歹，非要把阿牛抓在手上，当着跟红军拼的一张牌。"

钟义也愤愤不平："钟亮哥都出面了，这个王继业还不肯松口，他真是不见棺材不掉泪。我真想把他的心挖出来，看看他的心是红的还是黑的。"

望着长辈们忧心忡忡的样子，我都不敢说话了。

我一直想着，钟亮叔叔冒着那么大的危险，当着王继业的面，把赖德安的老底都给翻出来了，而且还有家音老师的血书，王继业怎么还不放阿牛哥呢？看来事情还真像王继业说的，并不那么简单。因为阿牛哥是作为红军崽抓起来的，如果要放一个红军崽，还真不是王继业能作得了主的。

大家都闷着气，红莲阿妈轻声细语地说："阿公，王家大小姐吃了你开的那几副中药，显得有精神了。我答应了家音，你再给他配几服药。你要我到吉安配的药，我买回来了。"

大柱叔叔瞪着红莲阿妈说："自己的肚子都饿着，你倒想着为王家人配药！"

钟阿公说话了："成吧，你答应了她，我就给她配。都是为了阿牛。人在王继业他手上，我们就低一次头，也算是积份德吧。他王继业认不认那是他的事，人在做，天在看。"

草儿姐在一旁听了有点不高兴，说道："阿爸，你说过多少遍，我们钟、

王两家斗了几代人，现在眼看着王家的根基在红石村塌了，你还想要他死灰复燃啊。"

钟阿公叹了口气说："王继业弄成这个样子，那是天意，也是他自己的管家背叛了他，是他罪有应得。他王家从此在红石村销声灭迹，我们也就安宁了。可是王老太和王家音毕竟不是王继业，王继业的恶果，那是他自食其果。而眼前这个王家音，我们能见死不救嘛？"

红莲阿妈说："按钟阿公的说法，他王继业身边现在值得相信的人，只有钟亮？"

我有点不解地说："他王继业干嘛不相信王家音老师呢？"

钟阿公意味深长地笑着说："虎子，在我们这儿，女儿迟早是要嫁出去的。嫁出去的女，泼出去的水。女儿一旦到了婆家，自己父母家的事，一分钱的边都沾不上。"

我心里有点不服气，眼睛看着钟阿公。心想，红军不是说了男女平等，自由恋爱吗？

钟阿公仿佛猜出了我的心事，说："嘴上说是男女平等，实际上遇到家庭财产、名分的问题，女人的权益是不可能跟男人平等的。"

大柱叔叔愤愤不平地说："我们好心好意救了她王家音，他王继业为什么还把阿牛死死地栓在手里，不放过我们家阿牛呢？"

他这话说得在场的人都无言以对。

红莲阿妈轻轻地说："我和虎子在吉安街上，还看到好多人在游行。"

我急忙接过话说："还有跟我一般大的学生，也在队伍中游行。"

钟阿公问红莲阿妈："他们游的什么行？"

红莲阿妈说："他们高喊反对内战，一致抗日。钟亮还托我们带了不少报纸给家音看。"

草儿问红莲阿妈："我哥没说什么时候回来吗？"

红莲阿妈说："钟亮说了，合适的时候，他会回来看看。"

钟阿公问道："他没说阿牛能不能救出来？"

红莲阿妈说："钟亮没说。当着王继业的面，他说这话不暴露了我们的关系了嘛。再说了，阿牛是王继业抓的，要说放人，这话也得王继业点头啊。"

我又说："王家音老师看了报纸，说，阿牛哥这回有救了。"

钟阿公用询问的眼光看着红莲，红莲阿妈当着钟阿公的面肯定地点点头。钟阿公先前紧绷着的脸，好像松弛了。

他按照自己的思路说："王家大小姐也算是有文化的人。在省城的女中念过书，报纸上说的时事，他们比我们看得更清楚更明白。我们只看到明面上的东西，他们却能看得到台面下的东西。像这次王家出了天塌的大事，按常理，他王继业肯定要赶来收拾，但他却没有回来。大小姐带信给他，他也没有回来，说是去了上海做大买卖，怕是不敢回红石村。"

钟阿公停下来，喝了口水，继续分析说："傻子都会想啊。他前脚走，后脚家里就被人劫了，这不是内外勾结是什么？而且他信任的大管家赖德安还在家里住着，手边还有看家的团丁，最后连老太太都没有保护好，赖德安只顾自己逃命。他王继业还能信谁？万一他回来料理王老太的后事时，被人一锅端了，岂不是一切都玩完了。所以他只好老老实实躲在吉安城，老的小的都不管了，先保住自己的命。有个王寻拴在手上，能传宗接代就行了。"

红莲阿妈说："他王继业就不怀疑赖德安在后面给他使坏，给他捅刀子，怎么还把他留在身边呢？"

钟义哥说："谁知道他赖德安逃出去了，是怎么向王继业报告的？赖德安肯定把屎盆子扣在游击队头上呢！"

我说："赖德安说是游击队干的，要不然王继业嚷着这账要跟游击

队算呢！"

钟阿公赞同地点点头说："我也是这么推测的。他王继业也可能怀疑是赖德安在后面给他捅刀子，但毕竟没有真凭实据，也不知道赖德安在他面前是怎么说的。他宁可信赖德安的假话，也不会听我们的真话。这回好了，你们去了，见了他，又带了王家音的血书，钟亮也在场。当着他王继业的面，虎子一五一十地讲了事情的经过。信谁和不信谁，全由他王继业自己。"

红莲阿妈说："依我看，王继业挺相信钟亮的。"

我说："我看也是。当着王继业的面，钟亮叔叔用布包石击落了赖德安手里的枪，又叫团丁把赖德安绑起来，押下去。王继业一直坐着，看着，却没有吭声。说不定王继业事先就跟钟亮叔叔商量好了，借钟亮叔叔的手来治赖德安。而钟亮叔叔则看我们有没有胆量，当着他王继业的面，把赖德安害王家的那些丑事全抖漏出来。"

钟阿公说："嗯，虎子真是长大了，分析得有道理。"

钟阿公的夸奖，说得我都有点不好意思。

我真希望像钟阿公、家音老师分析的那样，有一天，阿牛哥会突然出现在我们面前，那才是我最高兴的事情。

现在王继业龟缩在吉安城，不敢回红石村了。我们想去看家音老师也可以随便进出王家大院了。在红石村没有任何的安全威胁，如同当年红军住在红石村一样，整天无忧无虑，随心所欲。随时可以进山，寻找充饥的东西。随时可以到村边的小河沟里捕鱼捉虾。

我可以带着小广东他们，像一支正规的红军队伍一样，在附近的几个村转悠。虽然我们手里没有枪支弹药，但是我们却有自由，可以自己主导自己。

可是，阿牛哥却没有自由。他不在我身边，一切仿佛都失去了意义。

我希望家音老师的话早一天显灵。不管她是怎样得出的判断，但我相信她的话，肯定不是为了宽慰红莲阿妈，而是她自己对时事的理解。当时我不认识几个字，不能像有文化的人那样从报纸上的信息，判断社会形势的走向。但在这个关键时刻，我相信他王继业比谁都清楚，红莲和红石村的老表对他王家够宽容的，不但没有趁火打劫，而且还让王家音生活在红石村，并给她提供了恢复身体的方便。这一点，如果他王继业不认可红莲和老表们，那他也就真的快活到头了。

再说了，我们还有钟亮叔叔在暗地里做工作。这么一想，我对阿牛哥回来还是抱有期望的。

我不知道当时王继业和王家骏是如何劝说王家音离开红石村的。现在看来王家音可能在思考自己的人生，又或许在等待着什么。期待有一天她冥冥之中的时刻到了，她会义无反顾地离开王家大院，离开红石村。

事实证明，红莲阿妈他们对王家音的分析、判断是有道理的。王家音不是因为过度的悲伤而得了什么病，可能是受了土匪和赖德安的侮辱不愿出门，不愿见人，甚至是厌世。还有一种可能，她在积蓄一股力量，一旦时机到了，她会抛弃她拥有的一切，走得很远很远，到一个不被人了解的地方去。

除了对王家音的猜测，我们更多的是在期待钟亮叔叔那边有阿牛哥的消息。

　　我和红莲阿妈回到红石村好几天了，可我却没有心思跟小广东出去玩，整天在自家院子里给大柱叔叔编竹器消磨时间，有一种度日如年的感觉。

　　我时刻想着，假如钟亮叔叔不暗示我们离开吉安，我们就在王继业家外面等着，会有什么结果呢？我相信钟亮叔叔暗示我们离开王家，自有他的道理。有的事情可能还真不是急就能急出结果的，就像树上的板栗，它没熟透你去摘它会蜇人手的，只有等它到了季节熟了掉在地上了，只需你用脚一搓，那栗子轻而易举就出来了。

　　我陪红莲阿妈去给家音老师送药时，问她："能不能请家音老师出面去趟吉安，求王继业把阿牛哥放了呢？阿牛哥多关一天就多一分危险。"

　　其实红莲阿妈也很着急，也很担心阿牛哥的处境，却也很无奈。她对我说："王家音都发誓了，这辈子不想见王继业，不想离开这个院子，我们现在却要她出这个门，不是强人所难吗？古话说得好，己所不欲，勿施于人。事情到了这一步，我们只有再耐心等着，看看钟亮这两天是不是有信来。"

　　我也记不清过了几天，我又陪着红莲阿妈去给王家音送药。到了王家大院的门口，我忽然发现小广东他们在那边玩。

　　小广东见了我，吆喝着我过去一下，好像有什么事要跟我说。

　　我突然改变主意，跟红莲阿妈说："红莲阿妈，小广东叫我，我过去看看他们有什么事。"

　　红莲阿妈朝草垛那边看了看，说："你不要走远了，就在这等我，我给家音送了药就出来。"

　　我说了句："记住了！"撒腿朝小广东那边跑去。

我和小广东正说着话，突然看见一匹马，从大路上往村子里来。

我们习惯在没有弄清对方的身份之前，首先要隐藏好自己。

小广东一声令下："大家赶快躲起来。"

小伙伴们就像训练有素的战士，像躲迷藏一样，各自就近选择可以隐藏的地方，把自己的身体隐藏起来。有的躲在稻草垛后面，有的快速地爬到树上去，有的来不及的就干脆趴在地上，反正是人小草高，不注意还真的发现不了。我顺手抓了两把稻草往自己头上一盖，席地而坐，粗看上去就像个稻草人。

我们刚刚各自隐蔽好，那马就奔了过来。奇怪的是，马并没有往前走，而是围着我们躲藏的那块地方转了两圈。突然有一股力量把我头上的稻草靶子拎了起来。

我抬头一看，不由得惊叫道："钟亮叔叔，阿牛哥！"

我掀掉另一把稻草，蹦了起来，大声喊道："阿牛哥回来喽！"我仿佛要全红石村的人都听到我的声音："阿牛哥回到红石村了！"

与此同时，阿牛哥也从马上跳了下来愣愣地看着我直笑，小伙伴们呼呼地围了过来。

钟亮看着我们舒心地笑了，说道："就凭你们这两下子还想躲过我的眼神，你们也太小看我了吧。"

小伙伴们围着阿牛哥问这问那，忙得阿牛哥不知道怎么回答。

钟亮叔叔对我说："我可给你们把阿牛接回来了，走，快回家告诉红莲。"

我说："钟亮叔叔，红莲阿妈在家音老师家，她给家音老师送药去了。"

钟亮说："行，我们一道去看看家音老师。一日为师，终身为父。"

　　阿牛哥看着我们直笑，也不说话。他虽然离开我们才十几天，却被折磨得不像人样，有点儿呆滞似的，我看了心里有点发慌。我的手一直紧紧地握着阿牛哥的手，希望能把我的活力传导给他，让他尽快地活化起来。

　　由眼前的阿牛哥我想到了家音老师，他们都是受过灾难、从死亡线上被拉回来的人，肯定需要亲人和朋友的关照才能走出灾难的阴影。

　　我们这帮孩子跟在钟亮叔叔的马后面，簇拥着阿牛哥朝王家走去。

94

　　事情的变化令人猝不及防，当朝思暮想的人和事忽然变成了现实，面对真实的存在，当事人会有如身处梦境般的感觉。

　　阿牛哥被当作红军崽被王继业抓走的那些日子，当着我的面，红莲阿妈一如平常，但背地里肯定是以泪洗面，天天盼着奇迹出现。尤其是我们在吉安城见到了钟亮叔叔，又到了王继业家，在回到红石村以后，不仅是红莲阿妈呢，我也是度日如年，食之无味。

　　那些天我没有看到红莲阿妈跟我们同桌吃饭，她总是说不饿，让我们先吃，而给阿牛哥碗里盛着的食物却摆在灶台上。

　　红莲阿妈一个人会时常站在院门口发呆，远远地看着通往村口的路，好像是期待着奇迹的出现。可是当钟亮叔叔带着阿牛哥出现在红莲阿妈面前时，她却惊讶得说不出话。不知是阿牛哥被折磨得令她不敢相认，还是奇迹的出现令她仿佛是在做梦，或许两者兼而有之。

　　红莲阿妈怔怔地看了阿牛哥片刻，一把将他搂在怀里，眼泪"哗"地一下涌了出来，嘴里还问道："阿牛，真的是你吗？"

转而泪眼模糊地看着钟亮又看看我，问道："钟亮、虎子，我不是在做梦吧？"

阿牛哥也紧紧地抱着红莲阿妈，连连说："姨，是我。我是阿牛，是钟亮叔叔骑着马送我回来的。"

我说："红莲阿妈，阿牛哥就在你跟前，不是做梦，我还拽着他呢，阿牛哥跑不了啦！"

一句话把众人都给说笑了。

钟亮叔叔说："我们的生活少不了梦想。有了梦想，才会去追梦、寻梦。才会为梦想而努力，为梦想而战斗。如果一个人连梦想都没有，连希望都不敢有，那活着还有什么意义？梦想就是你们这些孩子的明天，明天我们希望什么，如果没有明天，我们今天的存在用客家话说：那就是白活。"

我听着钟亮叔叔的话似懂非懂，可我注意到家音老师却听得很认真。自打钟亮叔叔进门的那一刻起，她的眼睛就显得特别亮。虽然她的神情还是那么呆滞，但她的目光却一眨不眨地盯着钟亮叔叔在看。尽管她没有说一句话，一直在静静地听着我们说话。

突然王家音用当地的客家话对红莲说："红莲嫂子，你光顾着自己高兴，把钟亮先生冷落了。能不能让客人喝口水，坐下来喘口气。"

红莲阿妈赶紧松开一直抱着的阿牛，抹了一把眼泪，张罗着给钟亮叔叔让座、倒水。

等钟亮叔叔坐定，喝了口水。

红莲阿妈见我们都围在屋里，她说道："红石村的后生们，我们陪阿牛回家，让钟亮叔叔在这儿歇会儿，陪家音老师说说话好不好？"

"好，陪阿牛回家。"

"钟亮叔叔再见。"

"钟亮叔叔，书院什么时候开学？"

小伙伴们七嘴八舌地说道。

钟亮叔叔开心地看着大家说："我正想着这事，想跟佳音老师商量商量，看看什么时候再把学堂开起来。"

我兴奋地给钟亮叔叔竖起了大拇指，但他似乎并没有看到我。

透过钟亮叔叔闪着喜悦的双眼，我是多么渴望学堂能早点开学啊！现在王继业和赖德安都不在红石村了，我要赶紧学会认字、写字。我要给我的父亲母亲写信，说我很想很想他们。我还要告诉他们红军转移之后，红石村发生的事情。我和红莲阿妈和老表们一块做了哪些事情，也要让他们知道。他们的儿子我，已经是一名小红军了，希望早一天也像父亲那样，扛着枪上战场，消灭那些杀害常阿姨、欺负阿牛哥和我的王继业们。

我们离开王家音老师的房间时，我回头看了一眼。我发现王家音老师的笑脸上有闪光的眼泪。

我们像迎接勇士凯旋一样，簇拥着阿牛哥朝村里走去。

我跟小伙伴们吆喝道："来，我们一起喊阿牛回来了，好不好？"

他们齐声说："好，你起个头。"

我喊道："吆喝，红石村，阿牛回来啦……"

小伙伴们一起喊道："吆喝，红石村，阿牛回来啦………"

大家有意把"阿牛回来啦"的声音拖得很长很长。

我们连喊了三遍。

我们的呼喊，仿佛把整个红石村都喊醒了。

人们纷纷走出家门看热闹。

我远远地看见大柱叔叔冲着巷口，朝我们张望着。

我又拉长声音喊道："大柱叔叔，阿牛哥回来啦！"

小伙伴们一边跟着我喊，一边挥动着路边采的花草。

也许大柱叔叔看到了红莲阿妈也在我们的行列，才认为我们这帮孩子不是闹着玩的。他甩开院门，飞快地朝我们奔来。

那天晚上，就像看新媳妇过门一样，来看阿牛的人络绎不绝。虽然村里家家户户都缺吃少穿，可是他们都尽可能地从自己的口粮中省出一口，送给阿牛吃。

红莲阿妈和大柱叔叔也是有心人，无论是送来两个鸡蛋，还是一小包白米、一小竹筒黄豆，他们都一一记下是谁家送的。他们还叮嘱阿牛和我："这是叔叔婶婶们从自己牙缝里省出来的，你们别小看这些东西，更不能只顾自己。改天，你们要把这些东西,送给那些年纪大的阿公阿婆。"

我把红莲阿妈说的话一字一句记在心里，有一天我要告诉我的父亲母亲。

阿牛哥回到红石村的当天，钟亮叔叔从王家音老师那儿回到家，天都黑了。

钟亮叔叔说，终于回了家，回了属于自己的家。

用钟亮叔叔的话来说，这是他离开红石村十年来第一次这么轻轻松

松、踏踏实实地回家，跟他阿爸、阿妹在一起吃饭，轻松地聊天。可是，钟亮叔叔回来那天，还没有阿牛哥回家百分之一的风光。

当然，钟亮叔叔也不希望自己是衣锦还乡，而是平平常常借着送阿牛回来的机会，回红石村看看阿爸阿妹，见见红石村的亲朋好友们。

我们从家音老师家出来的时候，钟亮叔叔就交代了红莲阿妈，他回来了的消息不要告诉任何人。他愿意匆匆地来，悄悄地走。

看来钟亮叔叔还有很多很多事情要做。

钟亮叔叔的酒量真大，那天晚上他喝了整整四大碗钟阿公珍藏了十年的冬酒。

我还是第一次看到变成了暗红色的、像血色一样的酒。听说江西很多地方有这个习惯，他们将自酿的酒用缸封好，窖在地里有年头，酒由白色变成了红色，有人称之为"女儿红"，是长辈为女儿出嫁时窖的酒。红石村的客家人也有这个习惯，但有的长辈却舍不得女儿出嫁，这酒就像儿女一样一直陪在身边。一旦开了这陈年的冬酒，就说明儿女有大红喜事了。

钟阿公那天晚上给钟亮叔叔喝的冬酒，就是钟亮叔叔离家的那一年用坛子封好窖在地下的，有十年了。吃晚饭的时候，钟阿公叫钟义从屋后的菜园地里把酒挖了出来。

草儿姐见了，说钟阿公偏心，重男轻女，不像红军说的那样，男女平等。给阿哥准备了陈年的冬酒，不给她准备出嫁的酒。

红莲阿妈在一旁凑趣地说："钟阿公最心疼草儿，怎么会不给你准备嫁女的冬酒呢？"

草儿姐说："从来没有听阿爸告诉过我。"

红莲阿妈说："那是你阿爸舍不得你嫁出去，所以不忍心说。留住了酒就等于留住了女儿。"

乐得钟阿公直笑，不说话。

钟亮叔叔说："阿爸不说，不等于没有准备。只是阿爸舍不得把你嫁出去，所以不愿告诉你罢了，是吧，阿爸？"

钟阿公笑着说："还是钟亮懂阿爸的心思。"

钟阿公转而对草儿说："你娘在世时，就给你窖好了嫁女酒。现在算算，有 22 个年头了。"

红莲阿妈说："我就说钟阿公不会亏待草儿吧。"

钟阿公自夸地说："我不仅窖了嫁女的女儿红，还给你们窖了红军酒。"

在坐的人都不解地问钟阿公什么叫红军酒？

原来红军进驻红石村那年过小年，红军给老表们带来了红石村人记事以来，第一个快乐、祥和、平安的小年。有心的钟阿公就悄悄地窖了缸冬酒。想着等红军打了大胜仗，打赢了国民党反动派，解放了全中国，又像当年那样，给红石村的老表家家分田分地，家家户户有自己的田地了，再把那缸酒拿出来为红军喝庆功酒。

我们听了钟阿公的解答，立马全体鼓掌。

钟亮更是为他阿爸的主见称绝。

钟亮叔叔说："红军多打几个大胜仗，解放全中国，让老百姓种上属于自己的土地的日子，一定会到来的。只要我们团结起来，尽自己最大的努力，继续为留在井冈山一带的游击队提供帮助，那一天很快就会到来。"

红莲阿妈问："那一天还要等多久呢？"

钟亮叔叔说："那一天，还要我们共同努力。等多少年还不好说，但从中国革命的形势发展来看，是迎来了新的曙光。"

从"西安事变"，国共两党第二次合作，释放政治犯，包括这次释

放阿牛的事实来看，当前最重要的任务是把日本侵略者赶出中国。中国人民自己的事关起门来商量，国共两党只要以诚相待，事情总会找到解决的办法。

钟亮叔叔告诉我们，他要离开吉安一段时间。组织上给了他新的任务。

钟阿公说："你现在是红军的人。我们信得过红军。红军指派你去做什么事情，那你就去做。但不知道你这一走又得离家多久？"

钟亮叔叔说："那要看路上的情况和执行任务的难度，少则两个月，多则半年。"

红莲阿妈忍不住问道："什么重要的任务，要去这么长时间？"

钟义似乎很懂组织的规矩，笑着说："这是党的秘密，不能说的。"

钟亮叔叔也说："在出发之前，最好还是憋着。等我回来了，一定告诉你们我去了哪儿。"

我从钟亮叔叔的神态中猜想他可能要去的那个地方。但我也说不清是什么地方。不过我总有一种预感，钟亮叔叔去的那个地方，肯定能见到我的父亲、母亲。但是钟亮叔叔既然不说，我也不好瞎猜。钟亮叔叔跟我父亲他们都是做大事的人。

钟亮叔叔说："这就要跟虎子和你们的秘密儿童团说一声对不起。原计划恢复学堂的事，要看王家音老师的身体状况再定。王继业还在吉安城，虽然赖德安得到了应有的惩罚，但王继业手下团丁从吉安城到红石村也就是大半天的时间。万一他们来搞什么突然袭击，我又不在，这事情就有点儿危险。"

钟亮叔叔还给我们分析，尽管国共两党明面上是合作，一致对日抗战，但是中国的政治局势和社会形势依然很复杂。所以他不在的这段时间，还是以钟义哥和红莲姨为骨干，有什么事大家要冷静，大家一起商量着来。王继业还可能仗着儿子王家骏的势力，来骚扰老表们的生活，因此，我们还是要提高警惕，要保护好留在红石村一带的红军的孩子的安全。

他还叮嘱我和我们儿童团，每天早晚都要数数人，看看大家是不是都在。

我说："钟亮叔叔放心，我保证做到这一点。"

钟亮叔叔说："仅仅是这一点也还不够，王家大院你们每天也得有人盯着，防止敌人借王家大院监视我们红石村。游击队的叔叔们随时可能会来我们这儿落脚。只要大家团结一心，他王继业也不敢来得罪我们。毕竟他遭此一难以后，身边再也没有值得信赖的人。"

红莲阿妈问到："王家音还会住在红石村吗？"

钟亮叔叔说："这完全取决于她自己，只要她在红石村呆一天，我们就要尽可能地关心她，像对我们的兄弟姐妹一样，保护好她。王家音毕竟不是王继业、赖德安同类人，只要把她照顾得平安无事，也能牵制住王继业，换得红石村一段安宁的日子。"

三叔问钟亮叔叔："王继业躲在吉安，那他家的田地，我们可以去种吗。"

钟亮叔叔说："这种事我们既要团结一条心，又要各家根据自己的需要去跟王继业打交道。我们可以用王继业对付我们的办法来跟他斗。面子上，我们不要跟他闹得舞刀弄枪的，暗地里我们要吃饭，那地不种白不种。我们能逃避的尽量避，该怎么交租则各家各户分开来去跟他谈。现在他王继业不敢在红石村久呆，身边没有信得过的人，我们就跟他捉迷藏，谈条件。他一个人的精力对付我们这么多人，拖都会把他拖得精疲力尽。"

钟义哥说："钟亮哥讲得有道理。红军虽然不在红石村，但是我们还是要团结起来，分工合作，跟王继业斗争。"

我也兴奋地说："这可是我儿童团最擅长的事。书院不开学了，我

们可以一边放牛、挖野菜什么的，还可站岗放哨。只要有生人进村，我们就在村头烧几把稻草，通知村里的大人。"

钟亮叔叔鼓励我们说："一定要发挥儿童团的作用，但更要保护好自己和小伙伴。"

那天钟亮叔叔跟我们聊得很晚很晚。钟阿公还以为钟亮叔叔会在家里住，特意给他收拾好了屋子。

可是钟亮叔叔说，他要连夜赶回吉安。

他说："现在我的身份还没有完全暴露，没有必要在面子上得罪王继业和王家骏。最起码在关键的时候，我还能暗暗地给大家使把劲。万一弄得跟他们父子俩较上劲，真正成了对手，那说不定他们会下狠心来对付红石村的老表。"

钟亮叔叔告诉我们："在目前这种复杂的形势下，我们只能是以守为攻。不要去触怒王继业。为了使红石村的老表喘口气，过上相对安宁的日子，更为了你们这些红军的孩子平平安安，我还不得不跟王继业保持若即若离的关系。这就叫对敌斗争的策略。"

钟亮叔叔离开红石村以后，我们真的像当年的红军一样，每天早上吃过早饭，都会在山脚下的小溪边集合。而后分配各自去什么地方站岗。虽然我们没有枪，但红军留给我们的红缨枪却派上了用场。现在的王家大院那边没有坏人了，我们可以明明白白地拿着红缨枪去路口值守。但是为了不引起旁人的注意，到了站岗的位置，我们都会放下手里的"武器"。一边假装在玩耍、挖野菜什么的，一边注意路口，看有没有陌生人进村或去王家大院。

那天我正好在王家大院外面值守，远远看见路上走来四五个穿学生装的人，朝王家大院去。

小广东问我要不要点燃稻草？

我说暂时不点。看他们那样子，不像是坏人。我们壮着胆子迎了上去。远远地看着他们跟王家音、钟义哥一般大。

走近了以后，还没等我们开口。他们中的一个男生指着王家大院问我道："小朋友，前面是红石村的王家大院吗？"

我心想你才比我大多少，竟然叫我小朋友。我们在一块个头还差不多高呢。听他问王家大院，我心里就有点不痛快。

小广东却抢先问道："你们找王继业？是从哪来的？"

也许是王继业这几个字太过敏感，一个草儿姐般大的姐姐说："小弟弟，我们不是找王继业，我们是王家音的同学，来看王家音的。"

我问："找王家音？你们从哪儿来？"

男生解释道："我们是她的同学，有的是从南昌来，有的是从吉安来。"

我一听是家音老师的同学，同学可能就是我和阿牛哥、小广东一样，在一个学堂学认字的吧。我看他们不像是坏人，就说："我领你们去。"

在去王家大院的路上，我听他们说是来请王家音到南昌去，好像有什么急事。他们好像在打赌，有的人说王家音会跟他们去，有的人说王家音不会去，她阿爸把她关在王家大院，哪也去不了。他们请王家音去南昌好像跟王家骏有什么关系。

有一个男生突然问道："小朋友，你们在这干什么呢？"

我说："我们在这保护王家音老师。"

一个女生惊叫道："她王家真牛呀，还有人为王家音站岗。"

我没搭理她，心想，我们保护王家音老师，没有必要跟你们说那么多，

说了你们也不懂。把他们送到王家以后，我叫小广东他们几个在院子外面等着。我飞快地跑回家，告诉了红莲阿妈。

她跟钟阿公商量了几句，带着草儿姐以送药的名义一路小跑去王家大院。我们担心那几个人会把家音老师带走。钟阿公则找三叔带几个人到王家大院外面守着。

为了不惊动来找王家音的人，红莲阿妈和草儿姐从王家后院的厨房进了王家。我这才放心地回到前门，来找小广东。不一会儿，钟义哥哥和三叔也赶来了，与我们一道在王家院子的外面守着。

太阳开始偏西了，那些来找王家音的人才出来。但是，家音老师却没有露面。

后来听红莲阿妈跟钟阿公他们几个大人坐在一块说话，我才知道，那几个人是王家音在白鹭洲书院和南昌女中念书的同学，他们是来请王家音到南昌去见王家骏的。王家骏那时已经升为师长了，他们要王家骏表态，跟红军一道反对内战，北上抗日。但是王家音却推说自己身体不好，要为她奶奶守孝，不愿去见王家骏。

转眼就到年关了。红莲阿妈、三叔三婶都在钟阿公家忙着磨豆腐、做米花糖。

我、阿牛哥、细妹和秀秀在一边帮忙，一边玩着。

红莲阿妈突然问钟阿公："阿公，钟亮哥有信来吗？半年多了吧。"

草儿姐说："我记着呢，我哥出门半年加二十天了。"

我说："如果钟亮叔叔能回来过年，肯定能给我们带好东西回来。"

钟阿公说："他有没有信来，你们肯定比我先知道。他回不回来过年，我都已经习惯了。有你们在身边热闹热闹我也就满足了。"

红莲阿妈又问三婶："三婶，阿山走了有两年了吧，没有信回来吗？"

三婶说："有没有信你问草儿。"

红莲阿妈看着草儿，草儿默默地摇摇头，轻声说："自从小雷同志上次回来，说在苏师长的部队上见到了阿山，就没有了其他的音讯。"

"有了，有了，我给你们带回音信喽！"随着一个熟悉的声音，钟亮叔叔风尘仆仆进了家门。

我们一惊，大家都停下了手里的活，把钟亮叔叔围了起来。

钟亮叔叔深情地说："阿爸，我赶回来陪你过年了！"

钟阿公的眼泪慢慢地从眼角渗了出来，说道："回来了就好，回来了就好！"

红莲阿妈夸奖我说："虎子的嘴巴还真灵验！刚才还说，说不定钟亮叔叔会给我们带来好东西过年呢！"

我迫不及待地问："钟亮叔叔，你现在可以告诉我们你去哪了吧？"

钟亮叔叔笑着说："你们猜猜，我刚刚从什么地方回来？"

三婶说："你不说，我们怎么能猜得到？"

钟义哥说："我来猜猜看，是不是从那个很远很远的地方，叫什么来着……回来？"

钟亮叔叔提醒道："是不是叫延安？"

钟义哥说："对，就是延安。"

钟阿公问道："延安？延安是什么地方，在哪儿？"

钟义哥说："延安应该是毛主席和我们红军住的地方吧。"

我说："红军转移去了延安，那我爸爸妈妈也在延安吧？"

我们都安静地看着钟亮叔叔，期待他的回答。钟亮叔叔欣喜地说："对，

我是从延安回来。从毛主席、红军身边回来的。"

大柱叔叔端来一碗热腾腾的豆浆，说："钟亮兄弟，快来喝碗热豆浆。这是我们小时候一年难得喝一回的东西。"

钟亮叔叔端着碗轻轻地吹了吹，豆浆的表面出现了一层薄薄的皮，钟亮叔叔把碗放在桌上，回忆到："那一年，我为了偷吃豆浆，也不知道这豆浆有多烫，猛地一口下去，把我的嘴都烫坏了，痛了我好长时间。"

钟阿公笑得眯缝着双眼说："你阿妈要我给你几片甘草片含含，我就是不给。谁让你贪吃，就要让你长点记性。看你以后还敢不敢这么嘴馋。长辈没同意，你就敢先吃过年的贡品。"

钟亮叔叔又用嘴吹了吹豆浆，这才稍微地抿了一口，说："红石村人做的豆浆真好喝。来，小朋友们，你们每人喝一口。但请你们注意了哦，谁都不能把这豆浆皮弄破了，更不能把这豆浆皮喝了。等喝完了豆浆，豆浆皮要完整地粘在碗里。谁把这个豆浆皮吃了，这个人就是一个……"

红莲阿妈、大柱叔叔、钟义哥齐声叫道："……就是一个贪心的小馋虫。"

而后，我们几孩子，渴望地但又小心翼翼地每人喝了一口豆浆。看得出来，我们几个孩子都想狠狠地喝一口这一年到头难得喝一次的豆浆。但每一个人又担心自己成为贪心的小馋虫。

钟义哥迫不及待地问道："钟亮哥，你别卖关子了，快说说延安的形势吧。"

钟亮叔叔声情并茂地说："现在的延安欣欣向荣，全国的有识之士都奔向延安。党中央和毛主席都在延安，延安已成为了中国新的革命圣地，就像当年的井冈山一样，是中国革命的圣地。"

钟义哥说："像井冈山一样？"

钟亮说："是的，像井冈山一样。"

红莲阿妈问道："那苏师长在延安吗？你见着他了吗？"

草儿姐也小心翼翼地问道："那阿山是不是跟苏师长在一起呀？"

钟亮叔叔兴奋地说："所以我要赶回来过年，告诉你们几个大喜事。我不仅见到了苏师长，而且还见到了阿山，我们还是抗日军政大学的同学呢！"

我惊奇地问道："我爸还上大学呀？"

钟亮叔叔笑着对我说："谁说师长就不用上学了？党中央创办抗日军政大学的目的，就是要全军的指战员重新学习如何面对全国的政治形势——适应国内革命战争向抗日民族统一战线转变的新形势。毛主席更是提出了，要求所有的党员干部重新学习的口号。在抗大，大家不论职位高低，都用最大的热情投入到学习中去。"

红莲问钟亮说："你跟苏师长说了虎子的事吗？"

钟亮叔叔说："说了！"

红莲阿妈说："苏师长是怎么想的？"

钟亮叔叔说："虽然他们也很想念虎子，但是就这么让他离开红石村，离开你红莲阿妈，他们又开不了这个口。还是先让虎子在红石村锻炼锻炼，等以后有机会再见面吧。"

原来我的父亲、母亲是希望我去延安跟他们见面。我已经到了参加革命工作的年龄，可是他们却无法开口。那样，太对不起红石村的老表，对不起红莲阿妈了。钟亮叔叔这次去延安，见到我父亲，提到让我去延安，父亲才默许了。

红莲阿妈问我："虎子，你想去延安吗？"

我想也没想，就回答红莲阿妈说："我不想去。"

红莲阿妈问我："你去你的亲生父母身边有什么不好呢？"

我说："我不想离开红石村，不想离开你和大柱叔叔，还有阿牛哥。

我想在这里帮助你们照顾细妹、秀秀，还要跟阿牛哥玩。"

红莲阿妈对我说："虎子，你应该去延安，去你的亲生阿爸阿妈身边。不能留在我身边，这样会荒废你的。你钟亮叔叔也说了，现在，全国的青年人都向往延安，你长大了，也应该去。你是红军的孩子。"

我说："我哪也不去，我就想留在红石村，留在你身边。"

红莲阿妈对我说："你放心，你走了我们会团结得好好的，等红军胜利了，全国解放了，你再回来看阿妈不是一样嘛。"

我固执地说："我说了不去就是不去，我是不会离开你的。你为我做的每件事情，我都清清楚楚记在心里。钟亮叔叔给我们上课时说了孝道，他说，百善孝为先。尽孝是我们每个人必须承担的人生责任，也是回报父母养育之恩，是义不容辞的义务。"

红莲阿妈说："你现在去延安是做大事，那里有来自全国的年轻人。"

我说："我生在井冈山，长在红石村，我在井冈山依然可以战斗，依然可以干革命啊。这跟在延安不是一样吗？"

红莲阿妈说："姨知道你懂得孝顺的道理就满足了。你不要因为阿牛的事而自责，那全是王继业和赖德安造的孽，这笔账要跟他们算。无论是你，还是阿牛，你们都是我红莲的孩子。有朝一日，你们长大了，成人了，你们还可以回来看我呀！"

我说："红莲阿妈，你就别说了。你就是我阿妈。我只有守着你，心里才踏实。我早就决定了，这辈子我哪也不去，就在红石村。"

红莲阿妈听了我说的话，气得狠狠地给了我一巴掌："你这个没出息的孩子。"

我被打得愣住了，这是这么多年，红莲阿妈第一次打我。

我与红莲阿妈四目相对，我俩都呆住了。

突然，红莲阿妈紧紧地抱着我哭着说："对不起！虎子，我不该打你，我错了，你能原谅红莲阿妈吗？"

　　我也伏在红莲阿妈的怀抱痛痛快快地哭了一场："红莲阿妈，我听你的话。我一定做一个有出息的男子汉！"

　　那天晚上，钟亮叔叔跟我聊了很长时间。这回，钟亮叔叔是视我为革命青年、一个红军战士，给我讲了他走上革命道路的经历，讲了革命的理想和个人的抱负。通过这次彻夜长谈，我突然觉得自己长大了，想法也多了许多，似乎明白了在革命斗争中有比呆在红石村更重要得多的革命工作可做。它们更需要像我们这样的青年人前仆后继，接过前辈的旗帜将中国革命进行到底。我终于同意去延安，奔向抗日战争的前线。

　　过了正月初一，钟阿公给选了一个吉日，我和阿牛一道从红石村出发了。这是我给红莲阿妈提出的唯一一个条件：阿牛哥和我一起去延安。我们是按照钟亮叔叔请示上级以后确定的线路奔赴延安的。

　　尽管我和阿牛哥一路上经历了许多波折，但是我们有了红石村斗争的生活经历，路上的艰难曲折，我们都能忍受。我们一路上都很开心，因为我们见识了从前闻所未闻的人和事，知道了除了红石村、吉安以外，还有更大的世界，知道了这个世道还有更可恶的人需要我们去跟他们斗争。

　　如果说在路上见到的人和事为我们的人生洞开了另一扇窗户，那么我们到了延安，见到了我的父亲、母亲，见到了许许多多熟悉的和不熟悉的红军叔叔阿姨，经过学习培训之后，成了红军大家庭的一员，就来到了另一个世界。我也才开始懂得，什么是革命者的理想和信念，什么

是斗争的手段和策略，什么叫解放全中国。而不仅仅是眼界局限在一个红石村。

这一切，我还真得感谢红莲阿妈了。是她坚决要我离开红石村，走出红石村那片土地，到中国革命的大潮中去闯荡。

到了延安，我们远远地看到了那座高高竖立在黄土高坡上的宝塔。她象征着光明、自由，吸引着无数的有志青年奔向延安，投入到抗日战争的洪流，为中华民族的独立和被剥削、被压迫的劳苦大众的解放，贡献出自己的青春和热血！

我在宝塔山下终于和我的亲生父母重逢了！父亲母亲紧紧地把我搂在了他们的怀里，一股暖流顿时流遍了我的全身。我泪水泉涌，大声地呼喊着："爸爸！妈妈！"

母亲的泪水一滴一滴地掉在我的脸上。

父亲兴奋地说："回来了就好！回来了就好！"

我和阿牛哥跟着父亲母亲沿着蜿蜒的延河，边走边聊，仿佛有说不完的话。

父亲对我和阿牛哥说："你们刚到延安来，对情况不了解，应该到抗日军政大学去学习。学文化，学理论，以后才能更好地工作。"

他停顿了一下，又接着说："你们这个年龄就像海绵一样，老师上的课，同学之间的交流，你们要多听，多想多问，多吸收养分。不能凭以往的眼光来看待身边的人和事，不能用看待红石村的眼光来衡量中国革命的发展方向。现在，中国革命的形势到了民族危亡的关键时刻，你们这一代人要勇敢地承担起为民族生存而战的信念。你们一定不能辜负红石村的父老乡亲、井冈山人民对你们的培养。是他们用生命和鲜血哺育了你们成长，你们得像老一辈井冈山儿女那样为中国革命奋斗终生。"

我问父亲："我们学习以后还能和阿牛哥在一起吗？"

父亲对我说："在中国革命大熔炉里，与你并肩战斗的战友都是来自五湖四海甚至外国友人，你要像对待阿牛一样跟他们交朋友，与他们一道为中国革命赴汤蹈火。他们中的每一个人都是你的兄弟姐妹。你要像对待红石村的儿童团团员一样，不分彼此，拧成一股绳，为了一个共同的目标，这样中国革命的成功才有希望。你要以红莲阿妈为榜样，像她那样团结和保护好身边的每一个同志。"

我问父亲："我们学习完了以后会去什么地方工作呢？"

父亲向我解释说："一切服从组织安排。无论在哪儿工作都一样，都是为中华民族的独立和中国人民的解放事业而工作！"

阿牛哥也问："苏叔叔！我以后还能经常和虎子见面吗？"

我父亲笑着说："见不到苏小虎，能见到李小虎，熊小虎也行啊。你们都是革命大家庭中的一员。"

正如父亲所说的那样，自从在延安分别以后，我们有好多好多年没见过面，但我们却能经常通信。我经常收到父亲的信，我也有机会给他写信。钟亮叔叔也经常给我写信。因为我学会了认字，还可以写信回复。

我和阿牛哥经过一段时间的学习培训，投入到了抗日战争的第一线。

后来，听说经组织批准，草儿姐也来延安看望了阿山哥，并举办了简单却热闹的婚礼。

王家音老师和钟亮叔叔也成了终身伴侣。

那年，他们答应了恢复红石村的学堂却没办下去，是因为家音老师的哥哥王家骏升了师长，派人强行将她接到南昌修养。谁知道，南昌的信息比吉安快捷得多，她到了南昌，被她同学拉去参加省城的学生运动，喊出"反对内战，一致抗日"的口号。他们还要她策反王家骏，要他表态北上抗日。王家骏非但没有被策反，反而把家音老师软禁在家里，由卫兵看守着不能出门。这弄得她在南昌非但没有得到恢复，反而每况愈下。

在王家音的一再要求下，王家骏只好将她送回吉安。再后来，王家音下决心，彻底舍弃自己的地主阶级家庭，坚决走上了革命的道路，毅然决然地跟钟亮叔叔到了延安。

全国解放以后，我陪着我的父亲母亲回红石村看望红莲阿妈、大柱叔叔和全村的父老乡亲以及少年时代的小伙伴们。井冈山是我的故乡，生于斯，长于斯，我永远不会忘记这块红土地。我永远不会忘记抚养我、保护我的红石村的父老乡亲们！同样也不会忘记当年红军游击队的叔叔阿姨们对我的培养和教育，是他们引领我走上了革命的道路！

我热爱井冈山，留恋井冈山！当我寿终正寝时，我将魂归故里，愿把骨灰撒在井冈山这块红色土地上！